B型暗殺教団

鋼の女子アナ。Ⅱ

夏見正隆

Natsumi Masataka

目次

プロローグ

夜の東京湾。

黒い鏡のような海面の上を、ぽつん、ぽつんと黄色い灯を点した高速道路が走っている。

上空からは一本の光の筋のように見えるこの長大な橋は、東京湾を三分の一ほど横切ったところで、海底トンネルへ潜り込んでいく。

東京湾アクアラインだ。

千葉県の木更津《きさらづ》と神奈川県の川崎《かわさき》とを結ぶ、総延長一五キロの東京湾横断道路。『無駄づかい公共事業の象徴』とも批判される高速道路は、木更津側から架《か》かる海上橋が五キロほど沖へ出たところで海底トンネルへと潜り込む。海底への入り口には人工島が造られ、〈海ほたる〉と名づけられた海上パーキングエリアとなっている。ほの白くライトアップされた五層構造の〈海ほたる〉は、黒い海面に浮かぶ豪華客船のように見える。上層の階には展望レストランも出店し、ベイエリアのデート・スポットとして夜もにぎわう場所だ。

今、アクアライン本線から〈海ほたる〉の多層構造の駐車場へ、ぐるぐるカーブする傾斜路《ランプ》を上って三台の車が連なるように進入していく。三台とも運転席と助手席には若い男女の姿が見える。そのうち一台は車高を低くした黒のマークⅡで、ステレオの音をがんがん響かせている。その運転席の男が「危ねぇな」という形に口を動かす。

一台の黄色いワーゲン・ビートルが、ハザード・ランプを点滅させながらカーブの突端に止まっていたからだ。白い服の女が一人、傾斜路の縁から海を見るように立っている。髪が風に吹かれてなびく横を、進入する三台が避けながら通過する。

「公衆マナーが、できてねぇな。あの女」

黒いマークⅡの運転席から、海を見るこたないじゃねぇか」

「あんな場所で、海を見るこたないじゃねぇか」

「ほっとけば？　死ぬつもりなんじゃない」

きゃはは、と助手席で女の子が笑った。

「飛び降りて死ぬのは勝手よ」

駐車場は満車に近く、最上階まで上れ、というサインが見えた。男はハンドルを回し続けた。

と、運転席から見える傾斜路のコンクリート路面に、ふいにパリパリッ、とひび割れが走った。

男は目を見開いた。

「な……なんだ？」

突然のことだった。〈海ほたる〉の付け根に当たる螺旋《らせん》状の傾斜路の路面が、下から突き上げられるようにぐにゃっと盛り上がった。黒のマークⅡを始め駐車場へ入ろうとしていた三台の車が次々にひっくり返され転がった。

ズズズズッ――――！

「うわっ、なんだ」

「きゃあっ」

悲鳴。

「あ、あれはなんだっ」

それは壁《かべ》だった。

何か黒い巨大な壁のようなものが、回転するフロントガラスいっぱいになって視界を全て隠した。

さらに進入してきた数台が撥ね飛ばされた。

ズガガガガッ
見上げるような黒い〈壁〉――壁としか言いようのない何かが、海上橋を飴《あめ》のようにへし曲げながら〈海ほたる〉へ押し寄せた。

次の瞬間、
ドシィーンッ！

人工島は土台から震えた。〈海ほたる〉本体が、壁のような何物かに衝突されたのだ。

人もテーブルもゲームセンターの機械も土産《みやげ》物屋のシジミの縫いぐるみも、全てのものが突き上げられ、ひっくり返された。展望レストランの窓ガラスが端から端まで一斉に砕け散り、照明がショートして真っ暗になった。

「う、うわぁあああっ」

「あ――あれを……！」

「あ、あれはなんだっ」

「きゃあああっ」

巨大な何かが人工島に激突し、多層構造を押し倒すように圧迫してギャリンギャリンガリガリガリと凄まじい衝撃音を立てた。斜めに波打つ床に転ばされた人々が頭上を見上げ、口々に悲鳴を上げた。

その黒い巨大な何かは、〈海ほたる〉にのしかかるように覆いかぶさり、夜空の星を隠していた。

＊　＊　＊

（あら――？）

桜庭《さくらば》よしみ（24）は、スタジオの2カメ後方の位置で台本を手に出番を待っていたが、ライトの当たるステージの向こう側を数人のスタッフが走っているのを目にして「あら」と思った。本番中のスタジオで、スタッフが突然走り出すのは『外』で何かが起きたしるしだった。

天気予報の前にしゃべることになっている初夏の時候の話題を、『中学時代のプール掃除の想い出』にしようか『水まきが気持ちいい』にしようか、もし秒数に余裕があれば両方しゃべろうかと反芻《はんすう》していたよしみは、思考を中断して眉をひそめた。

嫌な予感がした。

（なんだろう。大きな事件でなければいいけど）

思わずスタジオの時計に目がいく。

富士桜テレビ新局舎の八階。報道センター第一スタジオ。ウォーターフロントを見下ろす、巨大な放送局の情報中枢だ。富士桜テレビの看板ニュースショー〈熱血ニュース〉は、このスタジオから全国ネットで毎夜放送されている。そしてここは、桜庭よしみの仕事場でもある。

時刻は夜の二十二時四十分過ぎ——正確には〈熱血ニュース〉の本放送が始まって、四十一分二十秒が過ぎるところだ。よしみの担当するお天気コーナーは、進行台本によれば『6ワク』——すなわち六回目のＣＭが明けた直後の二十二時四十九分十秒からスタートする。あと七分と五十秒で出番がやってくることになる。

（困ったわ）

よしみは、番組の進行するスタジオを眺めながら唇を噛んだ。嫌な予感は、次第《しだい》に強くなった。

番組は、ＣＭに区切られた九つの枠で構成される。今スタジオでは、『４ワク』のスポーツコーナーが始まるところだ。ニュースショーのセンター・ステージは明るい。ブーメラン形のテーブル中央に座った三十八歳の長身のキャスター等々力猛志《とどろきたけし》、その向かって左横に斜めに脚を揃《そろ》えて背筋を伸ばすアシスタント・キャスターの中山江里《なかやまえり》（なんてミニスカート穿《は》いているんだこのやろう）、右横には桜新聞社の編集委員も務める中年男性のコメンテーターが並んでいる。照明を浴びて、メイン出演者たち三名はまるで蠟《ろう》人形館に展示された有名人の像のようだ。テカテカと光って見える。あそこに座ると分からないが、照明の当たらない場所から見るとセンター・ステージは真昼の砂漠のように明るい。

スポーツコーナーのキャスターが横に現れ、昨日の大リーグの結果を話し始めた。時計が進む。日本人選手の話題に笑顔を見せている等々力猛志の耳には、目立たないように差し込んだイヤフォンを通して、副調整室《サブ》のチーフ・ディレクターから『何かが起きた』と知らせが入っているかもしれない。今のところ、俳優出身のキャスターの男は表情を変えないが――しかしその鋭い視線が、ほんの一瞬ガラス張りの副調の方に走った。

何か、急な事件かな……。

止まらない時計のデジタル表示は、秒数を刻む。番組スタートから四十一分四十秒。お天気コーナーまであと七分三十秒。

（困ったな）

こんな時に、よしみの『もう一つの仕事』――いや仕事というより『使命』が舞い込んだりすると、〈熱血ニューズ〉お天気キャスターとしての桜庭よしみはちょっと大変な窮地《きゅうち》に追い込まれることになる。それでなくとも、富士桜テレビの夜の看板ニュースショーであるこの番組で、一つのコーナーを毎日視聴者に飽きられることなく務めていくのは神経をすり減らす仕事だった。ニュースと同様、言い間違いが許されない上に、お天気の解説には生鮮食料品のように〈新鮮味〉が要求される。『つまらない』『フレッシュさがない』となれば、たちまち降ろされてしまう。よしみの今のポジションを狙っているフリーのタレント・キャスターなんて、無数に――この局が今年になって建てたお台場《だいば》新社屋の高層階のてっぺんから見下ろした夜景の光の数と同じくらいいる。

だが眉をひそめるよしみの、予感は的中する。

無数の悲鳴が聞こえてきた。

うわぁぁぁあっ

（――うっ）

よしみは顔をしかめ、周りの人たちに気づかれぬよう、そっと耳を両手で塞いだ。丸めた台本が長い髪に触れた。スタジオにいる周囲の人々――大勢の技術スタッフにも出演者たちの誰にも、その悲鳴は決して聞こえはしない。周囲の人々はみな、センター・ステージと時計に集中している。よしみの〈聴覚〉以外に、その声をここで感じることはできない。聞きつけられる者などない。だから困るのだ。

うわぁあああっ

きゃぁぁぁぁあっ

遠くから聞こえてくる潮騒《しおさい》のような悲鳴は、次第に大勢の叫びとなり、女性の声もまじり始めた。どこかで何か起きている――いったい何が起きたのだろう。大勢の人たちが助けを求めている。

しかし
（じょ——冗談じゃない……！）

よしみはもう一度、時計に目をやり、頭を抱えたくなった。冗談じゃないよ。こんな時に〈出動〉だなんてことになったら——冗談じゃないよ……！

そんなよしみとは関係なく、スタジオで番組は進行していく。スポーツコーナーが、アメリカの大リーグから日本のプロ野球へと話題を移す。

「さて今夜の日本のプロ野球の話題は『いつまでもつか？　タイガース』です」

「うむ、勝ち続けているがそろそろ夏だからな」

「等々力さん、ファンの人たちが怒りますよ」

「かなわぬ夢は見ないほうがいいんだ」

そのテーブルへ、インカムを着けたフロア・ディレクターが白い紙を差し入れた。急な事件の第一報が入ってきたのだ。おそらく今よしみが聞いている悲鳴の出所だろう。

「むっ。事件か」

俳優出身の男性キャスターは、リアクションが大げさなので面白がられている。本人は自然体で本気に社会問題を糾弾《きゅうだん》したりしているだけらしいが。

「等々力さん。事件——いえ事故のようです」

おでこを出したヘアスタイルの中山江里が紙を取り上げ、さっと目を通す。

報道第一スタジオに、『何か始まるらしい』という予感と緊張の空気が走った。

ああ……。2カメの後ろでよしみは唇を噛む。あたしがもし普通のOLだったなら、どんなに楽だろう……。事務や営業のOLならば「ちょっとお腹《なか》が痛いから早引け」とか「歯医者に行きます」とか理由をつけて、職場を抜け出すのは簡単なことだ。なぜか日本の企業ではOLが歯医者に行く場合は、就業時間中でも三十分くらいは抜け出してもいいという、ありがたい暗黙の慣習がある。そのまま会社のビルの屋上から飛んでいけば、大災害の人命救助だって悪のテロリストを退治するのだって、中座した時間の中でできるだろう。そのことによって勤務評定が下がることもボーナスが減らされることも、ましてクビになる心配など多分ないだろう。ところが生放送の本番の出番をあと七分十秒後に控えたフリーのお天気キャスターに、いったいどうやってこの場を抜けて〈出動〉しろというのか。

だが現実は進行する。

「大変です。たった今入った情報によると、東京湾横断道路アクアラインの海上パーキングエリア〈海ほたる〉に、川崎コンビナートへ向かっていた十万トンタンカーが激突しました！」

「なんだと」

「そ、それは大変ですな」

江里の読み上げる情報に、等々力とコメンテーターの編集委員が顔を見合わせた。

「このマンモスタンカーは、川崎コンビナートへ陸揚げする予定の原油を満載しており、現在激突した船首部分から積み荷の原油が流出し始めています。また激突された〈海ほたる〉は、食堂施設の厨房《ちゅうぼう》から出火した模様。海上保安庁のヘリからの報告によると、火災は燃え広がっています。タンカーの乗員は脱出を開始した模様ですが、〈海ほたる〉の上にはまだ逃げ遅れた人々が多数取り残されています」

あちゃー。

よしみは息を吸い込んだ。

本当に大事件だ。

フロア・ディレクターがさらに江里へ紙を差し入れる。次々に情報が入ってきている。

「さらに情報です。〈海ほたる〉は、アクアラインの木更津側からの海上橋が海底トンネルへ潜り込むポイントですが、タンカーの激突によってトンネルには現在、大量の海水が流入中とのことです。また木更津側へ向かう橋も、タンカーの船首が大きくめり込んでいるために、危険で人が通ることはできません。このままではタンカーが爆発する危険性は高く、海上保安庁はただちに羽田基地から特殊救難隊をヘリで出動させました」

渡されたメモを読み上げる中山江里の口元を見ながら、よしみは凍りついてしまった。

ま、まずい……。

困った。

「どうしました？　桜庭さん」

そばに立っていたアシスタント《A》・ディレクター《D》が、困惑の表情のよしみを覗き込んだ。

「あっ。いえ、なんでもないわ」

よしみは頭を振り、耳を塞いでいた両手を「なんでもない」というように振った。

その左の手首で、細い銀色のリングが回ってチリンと鳴った。

イグニス……。

その音に、よしみは心の中でつぶやいた。

困るよイグニス。もうすぐ本番なんだよ。

しかしよしみの耳の奥に、遠くの大勢の悲鳴はさらにはっきりと響いてきた。鋭くなった〈聴覚〉にスタジオの副調でオンエアの指揮を執《と》るチーフ・ディレクター柄本《えもと》の声も入った。インカムを通して、等々力に進言する声だ。

『等々力さん。局舎屋上へリポート、発進準備ＯＫです。〈海ほたる〉ならここから目と鼻の先、ヘリなら数分です。すぐ中山を実況に出しましょう』

「う、ううむ」

センター・ステージで等々力が一瞬、言葉に詰まる。報道は初動が一番重要というのは常識だ。しかし採用してまだ半年あまりの、新人女性アシスタント・キャスターを危険な現場へ向かわせてよいものか――という表情だ。

だがその左横から、中山江里が進言する。

「等々力さん、ぜひ現場上空へ行かせてください。わたしを女と思わないでください。この中山江里、キャスターを目指した時から、覚悟はできています」

「う、うむ。では行け中山。ただちにヘリで上空から実況レポートだ」

「はいっ」

カチューシャでおでこを出した江里は白い顔をパッと輝かせると、ブーメラン形のセンター・テーブルから立ち上がった。

「中山江里、ただ今より現場上空へ出ます！」

椅子《いす》を蹴るようにして立った江里は、黄色いスーツのミニスカートをひるがえし、スタジオの出口へ走った。あとから携行ＶＴＲカメラを担いだ技術スタッフが走って続く。スタジオから廊下へ駆け出て屋上への階段へ向かう江里を、背中から追いかける形だ。

「中山江里、行きまーすっ」

キャスターもみずから現場へ出る、が〈熱血ニューズ〉の大方針であった。スタジオのモニター画面に江里の背中を追う映像が出る。手持ちカメラだから揺れている。あいつめ……。よしみはその画面を見上げながらまた唇を噛む。映っていると思って、自分の名前を連呼するなこのやろう。

「ディレクター、次の『5ワク』は〈海ほたる〉の上空中継に差し替えだ。今夜の特集は後日に回す」

『了解です』

メイン・キャスターとディレクターとのやり取りを、CMを待たずにそのまま流してしまうのも等々力独特の流儀だった。〈熱血ニューズ〉はこの『ライブ感』が視聴者をひきつけている、といわれる。

「もし大爆発が起きたら、大惨事だ。スポンサーに放送延長を申請しろ」

『分かりました――あ、そうだ等々力さん。『6ワク』のお天気はどうしますか』

し、しめた……！

よしみはその声を聞いて、指示を出す等々力の口元を期待を込めて見つめた。番組の進行が変わる。お天気コーナーは、うまくいけば中止だ。

「うむ。そうだな――」

等々力は、柄本の問いに一瞬、考える表情になる。その顔に、よしみは祈る。お願い、お願いです等々力さん、お天気は中止だって言って。中止にしてくれないと、あたし困る。

だが等々力は顔を上げると

「天気予報は予定どおりだ。社会的要請があるからな。爆発しそうなら途中で切り替えればいい」

がたたっ

「ど、どうしました、桜庭さん？」

つまずいて2カメの台車の手すりにしがみついたよしみに、ADが心配そうに訊《き》いた。

「……な、なんでもない。なんでもないわ」

ど――どうしよう。

よしみのメイクした顔から血の気が引き、頭の中が真っ白になった。タンカーが〈海ほたる〉に激突……？　炎上中？　逃げ遅れた人たちが橋の上に……？　大爆発したらみんな死んじゃうよ……。顔をしかめたまま時計を見上げた。

お天気コーナーまで、あと六分四十秒。

デジタル表示は有無《うむ》を言わせず進む。

確かに、等々力の言うとおりかもしれない。今夜の特集は後日へ回せても、天気予報には社会的要請がある。明日の天気を明日の晩になって報じるわけにもいかない。

でも、どうする。

どうすればいいんだ、あたしは……。

よしみは、今日の気候に合わせて選んできたピンキー・アンド・ダイアンのピンクのサマースーツ姿で、おろおろと周囲を見回した。台本を握り締める左の手首で、また銀のリングがチンと鳴った。

イグニス……。

よしみは手首のリングに目を落とすと、心の中で言った。

〈イグニス。あたし、ようやく〈熱血ニューズ〉のお天気キャスターになったんだよ〉

よしみは、リングに話しかけた。

〈あたしの夢はニュースキャスターになることなんだ。等々力さんみたいに、自分で取材したニュースを自分の声で全国に放送するのが夢なんだ。前の勤務先の帝国テレビを事件のせいでクビになってから、やっとのことで、お天気コーナー担当とはいえ夢の端っこのスタートラインに、もう一度立てたと思っていたのに……。ここで〈出動〉して番組に穴なんか空《あ》けたら、またクビになっちゃうよう……！〉

ひゅぅううう

黒い鏡のような東京湾を見下ろす、富士桜テレビ新局舎屋上へリポート。二十三階の吹きっさらしの風の中、直径一〇・三メートルのローターを回して待機していたベル206ジェットヘリコプターは、黄色いミニのスーツの女性キャスターとカムコーダーを担いだカメラマンを横腹に迎え入れるや、スライディング・ドアも閉じないうちにエンジン出力を上げてテイクオフした。

キィイイイインッ

脚部スキッドが格子《こうし》状の床面を蹴ると、アリソン250Cタービンエンジンがフル・スロットルへ。四人乗りの小型取材ヘリは急角度で上昇した。

飛び上がると、目の前一面が夜の東京湾だ。晴れた黒い海が広がっている。羽田空港の特別進入管制区を避けるため一五〇〇フィートまでしか高度を上げられないが、それでもすぐに水平線にオレンジ色の火炎がゆらゆらと揺れているのがコクピットの窓に見えてきた。空気の層の厚みと、海上の強風のせいでオレンジ色の光はまるで蠟《ろう》燭《そく》の焔《ほむら》のようにゆっくり不規則にぶれた。

「みなさんっ。ご覧になれますかっ」

ヘリが上昇するわずかの間にパンプスからゴム底のデッキシューズに履き替え、へリのパイロットが用意してくれていた富士桜テレビロゴ入りＭＡ１ジャケットをスーツの上に羽織った江里は、コクピットの窓から見える水平線を背に、マイクを持ってレポートを始めた。

「水平線で〈海ほたる〉が、火炎を上げています。燃え始めています！」

『スタジオ、ご覧になれますかっ。取材ヘリは今、東京湾の海面をひとっ飛びに飛び越し、湾中央部の〈海ほたる〉へ迫ろうとしています。空を飛ぶと本当に近いです。目と鼻の先です！』

第一スタジオのメイン・モニターに、マイクを握る中山江里がアップになった。撮影のため半分開けたスライディング・ドアから風が吹き込み、長い髪が舞っている。乱れる髪を直しもせずに、江里はマイクをしっかり握ってカメラにまっすぐ視線を向ける。

『木更津側から約五キロ、川崎側から約一〇キロでしょうか。東京湾にぽつんと浮かぶ、白く美しい客船のような海上パーキングエリアは、今十万トンの大型タンカーに真横から激突され、あのように炎を上げ燃えています。火元は〈海ほたる〉のレストラン施設とのことですが、火災がタンカーへ燃え移ったら、大変な事態になります』

センター・テーブルの等々力を始め、編集委員のコメンテーターもフロア・ディレクターも、その他スタッフの全員が、送られてくる夜の東京湾の眺めに目を奪われた。

ぶれるカメラのフレームの中、水平線のオレンジの炎がみるみる大きくなり、眼下に迫ってくる。

〈海ほたる〉が上層部分から煙を上げ、燃えている。そのシルエットが画面の真ん中へくると、ぐるりと回転し始める。ヘリが上空へ到達し、旋回に入ったのだ。やがて海上パーキング施設の千葉県側の海上橋の部分が視野に入ってきた。何か黒くて巨大なものが、舳先《へさき》を〈海ほたる〉の付け根に突っ込ませ止まっている。その上の低空を、海上保安庁のものらしい中型のヘリが横切って通過する。二機見える。羽田から出動した、海保の特殊救難隊だろうか。二本のサーチライトが海面の長い物体をなめる。物体のシルエットが分かる。船だ。平たく広い甲板《かんぱん》を持った、マンモスタンカーだ。

『ご覧ください、信じられません。タンカーです。タンカーの船首部分が完全に〈海ほたる〉の付け根に突っ込み食い込んでいます。船首の海面からの高さは二〇メートルもあるでしょうか、橋からの進入路が圧迫されて飴《あめ》のように曲がっているようです。動力が切れているのか船には照明が点《つ》いていませんが、比較的新しい船体のようです。しかし、川崎コンビナートへ入港するはずだったこの船が――おそらくはGPSを始めハイテクの航法装置を装備しているはずのマンモスタンカーが、どうしてこともあろうに航路を外れ、アクアラインの橋脚などに衝突したのでしょうかっ』

「中山、海上の視界は、どうだ？　前方が見えなくてぶつかったという可能性は、考えられないか」

『いいえ、等々力さん。海上は、月のない夜ですが、晴れています。〈海ほたる〉はライトアップされていますし、前方が見えない状況とは思えません』

「ううむ……」

「大変な事態ですな、等々力さん」

センター・テーブルで腕組みする等々力の横で、中年のコメンテーターも深刻そうな顔をする。

「――」

よしみは、その映像を見て『大変だ』と感じる一方、『また水をあけられたな……』と思った。

あのモニター画面で絶叫している中山江里。おでこを出した知的そうな色白の美形は、女子校の生徒会長によくいそうなタイプだ。同い年のあいつとは、つい半年前の〈熱血ニューズ〉アシスタント・キャスター採用公募で、最後までセンター・テーブルの椅子を争った仲だ。

富士桜テレビの現役の局アナだった江里と、帝国テレビの局アナをちょっと都合で

――〈使命〉のせいでやめなくてはならなくなったよしみ。実は、三年前の新卒の局アナ採用試験でも二人は一緒だった。

アナウンサー志望の女子大生は、普通、受験できる限り全てのテレビ局を受けまくる。だから役員面接まで残るような者同士は、採用局は違っても嫌でも顔見知りになっていく。ただ、よしみが帝国テレビにしか受からなかったのに比べ、江里は帝国も富士桜もＮＨＫも全部受かって、その中で進路を選んでいた。新卒採用の時、役員面接で隣同士に座っていると、偉い人たちを前にして緊張でもじもじするよしみの横で、江里が『最高の観客を得た』とばかりににこにこ笑いながら、はきはき受け答えしていたのを思い出す。昔から、そういうやつだった。偉い人たちにスルスル気に入られる。自分は、本当に思っていることもうまく言えずに、人に誤解されるばかりだ。ぎこちない自分はジャーナリストに向いていないのかなぁ……。江里を見るたび、そう感じる。

〈熱血ニューズ〉のアシスタント・キャスター公募では、二人残ったうちのどちらかが採用、というところまでこぎ着けた。しかし今度も勝ったのは江里だった。次点のよしみは、お天気キャスターとして番組に拾われた形となった。最終テストの〈ミニ特集勝負〉では、江里に負けたつもりはなかった。だが局の上層部は、江里を選んだ。

そして今夜までの半年間、よしみは、江里が事件現場に取材に出たり、センター・

テーブルでニュースを読んだりするのを横目で見ながら、お天気の解説を繰り返していた。

『スタジオ、海上保安庁のヘリに動きがあります。二機が〈海ほたる〉のヘリポートへ接近していきます。どうやら取り残された人々を、ヘリに乗せて助け上げる模様です』

天井からの江里の声に、よしみはモニターへ顔を上げた。暗い画面の中では、サーチライトを下方へ投射したままの中型ヘリが、海上パーキング施設の最上階にある円形のマーク目がけて降下していく。おそらく拡声器で呼びかけたのだろう。逃げ遅れた大勢の人々が、光に吸い寄せられるように群れをなし、円形マークのヘリポートへよじ登っていく。たくさんいる。数十人はいる。

（が、頑張れ……！）

よしみは、モニターを見上げたまま両手を握り締めた。

（頑張れ、特殊救難隊！　みんな助けてあげて。お願いだからあたしの出番は、なしにして……！）

ぶれる画面の中、サーチライトを点けたヘリの一機が、円形マークへ着陸しようとする。

だが、

『ああっ、大変です』

江里の叫びが、天井から響いた。

『〈海ほたる〉の屋上ヘリポートは、タンカーの衝突により、傾いてしまっている模様です！　ヘリが着陸できずにいます。駄目です、着陸できないようです。ああ駄目だ、あきらめて上昇しますっ』

画面の中で、ヘリポートに降りようとしたヘリが、空中でもがくようにして再上昇する。人工島全体が傾いてしまっているから、屋上ヘリポートも斜面と化して着陸できないのだ。

『このままでは、取り残された数十人の人たちは、どうなってしまうのでしょうかっ。助ける方法は、ないのでしょうか。あっ、待ってください。今、ヘリの横からロープで救難隊員が降り始めました。どうやら逃げ遅れた人たちを一人ずつ、ロープで吊り上げて収容する作戦のようです』

燃えて煙を上げる〈海ほたる〉の屋上へ、救難隊員がロープで降ろされていく。逃げ遅れた人々を、一人ずつホイストにくくりつけて吊り上げようとする試みのようだ。

しかしヘリポートへ降りる救難隊員のもとへ、大勢の人の群れが四方から押し寄せる。

『あぁっ。これは——これはまるで芥川龍《あくたがわりゅう》之介《のすけ》の〈蜘蛛《くも》の糸〉です！　逃げ遅れた人たちが、救難隊員のロープへ殺到していきます。こんなやり方では、全員吊り上げて助けるのに、いったいどれくらい時間がかかるのでしょうかっ』

「――」

よしみは、モニター画面を見上げながら拳《こぶし》を握り締めて「ううぅ」と半泣きになった。

なんとかしてよ……！

お天気コーナーまで、あと二分三十秒。

『あぁっ、大変です。火災が燃え広がって、火の手がタンカーの船首に近づいていきます！』

第一章　あたしのハートが行けと言う

1

『このままでは、取り残された数十人の人たちは、どうなってしまうのでしょうかっ。助ける方法は、ないのでしょうか』

モニター画面の中で、江里の声が叫ぶ。

ぶれる望遠画像の中、海保のヘリはようやく傾いたヘリポートから女性らしい人影を一つ、吊り上げようとしている。しかし床面を離れた途端にホイストは蓑虫《みのむし》のように揺れ、引き上げるスピードはまだるっこしいほど遅い。

『〈海ほたる〉のレストランから出た火の手は、ご覧のように燃え広がり、突っ込んだタンカーの船首のほうへ回っていきます！　ヘリで一人一人吊り上げていたのでは……。このままでは取り残された人たちは、どうなってしまうのでしょうかっ』

「――」

よしみは2カメの横に立ったまま唇を噛んだ。

そ――そんなこと言ったって……。スタジオの時計を見上げる。お天気コーナーまで二分二十五秒。

『どうにかならないのでしょうか。何か――何か取り残された人たちをいっぺんに助けられる方法は、ないのでしょうかっ』

二分二十三秒。

よしみは思わず、モニターから顔を背けそうになった。しかし、

うわぁあああっ

きゃぁぁああっ

「――う」

人々の救いを求める悲鳴が、よしみの鼓膜を打った。よしみは唇を噛んだまま、小さく頭を振った。どうして、あたしにだけこの声が聞こえちゃうのよう……。

た、助けてくれぇっ

あ、熱い、熱い。きゃあぁぁああっ

「く……」

よしみは両手で耳を塞いだ。だがそのくらいで、よしみの授かった〈聴覚〉が鈍ることはなかった。スタジオのスタッフたちは全員がモニター画面に注目していて、その苦悶の表情に気づく者はない。

よしみは頭を振った。その手首で、細い銀色のリングがチリンと鳴った。

イグニス。あたし困るよ……。

あと二分二十秒。

困るよ。

『あぁっ。火の手がタンカーに！』江里の声が叫んだ。『爆発の危険が迫ります。今海保からわたくしたち取材ヘリに、現場上空より退避するよう指示が出されました。危険が迫っています。取り残された人たちを助ける方法は――誰か助けられる人は、いないのでしょうかっ』

江里の叫びが、胸に突き刺さった。

「く――」

よしみは目をつぶった。

『いないのでしょうかっ』

ぐすっ。

よしみはすすり上げた。

ここにいるけど――ここにいるけれど、行ったらあたし失業なのよう……！　よしみは「勘弁して」と思った。どうしてなのよ。どうしてあたしだけ、こんな割に合わない〈使命〉を背負わされて、人生をぶち壊しにさせられるような〈ボランティア活動〉をしなくちゃならないの。

だが、

『あぁぁっ。爆発が迫っている模様です！　今海保のヘリ二機も、退避し始めました。取り残された人々の救出を断念して、一斉に上昇して〈海ほたる〉を離れ始めましたっ』

「ぐすっ」

よしみは、すすり上げた。

『もう駄目なのでしょうか。取り残された数十人の人たちは、絶望なのでしょうかっ。助ける手段は、もうないのでしょうかっ』

「ぐすすっ」

『ないのでしょうかっ』

うわぁああああっ

た、助けてぇっ

よしみの耳の奥に響く悲鳴は、消えることはなかった。大勢の人々が、救いを求めている。

『もう、助けられないのでしょうかっ』

「――ええい」

よしみは目を開けた。唇を噛み、モニター画面を半泣きで睨むように見上げた。

「ええいもう、分かったたっ――――!」

シュッ。空気を切る音がして、そばにいたアシスタント・ディレクターが「え？」と振り向いた時には、よしみのピンク色のサマースーツ姿はそこになかった。

「さ――桜庭さん？」

ばばっ

よしみは報道センター第一スタジオから局舎八階の廊下へ飛び出すと、角を曲がって亜音速で駆けた。巨大な局舎ビルは新築なので、廊下に埃《ほこり》が舞い上がることはない。

幸い人通りもなかった。そのまま風を切って走った。

「――ええいもう、ええいもうっ」

明るい廊下の壁の向こうから、拍手のさざめきと大勢の笑い声が聞こえた。どこかのスタジオで、バラエティーかクイズ番組でも収録しているのだろう。防音のスタジオの中の声も、よしみの〈聴覚〉は遠い悲鳴と同じように捉えてしまう。

みんな、いいなぁ……。よしみは駆けながら唇を噛む。遠くの悲鳴が聞こえなくて、マッハ3で空を飛べなければ、仕事をほっぽり出して〈出動〉をしなくてもいい。あたしみたいに、こんな苦労をすることもないんだ――

「ほんとにもうっ」

八階フロア突き当たりの衣装倉庫へ飛び込むまで、スタジオを出てから三秒。天井から下がった警官や消防士の制服、魔法使いやバニーガールの衣装やウェディングドレスを掻き分けながら奥へ進む。

お天気コーナーまで、あと二分七秒。二分以内に片づけて、スタジオへ戻らなければ……！

よしみは、いざという時の〈出動〉用に見つけておいた衣装倉庫の奥の小窓へたどり着くと、取っ手をつかんで押し開けた。ビルの外壁に開く窓だ。夜の冷たい空気が流れ込んできた。衣装倉庫はふだん人けがないから、開けっぱなしで〈出動〉しても、誰かに見つかる心配はないはずだった。よしみはパンプスのまま窓によじ登った。

ぶぉおおおっ、と夜風が吹きつけてくる。東京湾が一望だ。黒い水平線に揺らめくオレンジの炎が見える。ここからでも見えるのか……。

大変だ。

耳の奥に届く悲鳴が、さらに強くなる。

「イグニス」よしみは風に髪をなぶられたまま、自分の中に同居する〈存在〉に呼びかけた。「イグニス、飛ぶわっ」

言うが早いか、外気に向かって窓枠を蹴った。

ばっ
「えいっ」

左腕のリングが、一瞬キラッと光を放った。

次の瞬間、よしみは飛んでいた。背中にロープをつけて舞台の上を飛翔するピーターパンのように、ミニのサマースーツをまとった一六一センチのほっそりした身体は、見えない力に引き上げられてお台場の空中に舞った。

フュィイイイッ
「等々力さんっ」

報道第一スタジオ。フロアを見下ろすガラス張りの副調整室から、チーフ・ディレクターの柄本行人《ゆきひと》（30）がインカムに怒鳴った。

「等々力さん。ヘリをもう一機、用意させましょう。超高速超望遠特殊VTRカメラを装備した撮影スタッフを乗せ、ただちに離陸させて現場へ向かわせましょう」

『中山のヘリだけでは、不足なのか？』センター・テーブルから等々力が見上げて訊き返す。『どうせ現場上空へは、近づけないのだろう』

「違います」

自分の思いつきに興奮したのか、柄本は拳を握り締めた。退避中のヘリが送ってくる映像を睨みながら言った。

「タンカーを撮るんじゃありませんよ。これは――この危機はまさに、〈彼女〉が現れるシチュエーションです！」

「うわーっ、潮風だ。髪がぼさぼさになるよう」

東京湾上空へ飛び出したよしみは、亜音速で空中を進みながら悲鳴を上げた。先週、青山で六千円も払ってトリートメントした髪が。化粧が……。あぁ泣きたい。潮風に吹きつけられなくても涙が出る。

だがその風であらわになった白い耳に、遠くの叫びはさらに強く響いた。おまけにへリから実況する江里の声までよしみの〈聴覚〉は捉えた。

『あぁっ。みなさんご覧ください、ついに火の手がタンカーの船首部分に達しました！』

なんとか、あたしが行くまでもって……。よしみは祈った。頼むから、変身しないで間に合うようにして。戻ってから着替える時間なんか、ないのよう……。

だが、

『あぁ、もう爆発は、避けられそうにありません！　原油を満載した十万トンタンカーの大爆発が、あとわずかに迫っています。いったい取り残された人たちの命は、どうなってしまうのでしょうかっ』

黒い海面が目の下を流れ、水平線のオレンジ色の炎が近づいてくる。だが今の速度では、よしみがたどり着くのに十秒以上はかかってしまいそうだ。

死の危険の迫った大勢の人々の叫びが、波のようによしみの〈聴覚〉を打った。

『ば、爆発が、あとわずかに迫っています！』

「ええい、もう」

よしみは空中で一瞬ためらったが、唇を噛み、大勢の叫びが聞こえてくる水平線を睨みつけた。潮風になぶられる鼻を、ずずっとすすり上げた。

「ええいもう、しょうがないっ。イグニス！」

よしみは、自分の中の〈存在〉に呼びかけると、空中で身体を縮めて壁を蹴るような動作をした。
「行くわっ、音速！」
　ドンッ
　見えない壁を蹴ったよしみの姿は、掻き消すように移動した。加速したのだ。同時に左腕のリングが光を放つ。眩《まばゆ》い白色の閃光。まるで彗星が水平線へぶっ飛んでいくようだ。
　ぴかっ
　夜の大気を切り裂き、よしみの身体は螺旋《らせん》状に回転しながら音速を突破した。衝撃波と摩擦熱がピンキー・アンド・ダイアンのピンクのサマースーツを破裂させ吹っ飛ばした。一瞬、空中で全裸になるが、たちまち白色の閃光はよしみの裸身を包み込んで形をとる。一秒の数分の一もかからず、白銀のコスチュームに身を包んだスーパーガールが出現した。
「タンカーが爆発するわ。急げっ」
　よしみはマッハ３で夜の空中を突き進んだ。
　シュバッ
「タンカーの船首を、今にも炎が包もうとしています！　あぁ、もう爆発が――う⁉︎」

中山江里がヘリのスライディング・ドアにつかまり、声を嗄《か》らしていると、突然、機体がドンッという衝撃にあおられた。ひっくり返りそうになったベル206の機体のすぐ横を、白銀に輝く何か小さなものが猛烈なスピードで追い越していった。

「う、うがぐぐ」江里は波打つように揺れる機内で舌を噛み、声を詰まらせた。「なっ、なんなのよ。今のはっ」

「おいっ」

副調整室で、ヘリからの揺れる映像を目にした柄本が叫んだ。転んだ江里の向こうに、夜の水平線が見える。何か白銀に輝く小さなものが、恐ろしい疾《はや》さで燃える〈海ほたる〉へ向かっていく。

「やはり現れたぞっ。〈彼女〉だ！」

「〈彼女〉？」

「柄本さん。それなんですか」

若いミキサーとスイッチャーが、管制卓から顔を上げて訊いた。二人ともけげんな顔だ。

「何ってお前ら――スーパーガールだよ」柄本は興奮した目を光らせ、悔しそうに壁に立てかけた黒いバズーカ砲のような特殊ＶＴＲカメラを見やった。

「くそっ。もう少し早く気づいていれば、俺がみずから撮影に出ていたものを……！」

「スーパーガール？」

「スーパーガール？」

「そうだ。俺がこの一年間追い続けてきた、〈謎のスーパーガール〉だ。これまでに多くの重大事件が〈彼女〉の活躍によって解決され、数えきれない人命が救われてきた。公には存在を認められていないが、〈彼女〉は確かにいる。この社会のどこかにいて、危機が起きると助けにきてくれるのだ」

柄本はサファリジャケットの胸ポケットから、写真を取り出して示した。燃え盛る高層ビルをかすめるように翔《と》ぶ、銀色の姿が小さく写っている。長い髪が舞って、横顔が隠されている。いつも携帯しているらしく、柄本の持つ写真は縁《ふち》の部分がすれてぎざぎざになっている。

「俺が、かろうじてフレームに収めた〈彼女〉の姿だ。この世の女神さ」

「――？」

「――？」

顔を見合わせる二人のスタッフに、写真をしまいながら柄本は「ぐずぐずするな」と指示した。

「ヘリに指示しろ。こうなればぎりぎりまで近づいて、〈彼女〉の活躍をシュートするんだ」

「しかし、海保からの退避勧告が――」

「ばか、〈彼女〉が来た以上、爆発なんか起きるものか！」柄本は興奮で吹っ飛びかけたインカムのマイクを顎に引き寄せると、フロアの等々力に進言した。「等々力さん、スクープが撮れます。ただちにヘリを戻させてください。今夜こそ〈彼女〉の素顔をシュートしてみせます！」


「わーっ」

だが音速を超えて木更津沖へ急ごうとしたよしみは、前方からやってきた空飛ぶマグロのようなボーイング777《トリプルセブン》と正面からぶつかりそうになり、慌てて急停止して身をひねった。赤と緑の航行灯を点けた大型旅客機は、よしみの姿には気づかずグゴォオオオッ、と風を巻いて頭上をすれ違った。アクアラインの火災のため、木更津からの計器進入コースを迂回《うかい》してきた羽田への到着便だろう。

「や、やば……」よしみは空中に停まって777の機影を見送りながら、コスチュームの銀色のグローブで冷や汗をぬぐった。「危うく、ぶつかって木っ端微塵《こっぱみじん》にしちゃうところだったわ」

気をとり直し、もう一度空中で身を縮め、見えない壁を蹴る。今度こそ超音速。

「時間がないわ。急げ！」

ドンッ

この時。首都圏のテレビをつけているほとんどの世帯は、緊急事態を報じる富士桜テレビの〈熱血ニューズ〉にチャンネルを合わせていた。ＮＨＫも含めて他の各テレビ局は、夜のニュースが十一時からであることと、湾岸地区にヘリポート付きの局舎を持っていなかったため、出遅れていた。

『みなさん、ご覧になれますかっ。離れたこの海上からでも、オレンジ色の炎の照り返しを受けて、タンカーの黒いシルエットが見えています。火の手が、船首部分を包み始めています！』

中山江里の絶叫のレポートは、瞬間視聴率七〇パーセントを超えていた。

『原油と可燃性ガスが流出しているとすれば、引火はもう間もなく――秒単位の問題に見えます！』

シュバババーッ
旅客機を避けるため海面すれすれまで高度を下げ、よしみは音速の三倍で突進した。

しぶきを豪雨のように頭からかぶってずぶ濡れになったが、仕方がなかった。マッハ3で進むよしみは小さな身体から円錐状に衝撃波を発生し、水のカーテンのような曳《ひ》き波を背後に引っ張っていた。体内に融合している異星生命体の発揮する力のポテンシャルは、計り知れない。その曳き波は遠くから見ると、まるで高さ二〇メートルにも達する水の壁が、海面上を猛烈な速さで〈海ほたる〉へ伸びていくようだった。

「じ、時間がないわっ。火を消さないと――」

全速力。視野がVTRの早回しのようになる。五秒とかからず、木更津沖のアクアラインの海上橋が眼前に迫ってくる。炎上する豪華客船のような〈海ほたる〉がみるみる大きくなる。よしみはぎりぎりまで接近すると、空中で急ブレーキ。音速以下に急減速しながら脇をかすめるように急カーブした。空中のヘアピン・カーブだ。自分の引っ張ってきた高さ二〇メートルの水のカーテンを、〈海ほたる〉の五層構造へ横からなぎ払うように叩きつけた。

「――えいっ」

ブワシャーンンッ！

まるで小規模の津波がぶつかったようだった。爆発するような白い水煙に、炎上する海上パーキングエリアが包まれる。凄まじい水蒸気が上がった。

よしみは上昇して空中に停止すると、振り向いた。

「はぁっ、はぁっ」銀色のコスチュームの肩を上下させ、爆発するように押し寄せる水蒸気の奔流を銀のグローブで防いだ。髪が激しく舞い上がった。顔をしかめ、〈海ほたる〉の様子を見た。

「消えて。お願い消えて……！」

『あぁっ。あれを見てください』

どこかで江里の声が叫んだ。

『いったい――突然いったい何が起きたのでしょう。〈海ほたる〉が水煙に包まれました。猛烈な水蒸気に包まれています！　これはいったい――』

「どうした。何が起きたっ」

スタジオでは、予期せぬモニターの光景に、等々力がセンター・テーブルから立ち上がっていた。

『等々力さん、〈彼女〉です』

インカムで柄本が叫んだ。

「何――？」

『あれは〈彼女〉の仕業《しわざ》です！』

『ご覧くださいっ』モニターの画面の外から江里の声が叫んだ。『凄まじい水蒸気の煙で、ここからはよく見えません。見えませんが、火が——〈海ほたる〉の火勢が、みるみる鎮《しず》まっていくようです。いったい何が起きたのでしょうかっ』

画面では、揺れ動くフレームの中で霧に包まれたような〈海ほたる〉のシルエットが揺れている。画像は凄まじい水蒸気の靄《もや》ではっきりしないが、炎のオレンジ色が半分以上見えなくなっている。

「信じられん……。津波でも襲ったというのか」

『等々力さん、取材ヘリを〈海ほたる〉へ近づける許可をください。あの水煙の向こうに、〈彼女〉がいるんだ』

「いや、待て柄本」等々力はモニターを注視しながら頭を振る。「タンカーを見ろ。まだ爆発の危険が去ったわけではないぞ」

「いけない。タンカー付近の火は、消えてない」

よしみは、海上橋接続部の火勢が衰えていないことを見てとると、再び宙を蹴って飛んだ。

フュンッ

五層構造の全てから真っ白い水蒸気を噴き上げる、沈む寸前のタイタニックみたいな〈海ほたる〉へ引き返す。低空へ降り、最上層展望デッキの上をなめるように飛んだ。水蒸気の煙に覆われたデッキでは人々が倒れ、ずぶ濡れになってむせている。しかし溺れた人はいないようだ。カップルが助け起こし合っている。死にそうな悲鳴は聞こえない。頭上の煙の中を飛び抜けるスーパーガールに気づく者も、ないようだった。

「みんな無事だわ。よし、タンカーを！」

よしみはそのまま〈海ほたる〉本体を飛び越し、海上橋との繋《つな》ぎ目部分へ急いだ。肝心のタンカーの船首部分は、〈海ほたる〉の陰になっていたため水をかぶっていなかった。螺旋状の傾斜路が、衝突の衝撃でか、飴のように曲がっている。その向こうでオレンジ色の火勢が、船首を押し包んでいく。

タンカーに燃え移ろうとする火の手を、丸ごと一瞬で吹き消すには……。よしみは、一年前に新宿の都庁ビルの大火災を一撃で鎮火した時の技を思い出した。スパイラル・クライム――対象物を包み込むような螺旋状に、猛烈な疾さでよしみが飛ぶと、引きずられた空気は竜巻のように吸い上げられ、中心部が真空状態となって巨大なかまいたち現象を発生する。ドーンッ、という凄まじい音とともにどんな火災でも一瞬で吹き消されてしまう。異星人イグニスに伝授された大技だ。

よし、それしかない。よしみはうなずき、時間経過をそらで確認した。職業上の特技で、三分くらいの長さまでなら時計がなくても、何秒経ったかほぼ正確にカウントできる。すでにスタジオを飛び出して、一分十五秒——ということは十秒以内に火災を消し止め、マッハ3で飛んで帰れば、衣装倉庫に隠してある非常用の着替えワンピースをひっかぶってスタジオへ駆け戻って出番に間に合う。

「——よしっ」

「取材ヘリ、取材ヘリ、タンカー船首部分を最大望遠だっ」副調整室で柄本が怒鳴った。「この火災の規模は、一年前の都庁ビル大火災と同じだ。あの時の〈竜巻上昇〉が、また見られるぞ！」

「え、柄本さん。なんのことですか」

スイッチャーが、状況を呑み込めずに訊《き》いた。

「スーパーガールの大技だ。一年前にも〈彼女〉は、この技で都庁の大火事を一瞬で消したんだ」

「……スーパー、ガール？」

「そんなもの、いるんすか」

若いスイッチャーとミキサーは、二人で顔を見合わせるが、〈熱血ニュース〉制作のためNHKから引き抜かれてきた柄本は、『やり手』で通っている。根拠や証拠のないネタに、飛びつく男でないことは周囲が認めていた。

「さぁ、スーパーガール」ひょろりとした痩身《そうしん》の柄本は、ディレクター席から立ち上がると拳を握り締め、サヨナラ満塁ホームランを期待して座席から総立ちする九回裏の阪神甲子園球場の観客みたいに、モニター画面に向かって叫んだ。「さぁ、君の〈竜巻〉を見せてくれっ」

「はっ」

だがよしみは、タンカー直上で急速螺旋上昇に入ろうとした時、炎と煙に包まれるタンカーの船首の下に小さな黄色いものを目にした。

なんだ。

〈視覚〉が、その暗い一角に集中する。高性能ズームレンズのように、黄色い点のように見えた物体をパッ、パッと拡大してみる。黄色い物体——それは海面に突き出すようにひん曲がった傾斜路の突端に立ち往生した、一台のフォルクスワーゲン・ビートルだった。船首が突っ込んで止まった真下だ。さらに何か見える。円形の黄色い屋根にもたれるようにして、白い服を着たほっそりした人影が倒れている。長い黒髪が、車の屋根に広がっている。

まずい。

よしみは、空中で一瞬凍りついた。

もしこのままタンカーの真上でスパイラル・クライムの技などやれば、周囲の空気もろともあそこの人影も吸い上げ、吹き飛ばしてしまう。

「――冗談じゃない」脳裏で秒数のカウンターが、だーっと減っていく。「冗談じゃないわっ」

よしみはスパイラル・クライムの態勢を解き、代わりにタンカーの船首の下へ急降下した。

フュンッ
火災の真っただ中というのに、その場所は暗かった。海面の近くでは、まるでオーバーハングの断崖のように巨大タンカーの舳先が頭上に覆いかぶさっていた。黄色いフォルクスワーゲンは、突っ込んで止まった巨大な船首のわずか数メートル先で、まるで船とお見合いするみたいに海へボンネットを向けていた。潰される寸前でタンカーが止まったのだ。

「しっかりしてっ」

よしみは、円形の屋根にしがみつくようにして気を失っている肩に手をかけた。抱き起こすと、白い顎がのけぞった。女――二十代の女だった。白い服をずぶ濡れにしていた。自分よりも少し年上だな、とよしみは感じた。

「――?」

女は、切れ長の目をうっすらと開いた。

よかった、命に別状はない。

「しっかりして」

「――あ」

「上へ連れていくわ。つかまりなさい」

よしみは、登山でクレバスにはまって底まで落ちた遭難者のような女を、抱き上げて飛び上がろうとした。ところが、意識を取り戻した白い服の女は「はっ」と目を見開き、突っ込んだタンカーと燃える人工島の様子を見回すと、よしみの銀色のグローブを振り払った。

「嫌」

あろうことか女は、よしみの腕を振りほどくと、ワーゲンの屋根に両腕でしがみついた。

「ちょっと」パニックになるのは分かるけど、時間がないんだ。タンカーの爆発が迫っている。おまけにお天気コーナーまであと四十八秒しかない。「あたしにつかまるのよ。ここにいたら死ぬわっ」

だが
「死なせて」

女は車の屋根に頬を押しつけ、唇を震わせた。

「ここで死なせて」

「何を言ってんのよ」

よしみは、怒った。

「あなた、ここにいたら死んじゃうわ」

「だから死なせて」女は、正気なのだろうか。車の屋根にしがみついたまま、いやいやをした。「ここで、このまま死なせて。構わないで」

「ば——ばか言うんじゃないわよっ」

よしみは白い服の女を車の屋根から引きはがそうとする。だが生身の人間が相手だから、力は出せない。手間取った。抵抗する女の下で、運転席のカーナビの画面がピンク色に点滅している。

「離して」女は激しく抵抗した。「よけいなことはやめて。あなただけ逃げて」

「そういうわけに、いかないのよ」

「離してっ」

女は叫んで、よしみの腕を振り払った。

「わたしはここで死ぬの。わたしの勝手よ。よけいなことしないで。あなた誰っ」

白い顔の女は、ずぶ濡れになったせいか泣きはらしたような目をしていた。きつい感じの美形だが、激昂したせいで睫毛《まつげ》の長い両目から一種の凄みを放っていた。目をしばたたいて、あらためてよしみのコスチューム姿を上から下まで見た。

「あなた誰？　変な格好」

「う、うるさいわね。通りすがりのスーパーガールよ。ほっとけなくて、助けにきたのよ」

「スーパーガール……？」

「そ、そうよ」

「よけいなお世話だわ。誰も頼んでない」

「頼んでって――助けるの〈使命〉だし」

「自己満足で変なことしないで」

「う」じ、自己満足？　よしみは喉《のど》を詰まらせかけたが、秒数が惜しくて早口でまくしたてた。お天気コーナーまであと三十六秒。「うるさいっ。あたし――あたしだってなぁ、こんなこと好きでやってるんじゃないんだ。あたしにしかできないから、悲鳴が聞こえちゃうから、本番が迫ってて大変なのに、仕方なくボランティアで出動してるんだっ。早くみんなを助けて戻らないと、クビがかかってるんだ。何よ、なんだよ人の苦労も知らないで、死なせろだの頼んでないだの、勝手なこと言うんじゃないよっ」

「――?」

一瞬、理解できない表情をした女を、隙を突くようによしみは抱き上げた。「は、離せ、離せ」と、ばたばた暴れる白いスーツ姿を背中に背負うようにして、タンカーの舳先の下から飛び上がった。同時に黒い壁のようなタンカーの船体が、ボォオオッ、と轟音を立てて炎に包まれ始めた。間一髪、ワーゲンの車体が押し寄せる炎の波に呑まれた。

やばい……!　船体から漏れている可燃性ガスに引火したようだ。タンカーが燃え始めた。よしみは爆発的に燃え広がる炎に追われるように上昇すると、オレンジ色の照り返しの中、白い服の女を〈海ほたる〉の展望デッキに降ろした。女は煙にむせて咳き込み、もう抵抗はしなかった。だがその女も、せっかく炎から助けたほかの人々も、このままではタンカーの大爆発に巻き込まれる。

「く――くそっ」

「どうした、スーパーガール」

柄本は、立ち上がってモニターを見上げながら拳を握り締めた。

「タンカーに燃え移ったぞ。このままでは爆発してしまう」

「柄本さん、CM入ります」

女性のタイムキーパーが、その背中に言った。

「ま、待て。今大事なところだ」

柄本は振り向いて制した。

「しかし」

「大事なところなんだ。このまま中継を流せ」

だが、

「柄本くん、困るよ」

副調整室へ早足で入ってきた、背広姿の中年の男が横やりを入れた。ほとんどがジーンズにトレーナーという技術スタッフにまじって、その中年男だけが市役所の課長みたいな格好をしていた。〈熱血ニューズ〉のプロデューサーだった。富士桜テレビの幹部社員である。

「柄本くん。CMの予定だけは崩してはいかん。いくら重大ニュースの中継の途中といったって、CMは台本どおりに入れなければ、スポンサーとの契約違反になってしまう」

「ですが、プロデューサー」

「予定どおりにCMを入れたまえ」

「CMが、なんだっていうんです。我々には〈報道の使命〉があります」

「ちっ、ちっ。忘れてもらっては困るなぁ。ここは君のいたNHKじゃない。民放だ。民放では番組におまけでCMがついているんじゃない。CMを見てもらうおまけとして、番組をやっているんだ」

「ですが、決定的瞬間が迫っています。見てください。今、視聴率は最高に上がっているはずです」

「だからこそ、CMを入れるのだ」中年プロデューサーは、この若造は何も分かっていないなという風情で懐から携帯電話を取り出してみせた。「いいかね。視聴率最高の今この瞬間にCMを流せば、CMの視聴率も最高となる。さっきから私の携帯にはスポンサー各企業から『今こそCMを入れろ』とリクエストが殺到している。素晴らしい営業効果だ。今こそCMを流すのだ。いいところでこそCMにしろ。もしもその間に大爆発が起きたら、あとからVTRでリプレイすればいい」

「ですが」

「駄目だ。放送延長を承諾してもらった以上、CMの予定を崩すことはできん。それからCMが明けたら、とりあえず予定どおりにお天気コーナーだ。天気予報の最中に爆発したら、その時は中継に切り替えればいい」

2

「く――くそっ」

お天気コーナーまで、あと十八秒。

白い服の女を板張りのデッキに降ろしたよしみは、振り向いて巨大なタンカーの船首を睨んだ。〈海ほたる〉の最上層デッキから見上げると、それはみるみる炎に包まれていく黒い絶壁のようだった。引火性ガスと原油の塊だ。火だるまになっていく。

このままでは、みんな爆発に巻き込まれる。

「スパイラル・クライムをやっている暇がない」数秒後に爆発が迫っている――それを覚ったよしみは唇を噛み、一瞬で決断した。「もう、押すしかない――イグニス！」

次の瞬間、よしみはデッキを蹴って飛んだ。

フユンッ
「……」

掻き消すように飛び去った銀色のスーパーガールを、乱れた長い髪の女がデッキに寝そべった姿勢のまま、呆然と見送った。

「CM入りました」

スイッチャーがインカムにコールした。

「十五秒。CM明け、『6ワク』お天気です」

『柄本さん』

副調整室のディレクター席で憮然《ぶぜん》とする柄本に、スタジオのフロア・ディレクターがインカムを通じて報告してきた。

『柄本さん、桜庭さんがいません』

「――なんだと？」

『姿が見えません。スタンバっていてくれないと困るんですが』

「あと十二秒でお天気です」

タイムキーパーが言う。

「2カメ、スタンバイ。お天気コーナー、桜庭アップから入ります。『6ワク』五分三十秒です」

「桜庭アップって――あいつ、どこへ行った」

柄本はガラス張りの窓からスタジオを見下ろす。だがいつもの2カメ前の定位置に、桜庭よしみの姿はない。〈熱血ウェザー〉という、炎をデザインした威勢のいいロゴを背にする立ち位置は、空だ。

「十秒前」タイムキーパーがコールする。「九」

「――こなくそっ！」

よしみは、巨大なタンカーの舳先に真正面から飛びつくと、油で汚れた十万トンの鋼鉄の塊を両手で思いっきり押した。

「動けっ」

タンカーを、押し出さなくては。爆発するまでに〈海ほたる〉から離さなくては、取り残された人たちの命がない。よしみは猛烈な熱気と火事場風と重油混じりの煙の中で、渾身《こんしん》の力を振り絞った。

「動け、動けぇっ」

すでにお天気コーナーまで十秒を切っていた。

もう、本番には間に合わない。よしみにはそれが分かった。仮に間に合っても炎と重油の煙で髪はぼさぼさ、頬も露出した手足も真っ黒だった。それでも、やめるわけにはいかなかった。やめたら何十人かが死んでしまう。

だが巨大な質量を持つタンカーは、船首を〈海ほたる〉に突っ込んだままぴくとももしなかった。よしみは身長一六一センチ、体重四八キロだった。絶壁のような船首前面の宙に浮き、両手で船体を押し出そうとしているよしみの姿は、銀色の点のように小さくて遠くからではとても分からないだろう。青山通りの〈ピーク・ア・ブー〉で先週六千円払ってカットしてトリートメントしたばかりのロングヘアを火事場風でぼさぼさにしたスーパーガールは、煙に隠され、それでもたった一人でタンカーを押し続けた。

油と煤《すす》で真っ黒になったその頰に、涙が一筋伝っていることも、誰にも分からなかった。

「う、動け。動けっ、うぉりゃーっ！」

「七秒前。六」

女性のタイムキーパーはストップウォッチに集中していて、スタジオのフロアにお天気キャスターの桜庭よしみがいないことには気づかず、カウントダウンを続けた。

「お、おい――」

柄本は思わず立ち上がった。お天気キャスターなしで、天気予報を始めるわけにはいかない。

フロアからフロア・ディレクターとアシスタント・ディレクターが『どうします⁉』

という顔で副調を仰いできた。本番直前になって、担当コーナーのキャスターが突然姿を消すなんて――

「おい、ちょっと……」

どうするんだ。柄本は一瞬、凝固してしまった。

だがその時、

『待て』

スタッフ全員の着けているインカムに、等々力の声が割って入った。

『待て。あれを見ろ！』

その声に、全員がヘリからの中継モニター画面に注意を戻した。映し出された光景に「おい」「な、なんだ」とスタッフたちが口々につぶやく。

「――な、なんだ⁉」

柄本もモニターを振り仰いで絶句した。

『柄本。「６ワク」アタマ、ヘリの中継に差し替え。中山に実況させろ！』

「りょ、了解です――おい」

「はい」

スイッチャーが画面を切り替えるのと同時に、

『あぁっ。みなさんご覧ください！』

天井スピーカーから中山江里の絶叫が響いた。

『あれは――あれはいったい、何が起きているのでしょうかっ。タンカーが……炎上するタンカーが、後退し始めました！　バックして〈海ほたる〉から離れていきます。これは目の迷いでしょうかっ』

幻ではなかった。

中継モニターの中で、オレンジ色の炎と煙に包まれるマンモスタンカーのシルエットは、少しずつ後ろ向きに動き始めていた。ゆっくりとバックして、海上パーキングエリアの五層構造を離れていく。

タンカーの平たい広大な甲板では燃え移った火勢がますます強くなる。高さ一〇〇メートル以上に炎が上がっているように見える。しかしその船体は、さらに速度を増しながら〈海ほたる〉から離れていく。遠ざかる。三〇〇メートルほど離れたところで、突如、閃光が夜のモニター画面を真っ白に染めた。

大爆発が起きたのだ。

「う」

「うわ」

「やった」

スタッフの多くが、眩しさに顔を背《そむ》けた。

「〈海ほたる〉は――どうなった？」

テーブルから立ち上がっていた等々力猛志は、露出調整の間に合わない真っ白のモニター画面に目をすがめ、海上の様子を見極めようとした。

『――う、〈海ほたる〉は』天井から、その問いに答えるように江里が叫んだ。『〈海ほたる〉は、無事のようです。爆発に巻き込まれていません。ここから見る限り無傷ですっ！』

報道スタジオの全員が、画面を見上げたまま数秒間、声を失っていた。

「な――何が起きたんでしょう」

編集委員のコメンテーターが、ようやく口を開いた。

「分からん……」

等々力は頭を振った。

「信じられん」

「――」

柄本は息を呑《の》んだ。

露出コントロールの戻った画面で、爆発を起こしたタンカーの船体は激しい黒煙に包まれていた。まるで火山島のように煙を噴き上げていた。

柄本はタンカーの船首の辺りに目を凝《こ》らすが、超望遠の画面のフレームが興奮したように揺れる上に、船首もそのほかの部分も逆巻く煙に覆われて、細部がほとんど分からない。その横で〈海ほたる〉が炎上するタンカーからの照り返しを受け、白く浮き上がって見えている。五層構造の火災は、ほとんど鎮火しているようだ。

「おい……こんなことってあるのか」

「ああ。タンカーは乗員が残らず逃げ出して、動力もなかったはずだ」

ミキサーとスイッチャーが、揺れるモニター画面を見上げて肘《ひじ》をつつき合った。

『みんな聞け』センター・テーブルから等々力が指示してきた。『「6ワク」は中山からの現場実況に変更。五分三十秒フルに使って、天気予報は「7ワク」へ繰り延べだ。ただちに進行台本を修正しろ』

数々の報道の修羅場をくぐった等々力猛志だけが、モニターに映し出される状況に対応していた。

『チーフ・ディレクター。柄本、聞いているかっ？』

「は——はいっ」

柄本は叱咤《しった》され、我に返った。「はっ」と気づいたように、副調の隅にいつでも使えるように置いてある黒い特殊ＶＴＲカメラを振り向いた。

「し、しまった——今のは〈彼女〉の活躍だったのか……。しかし、信じられん。まさかあのマンモスタンカーを、素手で押し出したとでもいうのか」


「げほっ、げほっ。ぐぇほっ」

オレンジ色の大爆発の火球を突き抜け脱出したよしみは、海面上の空中に浮いて激しく咳き込んだ。爆発の一瞬前に、タンカーの船首を蹴り飛ばして離脱した。燃焼ガスの膨脹を超える速度で翔び、一〇〇〇メートル離れた空中まで退避したのだ。間一髪でタンカーを押し出すことに成功した。

しかし、

「げほっ。ごほっ」

怪我こそしていないが、よしみの長い髪はちりちりになり、頬も露出した腕も脚も煙と煤で真っ黒になっていた。涙と鼻水で顔はぐしゃぐしゃ。無傷なのは、異星人から譲り受けた白銀のコスチュームだけだった。よしみのボディーラインを覆うしなやかな銀色のハイポリマー繊維の衣装は、あれほどの爆発をくぐったあとでも輝きは衰えず、鏡のように艶やかで髪の毛ほどの傷さえついていない。

『みなさんっ。ご覧ください。なんという偶然——幸運でありましょうか。マンモスタンカーがなんらかの力の作用で、爆発寸前に自然に〈海ほたる〉から離れて遠ざかった模様です！』

実況する江里の声が耳に入った。

「自然なんかじゃ、ないんだってば――ごほっ」

よしみはムッとするが、

『視聴者のみなさんにお知らせします。ただ今、天気予報の時刻となりましたが、予定を変更し、引き続き東京湾木更津沖の上空からわたくし中山江里がお送りします。お天気コーナーはこのあと、二十二時五十五分頃からお送りいたします』

江里は視聴者に向かって、放送内容変更の断りをした。それを聞いたよしみは、顔を上げた。

涙と鼻水と煤でぐしゅぐしゅの顔が、少し生気を取り戻した。

し、しめた……。

お天気コーナーが『7ワク』へ繰り延べされたらしい。よしみは頭の中のタイム・カウンターと照合する。『7ワク』までは――あと四分五十秒ある。

「しめた」よしみはうなずいた。「それだけあれば、シャワーを浴びられるわ――イグニス！」

再び超音速で東京湾を横切り、富士桜テレビ新局舎八階の窓から衣装倉庫へ飛び込んで着地したよしみは、隠してあった非常用衣装の黒いワンピースを頭からかぶると、急いで非常階段を下ってシャワー設備のある女子宿直休憩室へ駆け込んだ。

脱衣室のドアを閉めるのと同時に、役目を終えた白銀のコスチュームがシュウウッと音を立ててほどけ、分子レベルに崩壊してよしみの左手首に凝集しリングの形を取った。〈変身〉がほどけると、よしみは全裸に戻ってしまう。だが最近は慣れたもので、コスチュームが自然にほどける前にワンピースを頭からすっぽりかぶっておくことを覚えた。

それほど頻繁《ひんぱん》に、よしみは〈出動〉していることになる。ただし半年前にお天気キャスターとなってからは、本番直前に事件が起きるという事態には幸い遭《あ》わずにすんできた。帝国テレビの局アナ時代のように、重大事件の現場をレポートしている真っ最中に悲鳴が聞こえてきて、中継を放り出してフケざるを得なくなる、ということはなしですんできたのだ。今日の今日までは……。

「洗わなくちゃ。洗わなくちゃ」

よしみはシャワールームに飛び込むと、お湯を全開にし、備えつけのリンスイン・シャンプーを取って、髪の毛からついでに煤で真っ黒の顔と腕と両脚も洗い、ごしごしこすって黒い油汚れを落とそうとした。だが重油臭さは、なかなか取れなかった。

「時間がないわ」

全部きれいに洗っている暇はない。『7ワク』の本番まであと六十秒。

自分用にキープしてあるバスタオルで全身の水気を急いで拭き取り、新しい黒のストッキングの包みを破って両脚に通すと、あとは休憩室を飛び出して走った。化粧をし直している暇はなく、ノーメイクのすっぴんだったが仕方なかった。まともにメイクしようとしたら、よしみは三十分かかる。

髪の毛を拭きながら亜音速で階段を駆け上がり、報道第一スタジオへ急いだ。

3

桜庭よしみはスーパーガールだったが、特に好きでやっているわけではなかった。望んでスーパーガールになったのでもなかった。テレビの報道の仕事と、正義の味方としての戦いは、両立するのがとても難しかった。

「はぁ……」

翌朝。

品川区、西小山《にしこやま》。

東急目黒線沿いの小高い住宅街に、よしみの借りている部屋があった。

マンション〈銀色暁荘《ぎんいろあかつきそう》〉は築十四年とやや古いが、1LDKの広さで新築ワンルームと同じ家賃なので、洋服の多いよしみには助かる。オートロックもついている。

今から二年と少し前に、高田馬場《たかだのばば》にある大学の教育学部を出て、帝国テレビの局アナとして採用が決まった時に契約した部屋だった。

板張りのリビングは、なるべく物を置かずに清潔にしている。地方出身のよしみにとって、この部屋は東京に築いた自分の城のようなものだ。でも広さもインテリアも、昔夢に見た『今井美樹《いまいみき》の部屋』にはほど遠い。

　小学校六年生の頃。よしみは出身地の福岡県久留米《くるめ》市の実家で、今井美樹主演のドラマの再放送を見た。東京の独身のOLがかっこいいマンションで独り暮らしをして、男にもてまくるストーリーに「いいなぁ。あたしもあんなふうに暮らしたい」とため息をついていたら、「OLの給料であんな部屋に住めるわけないいじゃない。ばかね」と当時、高校生の姉に笑われた。

　その頃には、東京の港区でリビングのほかにベッドルームが二つもあるようなマンションを借りるといくらかかるのか、想像なんかできなかった。姉に笑われる意味が、よく分からなかった。

　よしみは二人姉妹で、姉がいる。現在、そのよしみにあまり似ていないと言われる姉は、同じ都内であのドラマに出てきたようなマンションに住み、帝国テレビの夕方の〈ニュースの海〉でメイン・キャスターを務めている。きりっとした眼差しと低めの声を、全国の家庭のブラウン管へ流している。今や桜庭順子といえば、ばりばりの若手女性キャスターだ。地元では『郷土の誇り』なんて言われている。

　その一方、五つ年下の妹のほうときたら……。

「はぁ――」

　よしみはため息をついた。

　やっぱり、あたしが二年前局アナとして帝国テレビに入れたのも、お姉ちゃんのご威光だったのかなぁ……。お姉ちゃんの社内での評価、あの頃から凄かったものな。きっとあたしが同じくらい仕事できるだろうって、思い込まれたんだな。その証拠にほかのテレビ局、どっこも受からなかったものなぁ――

　カーテンを閉め切ったリビングの床で、パジャマ代わりの白のダンガリー・シャツにショーツだけの格好で座り込んでいたよしみは、天井を見上げてグスッ、とすすり上げた。

「あたしって、やっぱり――」

　――『君には失望させられた』

「――」

　グスッ、とまたすすり上げると、部屋の暗がりの向こうで呼出し音が鳴って、床においた携帯が光った。

　出たくはなかった。しかし富士桜テレビからの連絡かもしれないし、ひょっとしたら、仕事で外国へ行っている親友からかもしれない。手を伸ばして取った。

「――はい」

だが、通話ボタンに触れると
『よしみっ』

いきなり、電話の向こうから怒鳴られた。その低い声は、夕方のニュースで政財界の癒着《ゆちゃく》を追及する時と同じテンションだった。反射的に「うぇっ」とのけぞっていた。もう嫌《いや》になる。よしみが小六で姉が高二の頃から、何かへまをするとこの調子で怒鳴られた。

『よしみっ。もうやめておしまい！　さっさとそこをたたんで、久留米へお帰りっ』

姉の順子が、受話器の向こうで怒鳴った。

「お、お姉ちゃん……」

『聞いたわよ。あぁまったくなんて恥ずかしい。あんたまたしても、生放送の本番をフケたそうね⁉』

「あ、あの、お姉ちゃん。それは――」

よしみは口を開いて言いかけるが、

『なんて責任感のない、いい加減な子なのかしら！』ぴしゃっ、と桜庭順子の声は撥ねつけた。

『あんたは昔からポーッとしてたけど、全然変わってないじゃないの。いつかニュースキャスターになりたいだなんて、口だけじゃないのっ』

「あ、あの」

『たとえ他局へ移ったとしてもね、あんたが妹である以上、わたしは、このわたしは周囲の人たちに恥ずかしくて恥ずかしくて』

「あの――」

『とにかくっ。生本番をフケるお天気キャスターが妹だなんて。わたしは業界人として、恥ずかしくて顔を上げて局内を歩けないわっ。よしみ、さっさとやめておしまい！　二度とそのポーッとした顔を、全国のTVモニターに曝《さら》すんじゃないわよ。いいわね』

一方的に責め立てると、電話はプツッ、と切られた。姉の声の背後には、ざわざわと大勢の人の気配がしていた。きっと帝国テレビの報道オフィスから、打ち合わせの合間にかけてきたのだろう。

一言も言い返せなかったよしみは、ツーという携帯を手にしたまま、うなだれて膝におでこをつけた。「ひ、ひどいよう……」ひっく、と嗚咽《おえつ》した。

「久留米へ帰れだなんて……。お姉ちゃん、あたしの事情も知らないで、ひどいよう」

昨夜は大勢の人命を救うために、自分なりに悩んで、必死で頑張ったのに。バーゲンでも七万八千円したピンキー・アンド・ダイアンの夏のスーツだって一着燃やしちゃってるのに……。どうしてあたしが、怒鳴られなきゃいけないんだ。

いっそのこと姉に本当のことを――自分が一昨年のクリスマスからスーパーガールになってしまったという事実を、告げようか？　昨夜逃げ遅れた人たちを全員助けたのは、このあたしなんだって――

しかしよしみは、すぐに頭をプルプルと振る。

「駄目だよう……そんなこと」

その耳に、

――『桜庭。君には失望させられた』

別の声が甦った。バリトンの、よく響く男の声だ。

よしみの脳裏に、昨夜の事件の続きが嫌でも映像となってプレイバックされた。

昨夜のことは思い出したくないけれど、仕方がなかった。『今日の打ち合わせには来なくていい』と言われているよしみには、忙しくして気を紛《まぎ》らわせる仕事もなかった。

よしみはうつむいたまま、目をつぶった。

閉じたまぶたの裏に、猛烈な速度で揺れ動く光景が甦ってきた。

「――はぁっ、はぁっ」

息を切らす、自分の声。

あのあと——シャワーを浴びて女子宿直休憩室を飛び出した自分は、髪を拭く白いタオルをなびかせながら亜音速で階段を駆け上がり、空気を切って八階の廊下を突っ走ったのだ……。

「はぁっ、はぁっ」

前方に揺れる、赤い〈ON AIR〉のライト。〈熱血ニューズ〉を生放送している報道第一スタジオへ駆け戻ったのは、『7ワク』へ繰り延べされたお天気コーナーが始まる、ちょうどその三十秒前だった。

しかし。スタジオの2カメ前のいつもの自分の立ち位置には、すでに青いミニのスーツを着た別の人影があった。肩の高さに整えられたセミロング。すらりとしたシルエットはよしみよりも身長が高くて、遠くから見ても横顔と手足が白い。

『三十秒でCM明けます。「7ワク」お天気、雪見《ゆきみ》のアップから。スタンバイいいですか』

高い天井から、マイクを通した柄本の声。

白く眩しい照明が、〈熱血ウェザー〉のロゴを背にした女の子に当たる。ショーウインドーの人形のようにライトアップされ、白い顔が満面の笑みになる。あの子は——確か今年の春、富士桜へ入社した新人の局アナだ。どうりで、女子宿直休憩室の仮眠室に誰もいなかった。当番で宿直していたところをピンチヒッターに呼び出されたのか。

「——あっ」

よしみは、床の繋ぎ目でつまずいた。

「あ、あの。あの」

フロアへつまずきながら出ていくと、よしみの姿に気づいたスタジオのスタッフ全員の視線が、八方からぐさぐさっと突き刺さるようだった。

「さ、桜庭——⁉」

振り向いたフロア・ディレクターは最初驚き、そして次の瞬間、大阪心斎橋《しんさいばし》の河豚《ふぐ》料理店の巨大立体看板のように頭から湯気を噴いた。

「きっ——貴様ぁっ、どこへフケていたーっ⁉」

「すっ、す、すみません！」

よしみは、ただ身体を二つに折って、頭を下げて謝るしかなかった。まさか『ちょっと〈海ほたる〉の火災を消してタンカーを押しにいっていました』なんて、言えたものではない。

「すみません、ディレクター！　すみませんっ」

「桜庭」

「……はい」

その三十分後――

オンエアが終了し、照明を落とされて一転、倉庫のように暗くなった報道第一スタジオの床で、よしみは立たされたままうなだれていた。

結局、お天気コーナーは、当直していた新人の局アナ・雪見桂子《けいこ》に取られてしまった。入社する前から〈女子大生お天気キャスター〉として、朝の〈もぎたてモーにんぐ〉に出ていた雪見桂子は、慌てる素振りもまったく見せず、満面の笑みでよしみの報じるはずだった〈熱血ウェザー〉五分三十秒を仕切ってみせた。「凄い」「凄い」とスタッフたちから拍手を浴びていた。

さらに、そのスタジオへ、ヘリ取材から戻った中山江里が加わった。上空の潮風に髪をなぶられていた江里が頬を紅潮させ「中山江里、ただ今実況から戻りました」と報告すると、またもや拍手の嵐。

「凄い」

「凄いぞ中山」

「瞬間視聴率七〇パーセントだ」

「よくやった。今期の局長賞だ」

口々に二人を褒めたたえるスタッフたちの輪の外で、よしみはただ、黙って下を向いているしかなかった。

生放送が終わってスタジオが片づけられ、スタッフたちがオフィスへ引き揚げ始めると、よしみは等々力に呼ばれて、センター・テーブルの前に立たされた。

「それで。いったいどういうことなのだ。桜庭」

イタリアもののスーツに長身を包んだ三十八歳のキャスターは、俳優出身の彫りの深い顔でよしみを見上げた。

「話してくれるか。いったい本番の直前に、どこへ雲隠れしていた」

「あ、あのう……」

よしみはただ、下を向いてもじもじするしかなかった。

「桜庭。君はお天気キャスターとして昨年採用されてから、こんなトラブルを起こしたことは一度もない。当然だ、君は素人ではない。もと帝国の局アナだ。生放送の重大性はよく理解しているはずだ」

「は、はい……」

「生本番の前は、出演者はエレベーターに乗ることすら禁じられる。そのくらい厳格に規則を守って、番組に穴を空《あ》けることを防いでいるのだ。君も知らないわけはない」

「はい……」

「では、本番直前に何をしていた」

「……」

「答えられないのか？」

「あの……。あたし――」口を開きかけるが、よしみは言葉が出なかった。「あたし……」


「はぁ……」

暗くしたリビングの板張りの床で、よしみはうっすら目を開けてため息をついた。

「あたしは……。自分で自分が、情けないよ」

顔を膝につけたまま、手のひらを開いて眺めた。十万トンのマンモスタンカーを〈海ほたる〉から押し出した手は、一晩過ぎてもまだ微かに重油の臭いがした。

よしみは唇を噛み、再び目を閉じた。


「待ってください。等々力さん」

よしみが立ったまま何も答えられずにいると、副調整室から下りてきた柄本が横から口をはさんだ。今夜は通常よりも数倍緊張を強《し》いられたのだろう、痩身のチーフ・ディレクターの縁なし眼鏡の奥がしょぼついている。

「等々力さん。ミスはミスですが、桜庭の気持ちにもなってやってくれませんか」

「桜庭の、気持ち——?」

「そうです」

柄本は、うなだれるよしみの隣で、何も言えずにうつむいている横顔を覗いた。

「桜庭は、昨年のアシスタント・キャスター公募で、中山に敗れています。実力では決して負けていないのに、採用されなかった。たまたまお天気の席が空いたので、この番組に入れたんです。桜庭はそれから半年というもの、競争相手の中山がセンター・テーブルの等々力さんの横でニュースを読んだり、取材で活躍するところを、ずっと脇のほうで見せつけられてきたんです」

アシスタント・キャスター公募の時、よしみの面接での受け答えを「面白い」と気に入ってくれ、プロデューサーや局側が反対する中、強力に推薦してくれたのが柄本だった。

柄本は続けた。

「お天気キャスターというものは、いくら頑張っても工夫しても、報じられるのは天気だけです。ジャーナリストを目指す者にとって、しゃべる内容が来る日も来る日も天気と時候の話題だけでは、やる気のある者ほど欲求不満でおかしくなってしまうでしょう。きっと桜庭は、燃えるタンカーと中山の実況を目《ま》の当たりにして、自分も何かしたくてたまらなくなり、半年間積もり積もった情熱が噴き出して、自分でも気づかぬうちスタジオを駆け出してしまったのです。そうなんだろう、桜庭？」

「え。あ……あの」

「だが桜庭は」等々力が遮った。「この番組にお天気キャスターとして採用したのだ。そんなことを言われても、仕方がない」

「等々力さん。しかしあなただって僕と同様、桜庭の報道にかける情熱は買っていたはずだ。昨年のデパート火災であの黒木社長を『バカヤロー』と怒鳴って不採用になったが、そういうところがこいつの持ち味なんです。本当は桜庭こそが、我が〈熱血〉にふさわしい――」

柄本がそう主張しかけた時、

「待ってください」

さらに横から、きつい声が制した。

「待ってください、柄本さん。それは聞き捨てなりません」

振り向くと、こちらを睨んでいる黄色のスーツは中山江里だった。

江里は、柄本に詰め寄った。

「そっちで聞いていれば、なんですか。わたしよりも桜庭さんのほうが、〈熱血ニューズ〉にふさわしいキャスターだとでもいうんですかっ？　このいつ暴れ出して暴言を吐くか分からない、自制心のかけらもない野良猫みたいな子が？　ひどいわ！」

の、野良猫――？　よしみはムッとして横目で江里を睨み返すが、立たされて怒られている最中だ。目に力は入らない。

「いいですか、みなさんも」

江里は両手を腰に置き、きつい目で周囲のスタッフたちを見回した。

「〈熱血ニューズ〉の視聴率というものを考えてみてください。〈熱血〉の年間平均視聴率は二〇パーセント強。一パーセントで一〇〇万人が見るといわれているのです。いつも二〇〇〇万人が見ている勘定なのに、そんな番組でキャスターが変なことを口走ったらどうなるのです？　かつてあるニュースで『この地区の野菜には工場の汚染物質がかかっている』とちょっと不確かな情報を口にしただけで、一つの県の農家が丸ごと潰れかかった事例だってあるのよ。すぐカッときて危ないことを口走る桜庭さんみたいな人には、とても〈報道〉は任せられないわ。お天気コーナーくらいが、似合いだわ」

に、似合い――？

「しかしな、中山、ジャーナリストには、本当のことを世の中に伝えようとする情熱が――」

「わたしには情熱がないとでもいうのですか。ひどいわっ」江里は目を吊り上げて柄本を睨み返した。

「これでも報道に命をかけているつもりです。だから命をかけて、今夜のヘリにも乗ったんです！」

ちょっと待って。あんたは自分が目立つことに命をかけてるんじゃないの――？

と突っ込みたかったが、よしみに発言できる雰囲気ではなかった。

「よせ。二人とも」

等々力が、言い合う江里と柄本を制した。

「とにかくだ。どんな理由があったにせよ、〈熱血ニューズ〉出演者が生本番をすっぽかしてどこかへフケるというのは、テレビ報道に携わる者として絶対許される行為ではない。責任感がまったくない」

日本有数のアンカーと呼ばれる元俳優の男は、前に立たせたよしみを、ぐいと厳しい目で見た。

返す言葉は、ない。よしみはまたうつむいた。

「桜庭」

「……は、はい」

「いいか。タンカーに爆発が迫っていたあの時、みんなが闘っていた。海保の救難隊も、上空で中継をする中山も、映像を全国へ伝えるうちのスタッフたちも、みんながだ。私は柄本の日頃、口にする〈謎のスーパーガール〉の存在を認めるわけではないが、もしそんな存在がいたとしたら、一番闘っていたのはその〈彼女〉だろう。みんながそれぞれの持ち場で、全力を尽くしていたのだ。そんな中で、君は何をしていた。持ち場を放り出し、スタジオを飛び出してどこかへフケてしまった。柄本は弁護するが、何かをしたくて居ても立ってもいられなくなるというのであれば、君が自分の役目である天気予報を軽く見ているしるしだ。小さな役目を、ばかにしている証拠だ」

「……」

「桜庭。何か言い返す言葉があるか」

「……あの」

「なんだ」

「いえ。その」そのスーパーガールは、あたしです——なんて言えるはずもない。よしみはただ、唇を噛んでうつむいた。「何も、言い訳できません」

「桜庭」

等々力は腕組みをして、ため息をついた。

「君には失望させられた。明日からの打ち合わせには、来なくていい。〈熱血ニュース〉は当分の間、局アナの雪見で埋める」

「——取られちゃった……」

よしみは、昨夜のその場面を思い出すと、リビングの床で膝に顔をうずめたまますすり上げた。

「あたしのお天気コーナー、取られちゃったよう。一生懸命、半年間やってきたのに、ばかにしたりなんかしてないのに、あの局アナに取られちゃったよう。またクビだようう……」

ひっく、とよしみは嗚咽《おえつ》した。

「……だから〈出動〉するの嫌だったんだよぅ」

泣き出したよしみの左腕で、細い銀色のリングはカーテンの隙間から朝日を集め、静かに光った。

——『おやすみ、よしみ』

違う〈声〉が、また顔をかすめた。

——『おやすみ。この星の平和を、護ってください』

「イグニス。あたし辛いよぅ」

薄暗いリビングで、よしみはすすり上げながら銀色の腕輪に話しかけた。

「辛いよぅ……。もうやだよう。ひどい目に遭うばっかりだよう。あたしもうスーパーガールなんか、やめたいよう」

ぐすっ

ぐすすっ

「もうやだよぅ……」

そこへ、また電話が鳴った。

4

ごとん、ごとん

番組を干《ほ》された桜庭よしみが、部屋のリビングで独りすすり上げている、ちょうどその頃。

朝の通勤ラッシュの東海道線上り電車の中で、もう一つの事件が起きていた。

その小田原《おだわら》発東京行き231系近郊型通勤電車は、朝日の中、満員の通勤客を詰め込んで高架線路の上を浜松町《はままつちょう》から新橋《しんばし》へさしかかるところだった。

車内は、始発の小田原で座席が全て埋まり、さらに横浜《よこはま》周辺から乗り込んできた大勢の人々で身動きの取れない状態だった。電車がカーブを通過する時は、吊り革につかまっている人は全力で体を支えないと、全員が将棋倒しになってしまう混み方だ。

ごとん、ごとんごとん

『間もなく新橋、新橋です。お客様にお願いいたします。車内には優先席を設けてあります。お年寄りや体の不自由なお客様に、席をお譲りください。また優先席付近では携帯電話の電源をお切りください。それ以外の場所では、マナーモードに設定の上、通話はお控えください。ご協力をお願いいたします。次は新橋です』

最後尾の車両。ドアに近い三人掛けの座席から、次の駅で降りるらしい人が立ち上がった。そこはシートの色が他とは違ってグレーにしてあり、窓に『お年寄りや体の不自由な人に席をお譲りください』とステッカーが貼られていた。この朝の時間帯では、体力に自信のない年寄りなどは通勤ラッシュを敬遠して乗ってこないのだろう、さすがに吊り革につかまって空くのを待っている老人の姿はない。それでも空いた席の前に立っていた若いサラリーマンは、出ていく人と入れ替わって座ろうとした時、自分の左右に年寄りの姿がないか、遠慮がちに見回して確かめた。

その動作による遅れが、一瞬の隙となった。

「どけ」

横から紺色のスーツの袖が伸びてくると、太い肘で若いサラリーマンを打撃するように押し退《の》けた。小さな悲鳴を上げ、真面目そうな若いサラリーマンが転びかける。代わりにダブルの背広を着た巨体の中年男が、脂ぎった頬から汗を滴らせ「がはぁっ」と息をつきながら三人掛けシートの中央にどかっ、と割り込んで座った。座ると同時に、両脇に座っていた二人の乗客を左右へ押し退けるようにがばっ、と太い両足を開いた。

「ぶふぁっ」

巨体の中年男は、蒸気機関のような息を噴き出すと、ダブルの背広の内側から光り物のついたカバーの携帯を取り出した。丸まっちい指で、最新型のスマートフォンが小さく見えた。

「ああ、俺だ俺だ」

男は携帯を肉マンのような顔に当てると、肘で右側の乗客を押し退けるようにして、大声でしゃべり始めた。

「あれはどうなったあれは。何？　ばか野郎っ」

ぎっしり立った乗客たちが、それとなく横目で視線を向けるが、そのような非難の眼差しなどはこの男の行動になんの規制も加えないようだった。

「ちゃんとしろこの野郎。ニューヨークだニューヨーク。そうだ。そうか、ぶわっはっはっは」

右隣に座っていた細身のＯＬが、太い腕の肘に押され、嫌そうにのけぞる。だが巨体の中年男は、黒縁眼鏡の奥の細い目を動かそうともしない。

「しょうがねえなそれは。なんだと？　ばか野郎買いだ買いだ、決まってんだろうが。がっはっはっ」

押し退けられて転びかけた二十代のサラリーマンが、泣きそうな顔で斜め前から睨んでいたが、中年男は睨まれていることにすら気づかない風情《ふぜい》だ。本当に気づかないのか、あるいは抗議の視線など無視していても、これまでに公共の場所においてなんの不都合も起きなかったのだろう。

　中年男は笑い続けた。

「がっはっは、ぐわっはっはっは」

　だからその目の前に、黒いコートを羽織った長身の若い男が立っても、肉マンのような中年男は気にも留めない様子だった。

「――」

　黒衣の若者は、数秒間、中年男の様子を観察するように見下ろしていたが、ふいに口を開いた。

「――もし」

　低い声で、ぼそりと呼びかけた。

「もし。電車の中でそのような振る舞いは、いかがなものか」

　長身の若者は、満員の中をいったいどのように移動してきたのだろう、どこかからふいに現れた印象だった。夏だというのに、身体をマントのように覆うコートを着け、彫りの深い色白の横顔にはコートと同色の深い黒のサングラス。

「がっはっはっは、がっはっはっは」

無視して電話に笑い続ける中年男に、対峙《たいじ》した黒衣の若者は抑揚のない低い声で繰り返した。

「そちらのご婦人が嫌がっている。やめないか」

だが、

「がっはっはっ、そうだそうだ、それも買いだ」

中年男はやめない。その横で、電話を握る腕に押し退けられた形のＯＬが、嫌そうにさらに身をよじる。座席横のポールに押しつけられた格好なので、立ち上がって逃げ出すこともできないようだ。

「やめないか」

若者は、低い声で繰り返した。

中年男が、やっと反応した。携帯を丸まっちい手に握って耳につけたまま、黒縁眼鏡の奥の細い目をもろっと上げ、正面に立っている黒衣の青年を睨んだ。まるで爬《は》虫類《ちゅうるい》のような視線だ。

ごふっ、と蒸気のような息を噴いた。

「――」

だが睨むだけで、中年男は若者を無視した。再び電話に向かってがなり始めた。

「おう、それも買いだ。いや違う、そっちは売りだ売りだ売りだ！」

「公衆道徳を、守っていただきたい」

「売りだ売りだ」

中年男は、満腹の爬虫類が目の前の虫を無視するみたいに、もう若者を見もしなかった。

黒衣の若者は、ぼそりと繰り返した。

「他人の迷惑を、考えていただきたい」

「売りだ売りだ。そうだそうだ、がっはっは」

「私の言うことが、聞けないのか」

「がっはっはっはっ」中年男は、若者の呼びかけをむきになって無視するように、電話に笑い続けた。

「がっはっはっはっは！」

「──お前、B型だな」

若者が横顔でそう宣告するのを、周囲の乗客たちは耳にした。黒衣の若者の声は低いが、なぜか満員の電車の中で周囲に届く響きを持っていた。

「では、やむを得ない」

バサッ、と黒いマントがひるがえると、若者の革手袋の手に黒い軍用拳銃が出現した。艶消《つやけ》しの自動拳銃の銃口が、脂ぎった肉マンのような中年男の狭い額にポイントされた。至近距離だ。

「B型は死ね」

一瞬の出来事だった。

若者の手にした自動拳銃がパンッ！　と閃光を放つや硝煙《しょうえん》の白い煙が拡散し、同時に巨体中年男の肉マンのような頭が撥《は》ねるように後方へのけぞって電車の窓ガラスにがちんとぶつかった。「うぐ」とも「うぎゃ」ともつかない中途半端な悲鳴を最後に、肉マンのような顔は口を半開きにしたまま動かなくなった。

横のOLが、半身をそらせたまま呼吸もできずに目を見開いた。目の前で起きた事態が、意識に受け入れられないでいるようだ。信じられないのだ。

巨体中年男の頭ががっくりうなだれるのを目撃した周囲の乗客たちが、一瞬おいてどわっ、と若者から円周状に後ずさった。「きゃあ」「わ、わっ」という悲鳴が、ようやく数人の口から漏《も》れた。後方の乗客たちは何が起きたのか分からない上、銃声に続いて激しく押され、「な、なんだ」「お、押すな」と口々に叫んだ。

その混乱を制するように、黒衣の若者はコートをひるがえし、黒い手袋の手のひらを周囲に向けて突き出した。拳銃はいつの間にか消えていた。どこへしまったのだろう、早業《はやわざ》だ。

「待ってください。みなさん」

黒衣の青年の声は、落ち着いていた。

「我々は、〈B型暗殺教団〉。公衆道徳を破壊するB型の人間から、この社会を守るため戦っている。公衆マナーを守る人には、危害は加えません」

若者は、後ずさる乗客たちを見回し、拳を握ると短く演説した。

「みなさん。今撃たれたこいつは、B型です。血液型B型の人間は、自分勝手で、みんなで決めたルールも約束も守らず、時間にルーズで無神経で他人の迷惑もかえりみず、自分さえよければいいと思っている。そういうB型をこの世から撲滅《ぼくめつ》一掃するのが我々の〈使命〉です。では、さらば」

若者が言い終わると同時に、電車ががくんと急減速した。どこかで非常ブレーキのレバーが引かれたのだ。若者が『我々』と言ったとおり、仲間が近くにいたらしい。ギキキキキッ、と外の景色が揺れながら苦しげに止まろうとする。「うわーっ」と乗客全員が前のめりに将棋倒しになろうとする中、黒衣の若者はコートをひるがえすと、目にも留まらぬ疾さでドア脇の赤い非常コックを引いた。

プシュッ
電車が止まりきらぬうち、半開きになったドアから高架線路の砂利の上へ若者は跳んだ。横の方の別のドアからも、もう一人の黒衣の姿が線路へ跳び出すのが見えた。

電車は新橋駅の直前で停止した。驚いたJRの保線職員たちが駆けつけるより早く、二つの黒い人影は窓から見えなくなり、いずこかへ走り去った。

「通勤電車の中で、発砲事件――!?」

三十分後。富士桜テレビ・局舎八階。

その廊下。

エレベーターを出てきた等々力猛志に、報道部に泊まり込んでいたチーフ・ディレクター柄本が追いついて耳打ちすると、長身のキャスターは歩きながら顔色を変えた。

「満員の東海道線の車内で、拳銃が発射されたというのか」

「今入った一報ではそのようです。等々力さん」

「ううむ」等々力は唸った。「――私の記憶が確かなら、過去にそのような事件の例はない。やくざ同士の抗争か何かか?」

信じられん、とは等々力は言わない。信じられないことが突然起きるのがニュースの世界だ。

「いえ」柄本は一緒に早足で歩きながら頭を振る。「僕も警視庁詰めの記者から報告を受けたばかりなのですが、どうもやくざではないようです。被害者は都心の外資系証券会社に勤務する会社員です」

「会社員？」

「確かに、被害者の写真を見せられると、外見はそれっぽくないこともないですが。でも暴力団とはまったく関係ありません。それから――」

　こちらへ、と柄本は廊下をそれてＶＴＲ編集室の入り口へ等々力を招いた。

「――実は先ほどの犯行直後、報道各社に宛《あ》て『とんでもないもの』が送りつけられているのです。見てください」

「とんでもないもの？」


　報道部のＶＴＲ編集室は、旧局舎では地下にあったが、夜の〈熱血ニューズ〉では本番ぎりぎりまで取材映像の編集をするのが当たり前なので、ここ新局舎ではスタジオのすぐ裏手に設置されていた。編集室に入ると、壁まで埋め尽くした映像機材と十数台のモニター画面の隙間に細い窓があり、そこから誰もいない第一スタジオの内部の様子が見えた。

　管制卓に向かった数人のエンジニアが、昨夜のタンカー火災事件の取材映像を編集している。柄本も立ち会って、徹夜で作業が行われていたらしい。そこへ今朝の通勤電車の事件の第一報が舞い込んだのだ。

「これをご覧ください、等々力さん」

柄本は、エンジニアの一人に「頼む」と指示し、一本の表題のない映像ディスクを再生させた。

「それがとんでもないものか？」

「ついさっき、うちの報道部に届いたディスクです。内容もさることながら、僕だけでは扱いを決められません」

「誰から送りつけられたのだ」

「今朝の犯人です」

「何」

再生が始まった。モニター画面がちらつき、すぐに一人の若者の顔が正面アップで現れた。艶やかな黒のグラスで目を隠した顔は色白で、鼻筋が通っている。その唇が動いた。

『国民のみなさん。我々は〈B型暗殺教団〉だ』

「――B型、なんだと？」

「〈B型暗殺教団〉――この連中の組織名だそうです」

「むう」

『国民のみなさん。我々〈B型暗殺教団〉の話を聞いていただきたい。

我々は提起したい。いったい、旧ソビエト連邦の共産主義は、なぜ失敗したのだろうか』

「――共産主義？」

「僕も、最初見た時は訳が分かりませんでした」

『中国の共産主義は、なぜ転向せざるを得なくなったのだろうか』画面の若者は、低く落ち着いた声で続ける。『そのほか世界中で共産主義の社会は行き詰まり、今や末期的症状を呈している。本来ならば人類に平等で平和な暮らしをもたらすはずだった理想の世界が、今ことごとく頓挫《とんざ》し、あるいは頓挫しかかっているのです』

「――」

「――」

　等々力と柄本の顔に、モニターの蒼白い照り返しが映る。テープを初めて見る等々力は、通勤電車の事件の犯人がいきなり共産主義の話など始めたので、訳が分からぬというふうに眉をひそめている。

『いいですかみなさん。二十世紀の人類の壮大かつ偉大なる試みであったはずの共産主義革命が、全て失敗したのには原因があるのです。我々はついに、それを突き止めた。共産主義はいったい何ゆえ失敗したのか？　理由は明らかだ。それはこの世に、B型の人間がいるからです』

　がたたっ、と音がして、パイプ椅子から転げかけた等々力が慌ててテーブルの端をつかんだ。

「大丈夫ですか、等々力さん」

「な――何を言い出すのだ、こいつは」

だが画面の若者はさらに続ける。

『血液型B型の人間というのは、みなさんも知っているとおり自分勝手で、みんなで決めたルールも約束も守らず、時間にルーズで無神経で他人の迷惑もかえりみず、自分さえよければいいと思っている。自分の失敗は棚に上げるくせに他人の失敗は厳しく責め立て、いつも自分がやっていることでも他人がやると平気で激しく非難する。自分が世界で一番正しくて偉いと勘違いしている。こんな連中がこの世に存在する限り、みんなでルールを守って平等に分け合う共産主義など成功するはずがないのだ』

「――」

「――」

『だが、我々は戦います』黒衣の若者は、画面のフレームの中でぐいと拳を握り締めた。『この世からB型の人間を撲滅し、公衆道徳を取り戻し、真に平等な共産主義社会を築くため戦いを開始する。ここにそう宣言します。全てのB型人間よ、覚悟するがよい。また善良な一般市民のみなさんは、安心されてよい。我々が狙うのは身勝手なB型だけだ』

「本気か、こいつは」

「いったい何者でしょうね」

 言い合う等々力と柄本の後ろから、

「あ、あの柄本さん」

 タンカー火災の映像の編集作業にかかりきりだったエンジニアの一人が、振り向いて言った。

「そのDVDの男って、〈B型暗殺教団〉の首領じゃないですか。とうとう活動を始めたんですね」

「何。君は知っているのか」

柄本は目を剝《む》くが、

「ええ」二十代前半の若いエンジニアは、こともないというふうにうなずいた。「知ってますよ。公式サイトがありますから」

「な」

今度は柄本がつまずきかける番だった。

「こ――公式サイトぉ!?」

「ええ。ネットの世界では彼ら、結構、有名です。『B型の人間を撲滅して公衆道徳を取り戻し、共産主義の復活を目指す』という自称〈狂信的テロ集団〉でしょう。何カ月か前からいろいろ主張を展開していたけれど、そうですか。ついに始めましたか」

「面白がっている場合じゃないだろう。この連中は、無差別殺人を始めたんだぞ」

柄本は画面を指さして、エンジニアの態度を咎《とが》めるが、若い映像技術者は椅子で腕組みをして「うーん」と首を傾げる。

「でも本当に、殺してるんですか？　これを見てください」エンジニアは編集室のパソコンに向かうと、インターネットの検索ページに〈B型暗殺教団〉と入れて実行した。「これを。サイトが出ました」

〈B型暗殺教団〉の公式サイト――そんなものがあったとは。等々力はもちろん、自分では若いつもりの柄本も知らなかった。

白い画面の真ん中に、毛筆で勢いよく描いた書体の〈礼〉という一文字が浮かぶと、すぐにフェイドアウトして一人の若者の顔のアップに替わった。黒い幅広のサングラスで目の表情を隠しているが、知性を感じさせる整った顔だちの青年だ。

『我々は〈B型暗殺教団〉。世間で言う、いわゆる狂信的テロ集団だ』

「ほら、自分から『狂信的』とか言ってますよ」

「う」

「うむぅ」

サイト内には様々なコンテンツがあり、自分たちの主義主張を述べるページから、掲示板のコーナーまであった。

「ええとですね。ここの掲示板に登録すると、〈団員番号〉がもらえるんですよ」

「だ、団員番号――?」

「なんだ、それは」

「ネットを介して、全国の誰でも〈B型暗殺教団〉の団員になれるらしいです。公衆マナーを守らない血液型B型の人間をみんなで懲《こ》らしめようという、まぁ一種の遊びのサークルじゃないですか。ほら、掲示板のここの書き込みを見てください。埼玉県の女子高生からです」

ピンク色の画面をスクロールさせると、たくさんの書き込みがされているのが分かった。

その中の一つ。

さいたま市・A美(団員番号00112)『首領、こんにちは。実はわたしのクラスにいるB子という子なのですが、みんなで原宿へ行くと、自分の買い物の時は人を平気で待たせるくせに、逆にわたしたちがちょっとでも待たせると「何やってんのよう、人を待たせるんじゃないわよ。人の迷惑も考えなさいよ」と非難します。首領、こんなB型のB子に、なんとか思いやりのある人間になってもらうことはできないでしょうか』

首領『そのB子は、典型的なB型だね。B型には言っても分からないから、天誅《てんちゅう》を食らわすしかないよ』

「な」

「なんだ、これは」

そこへ
「柄本さん」

絶句している二人の後ろから、入室してきた若いアシスタント・ディレクターが紙を差し出した。

「警視庁記者クラブから、続報です」

「ああ、すまん」

柄本は受け取って一瞥すると、唸った。

「う〜ん……」

「どうした」

「等々力さん、これを」柄本はＦＡＸ用紙を差し出した。「事件の捜査当局の、会見内容です」

同時刻、都内・秋葉原《あきはばら》。

ＪＲ線の電車がガード上を通過する電気街だ。

その歩道。

まだ通行人も買い物客の数もまばらだが、立ち並ぶ家電量販店は競うようにシャッターを上げ、午前中の営業を開始している。

歩道に面してずらり並んだ大型テレビが、同じ番組を映し出している。スピーカーの音量が大きい。

『――というわけで取越《とりこし》さん、警視庁記者クラブでたった今、捜査当局の会見が持たれたのですが、どうやら撃たれた外資系証券会社社員の勝又《かつまた》さんは命に別状なく、病院で意識を取り戻した模様です』

路上でマイクを手にして立つ、レポーターらしき女性の顔。イヤフォンを耳に入れている。その画面にスタジオの司会者らしき声がかぶさる。

『ええ、本当ですか角立《かどたて》さん。ということはですね、〈Ｂ型暗殺教団〉は実弾を使わず、最初から殺人が目的ではなかったということになるのですか』

『はい。そのようです』

秋葉原の空は晴れていて、暑くなりそうだった。入り組んだ裏通りの路地から出てきた一匹の黒い野良猫が、並んだテレビ画面の前を走って横切った。

その黒い猫に続いて、電気街の路地を出てきた一人の女の姿があった。小規模の工房などがひしめく裏通りに似合わず、きっちりした白のスーツ姿だ。表通りに面した歩道へ出ると、女は並んだテレビに目を留めたように、立ち止まった。

ワイドショーの中継を映す画面を、眺めた。

「——」

白いスーツの女は、出勤途中なのだろうか。長いストレートの髪。黙ってテレビ画面に視線を向ける。白い横顔が、黒髪に縁取られている。

『〈B型暗殺教団〉を名乗った犯人の若い男は、東海道線の車内で勝又さんを至近距離から拳銃で撃ちました。銃が本物ならば命はないわけですが、警察の発表によると使用されていたのはゴムの弾丸であり、直撃すればかなりのショックはあるものの、殺傷力はないとのことです。どうやら〈B型暗殺教団〉を自称する二人組は、世間を騒がすのが目的の愉快犯ではないかとの見方が強まっています。新橋駅前の現場からは、以上です』

画面が切り替わる。スタジオだ。

『いやー、しかし朝から大変ショッキングな事件ですね。旗山《はたやま》さん』

〈もぎたてモーにんぐ〉という番組名を背負ったテーブルで、四十代の男性司会者が横に座ったコメンテーターの男に話を振った。風刺漫画を得意とする若手の漫画家だ。頭を茶髪にした漫画家は『そうですねぇ』とうなずく。

『僕も広告代理店のサラリーマン時代は、通勤電車に乗っていましたが、確かに一部の乗客のマナーの悪さには、閉口していました』

『だからといって』反対側から、いつもフイドショーで顔を見る五十代の映画評論家が口をはさんだ。

『公衆マナーの悪い人間を、全部B型と決めつけるのは、ひどいじゃありませんか。短絡的ですよ』

『いや、あなたはご自分がB型だから、そんなふうに言うんでしょう。でも実際、B型の人間というのは――』

『何よ』

司会者の左右の両側で、言い合いになった。

「――」

女は、切れ長の目で無表情に画面を見ていた。

『だいたいね、その今朝撃たれた証券会社のディーラーだという人物、本当にB型だったんですか』

映画評論家が、口を尖らせて司会者に訊く。

『いやそれが、本当にB型だったらしいです』

『それ見たことですか』漫画家が切り返した。『少なくとも犯人の見立ては、正しかったわけだ』

『黙らっしゃい』映画評論家が制した。『だいたい、B型が少し態度がでかいからって、どうして殺されなきゃいけないのよ。その撃たれた証券ディーラーの男ってね、取越さん。いったい車内でどういう態度で座っていたっていうわけ？　あたしそこが訊きたいわ』

『ええとですね』司会者は手元のメモをもう一度読む。『それがですね。被害者は満員の車内で人を押し退けてお年寄り優先席に座り、両足を広げて大声で携帯電話に向かってしゃべっていたそうです』

『う』

映画評論家が絶句した。

『うーん……。それはちょっと』

漫画家も頭を掻いた。

なんとなく、これは撃たれても仕方がない——というような雰囲気が、ワイドショーのスタジオに漂った。

『ではここでもう一度、〈B型暗殺教団〉首領を名乗る犯人から届けられた〈犯行宣言映像〉を見てみましょう』

司会者が言うと、再び画面が切り替わる。黒いサングラスの若者の顔が、アップになる。

『国民のみなさん。我々は〈B型暗殺教団〉だ』

「――」

女は、しばらくテレビ画面に目を留めていたが、やがて肩にかけたハンドバッグのストラップをつかみ、無表情でカツカツと歩き始めた。そのまま地下鉄日比谷線・秋葉原駅の入り口階段へ、降りていった。


「これは、単なる愉快犯だな」

FAXの紙を手にした等々力は、険しい目で視線を走らせ「駄目だ」と舌打ちした。

「駄目だな。〈熱血〉で扱うわけにはいかん。我々は愉快犯の宣伝係ではない。ヘッドラインに乗せたりすれば、この連中を喜ばせるだけだ」

「やはり、そうですか……」

柄本は、すでにディスクのコピーを朝のワイドショーのスタッフが入手して構成会議にかけていることを思った。今頃、〈もぎたてモーにんぐ〉では派手に電波に乗せている可能性が高い。

だが等々力は言う。

「こんなネタは、ワイドショーが扱えばいい。我々は、もっとずっと社会的に重要な案件を追いかけている。柄本、君も承知のはずだろう。昨夜から今夜へ繰り延べとなった、例の〈特集〉だ」

「は、はい」

「〈特集〉を一日延ばしにしたことで、実は取材元の音羽文京《おとわぶんきょう》氏から『さらに内容をつけ加えたい』と言ってきている。私はこれから、急遽、氏に会ってインタビューの撮り足しをしなくてはならん」

「インタビューの撮り足し、ですか」

タンカーの事件がなければ、昨夜放映の予定だった〈特集〉――『もう造るな日本の高速道路』というタイトルの、八分間のＶＴＲだ。等々力自身が取材に乗り出してまとめ上げた労作である。

等々力の言う取材元の音羽文京とは、もともとは作家であったが、現在は内閣府の諮問《しもん》機関として設置された〈高速道路効率化推進委員会〉のリーダーとして有名だ。『高速道路は全部無料にしろ』『新規の高速道路建設は全部やめろ』という強硬派の論客として知られる。ドキュメンタリー作家として、独自の情報収集網を持っているらしい。日本の高速道路がいかに料金が高くて、徴収された金がプール制によってろくに使われていない無駄な高速道路の建設や補修のために消えている、と指摘し続けている。

「そうだ、柄本」等々力はうなずく。「実は、昨夜のタンカー〈海ほたる〉激突事件で、東京湾アクアラインの修理費が急遽、三〇〇億も必要になっているという最新情報が入ったのだ」

「さ、三〇〇億円もですか……？」

そうか……。昨夜〈海ほたる〉とアクアラインは、あれだけの大損害を被ったのだ。公共に供されている道路が事故や災害で損傷を受けたら、政府は復旧・修理をしなくてはならないだろう。

「ただでさえ五十年かかっても建設費を償還できないと非難されているのに、この先さらに借金を抱え込もうとしているのだ。音羽氏は、この問題をただちに指弾しなくてはならぬと言う。私もそう思う。だからそのB型なんとかという愉快犯などに、かかわっている暇はない」

「それは、そうです。僕も早速、取材に――」

柄本はそう言いかけ、これはあいつを起用するのにぴったりのネタだ、と思いついた。

あいつ――桜庭よしみには、お天気キャスターは外すが、番組の取材チームの下働きとしてやる気があるのなら出社するようにと伝えてある。つい三十分ほど前に、柄本が独断で電話を入れた。

桜庭よしみは消沈した声だったが、「取材チームで荷物運びしたければ出社しろ。その代わり無給で画面に出るのもなしだ」と告げると、『それでもいいです！』と急に元気づいた。やっぱりあいつは、俺の見込んだとおり、熱血ジャーナリストになれる素質を具《そな》えている……。

「――よし、使えるぞ」

「む？　どうした柄本」

「あ、いえ。なんでもありません」

柄本は等々力には曖昧《あいまい》に返事しておいて、心の中だけで「よし」とうなずいた。このネタならば、国土交通省の懐《ふところ》まで飛び込んで官僚にもコメントを取らなくてはならないが……あいつならきっと、こんなネタを取材できるなら相手が誰であろうと、腹を空《す》かせたスピッツみたいに噛みついていくだろう。今度の取材チームに、打ってつけの人材だ――

柄本がそう思った時、映像編集室のドアがばたんと開いた。

「等々力くん、等々力くん」

せわしなく入ってきた中年の人物は、市役所の課長のような身なりと風貌だった。〈熱血ニューズ〉の局側プロデューサーである。

「等々力くん、困るよ。ちょっと大変なことになっているんだ」

5

「等々力くん、困るよ。ちょっと大変なことになっているんだ」

局プロデューサーは、映像編集室へ入ってくるなり、汗を拭きながら等々力に詰め寄った。

細長く狭い室内で、柄本は道を空ける格好で脇へ下がらねばならなかった。

周囲の若いスタッフたちは自分たちの編集卓に向き直ったが、みんな「またか」という表情で、作業しながら横目で様子を窺った。

「等々力くん、困るよ。例の件、なんとかならんのかね」

「例の件と言われると——なんのことだ、プロデューサー」俳優出身の三十八歳の男は、急に何を言われたのか分からない、という顔をしてみせた。「最初から説明してもらわねば、分からん」

「また、とぼけるのはやめてくれ」中年の局プロデューサーは、特徴のない顔の眉を漢字の八の字にした。「例の道路の件に、決まってるじゃないか」

「道路の件――？　はてな」

メイン・キャスターである等々力と、富士桜テレビの組織を代表する局プロデューサーの力関係は、通常のニュース番組とは違って『ほぼ対等』だ。

「通学路をトラックが往来して住民が困っている問題だったかな？　あれは、どこの道路だったか」

「頼むよ、とぼけないでくれ」

プロデューサーは、年下の等々力に懇願した。

「君が、あの音羽文京と組んで今夜流そうとしている〈特集〉のことだよ！　その件で、ちょっとだな――」言いかけて、局プロデューサーは周囲の若いスタッフたちと柄本を邪魔そうに見回した。「ええと、ちょっと外で話そう」

「その必要はない」

等々力は頭を振った。

「プロデューサー。いいか。周知のことだが我が〈熱血ニューズ〉は、富士桜テレビからの依頼を受け、私の率いるプロダクション〈事務所二十一世紀〉が外注下請けとして制作している番組だ。だから正式には『富士桜テレビニュース』ではない。その証拠に新聞のテレビ番組欄には、ニュースであることを示す『N』のマークがついていないし、わざわざ濁点をつけて断ってもいる。富士桜の報道フロアの設備もスタジオも、間借りをしているだけだ。おたくの社員の局アナにニュース原稿を読ませてもいない。いわば〈熱血ニューズ〉は、外部制作会社が半ば勝手に作っているワイドショーのようなものだ──

〈熱血ニューズ〉が、ワイドショーの一種だって……？　確かにこじつけて定義すれば、そうなるかもしれないが──

聞いている柄本は、そばで笑いをこらえた。

いつもの『建前』だった。〈熱血〉は局の正規のニュースではない。だから過激な内容でも発信することができる。しかし自分の番組を、さっきばかにしたばかりのワイドショーと同じだと言ってみせるあたりが等々力さんらしいな──と柄本は思う。局では次長待遇（高視聴率のお陰だ）というプロデューサーは、等々力の態度に汗を拭く。

「いや、だけど……」

「プロデューサー。いつものとおりにしてくれ」

「いつものって……」

「視聴率はほしいが、面倒事は嫌なんだろう。

〈熱血〉では、富士桜テレビからはあなたが局代表として制作に参加してはいるが、他のスタッフたちは全て私の事務所の配下だ。従って、我々主力制作陣は下請けプロダクションなのであるから、局の意向がよく分からず、時に暴走して『勝手な内容』を放送してしまうことがある。あなた方、局の上層部は、外部から苦情を言われたならば『どうも下請けプロダクションが無断で勝手な内容を放送してしまったようで』と釈明し、責任を全て私になすりつけて切り抜けてくれればいい。まぁ――」等々力は咳払いした。「いつもそういう時に限って、視聴率は最高によいわけなのだが」

「等々力くん。それがねぇ」プロデューサーはおろおろと言った。「今回だけは、そういつものようには、いかんのだよ」

「どこがだ」

「いや、それがねぇ……」

「行ってきます！」

西小山・住宅街。マンション〈銀色暁荘〉。

電気のスイッチを確かめた桜庭よしみは、誰もいない部屋の空間に言い放ってからドアを閉じた。

行ってきます、と言いたい気持ちだった。誰にというより、部屋に向かって言いたかったのかもしれない。二年間独り暮らしのこの古いマンションの部屋が、よしみの一番の〈同志〉だった。よしみの苦労も涙も全部知っている。

小さなバッグを袈裟《けさ》がけにして、そのまま階段を駆け下りる。

今朝のよしみは、カルバンクラインのスリムジーンズに、アニエスbの白いシャツブラウスだ。取材チームの下働きをするのに、スーツなど気取っても仕方がない。三階からの階段をスニーカーで駆け下りながら、よしみは先ほど柄本からもらった電話の内容を反芻《はんすう》していた。

つい三十分ほど前に、かかってきた電話。

『――桜庭。残念ながらお前は、お天気キャスター降板が決まった。等々力さんは、もうお前を使う気はないと言う。だが俺は、俺だけは、去年あのデパート火災で黒木社長に「バカヤロー！」と怒鳴りかかったお前の取材記者魂を信じたい』

「え、柄本さん……」

『いいか桜庭。よく聞け』

柄本は電話の向こうで言った。

『俺から等々力さんには内緒で、一度だけ復活のチャンスをやる――いや、これが本当に復活の足がかりになるか分からないが、家で寝ているよりいいだろう。今日から俺の取材チームのスタッフをやれ。ただし〈無給下働き〉という扱いだ。給料は出ない。画面に出てしゃべることもできない。それでいいなら出社しろ。千に一つのチャンスをつかんで、何か手柄を立ててるんだ。そうすればお前は復活できるかもしれないぞ』

その柄本の言葉に、フローリングの床にぺたんと座り込んでいたよしみは思わず立ち上がって「やります、やらせてください！」と叫んでいたのだ。

さっきまでの、泣きながらぶつぶつつぶやいていた暗さが、嘘《うそ》のように吹っ飛んだ。

やっぱりあたしは仕事だ。仕事をするんだ！

受話器を置いてから、よしみは猛スピードで化粧をして支度《したく》した。泣きはらした目を、なんとか見られるように直すのにてこずったが、あとは早かった。

もう一度テレビ報道の仕事ができる……。番組で働けるのなら、機材運びでも車止めでも弁当運びでもケーブルさばきでも、今はなんだってやってやる。そうだ。そうやって、いつか必ずニュースキャスターへの道へ再び這い上がるんだ……！

ピルルルルッ
西小山の住宅街の坂道を、目黒線の駅に向かって駆け下りていると、胸ポケットの携帯が鳴った。

「――はい」

『桜庭か』

「柄本さん」

『今、どこだ』

「目黒線の西小山駅の手前です」

『そうか。ではお台場へは来なくていいぞ』

「は？」よしみは走りながら訊き返した。通行人がいるので、亜音速を出すわけにはいかない。通常の駆け足だ。「局へ出社ではなかったのですか」

『急な仕事が入った。お前は今から直接、地下鉄で霞《かすみ》が関《せき》へ向かえ』

「地下鉄で霞が関、ですか？」

『そうだ。国土交通省に直接取材する。面白いことになってきた』

「お、面白いこと……ですか」

面白いこと――まさか。

よしみの走る勢いが、ちょっと鈍った。

（……参ったな。まさか）

自分を買ってくれているのはありがたいのだが、あの柄本行人という敏腕ディレクターには唯一の難点がある。

それは、〈変身〉した自分――つまり柄本の言う〈謎のスーパーガール〉の大ファンで、『〈彼女〉の素顔を撮影する』と息巻いて追っかけをやっている、という点だ。

もちろん、よしみの正体に気づいてはいない。しかし、ＮＨＫからスカウトされてきたやり手のはずなのに、柄本はスーパーガールの話題になるとアイドルに熱中する中学生みたいになってしまう。顔の写っていない超望遠写真をもとに、海洋堂《かいようどう》とかいう店へオーダーメイドのフィギュアまで発注したらしい。いったい顔はどうしたのか知らないが、ありがたくない熱の入れようだ。

　その柄本が興奮してまくしたてるからには、またスーパーガールが〈出動〉しなくてはならない事態でも起きたのだろうか……。よしみは一瞬ぎくりとする。まさか霞が関合同庁舎をテロリストが占拠したとか……。それだけはちょっと、困るなぁ——

　だが

『道路建設に関わっている、ある大手のゼネコンが、富士桜で現在提供している全ての番組スポンサーから降りると言って、圧力をかけてきたんだ。さっきプロデューサーが大汗かいて等々力さんのところへ「〈特集〉はやめてくれ」と直訴《じきそ》しにきた』

「え」

〈特集〉——？

　なんのことだろう。でもよかった。テロリストがどこかで暴れているわけではないらしい。

　柄本は、電話の向こうで鼻息をたてた。

『もちろん「やめてくれ」と言われて「はいそうですか」と引き下がる俺たちじゃな

い。等々力さんは逆に圧力をかけてきた事実を番組で公表すると脅かして、追い返した。今、日本の企業はどこも、コンプライアンスの時代だからな。報道番組に圧力をかけたなんてバレたら、「何かまずいことをしたんだろう」と、企業イメージが下がる。社会的信用を問われて困るのは、あっちの方さ』

「やめてくれって――ひょっとして昨夜の……」

『そうさ、例の〈特集〉だ。昨夜のスーパーガールの活躍のお陰で一日延ばしにされた「もう造るな日本の高速道路」だ。アクアラインがぶっ壊されて、今えらいことになりつつある。その件でこれから等々力さんは音羽文京氏に追加インタビュー、俺たちは国土交通省道路局へ突入して直撃取材だ！』

千代田区・霞が関。

二十分後。

この一帯も快晴だった。

国会議事堂の城下町のように、中央省庁の庁舎ビルがずらり並んで窓ガラスを光らせるこの一画は、別の一面では坂の街でもある。かつて地下鉄サリン事件で有名になった霞ヶ関駅から、国土交通省などが入居する中央合同庁舎へ向かう歩道は、上り坂だ。

五〇メートルおきに警官が立つ歩道の横を、今、この街の緊張感にはあまり似つかわしくない業務用自転車が一台、キィ、キィと苦しげに上っていく。

荷台付きの自転車をこいでいるのは、白い調理服に前掛けをした若い男だ。年齢は二十代の終わりだろうか、コックのような身なりにしてはよく日焼けしていて、重たそうなアルミ製出前箱を荷台に載せている割には、坂道をこぎ上がる足の動きによどみがない。鍛えているのだろう。

「はぁ、はぁ」

調理服の男は、長い坂道を上りきって、信号機のある合同庁舎前交差点に出ると、ゲート脇の警備詰め所に立ち寄って「すみません」と声をかけた。

「毎度すみません。〈紫屋《むらさきや》〉です。国交省道路局様に、コーヒー三十人前、出前に参りました」

「ご苦労さん」

ゲートには、身分証を示して庁舎へ入れてもらおうとする背広姿がたくさん群がっていたが、入り口の機動隊員はすぐにゲート横の通用門を開けてくれた。男とは顔見知りらしかった。

調理服の男は「毎度どうも」と会釈すると、自転車でゲートをくぐり、合同庁舎の通用口へと走っていった。その頭上を覆うように、十四階建て庁舎ビルのガラス壁面が、巨大な鏡のように初夏の午前中の日差しを反射する。

「あー、みなさんご承知のとおり」

その鏡のようなガラス壁面の内部。

広大な会議室に、マイクの声が響いている。

「今回、突発的に起きました当事案に関しします必要経費は、いわゆる〈道路建設費〉とは性質も違い、別枠と見なすべきでありまして、国の災害特別会計から支出するよう上申するのが適切かと思われる次第であります」

合同庁舎十三階フロア。

国土交通省・中央大会議室。

ここでは朝から〈特別緊急幹部会議〉が招集されていた。マイク付きの広大な楕円《だえん》会議テーブルに、これといって特徴のないグレーや紺のスーツを着込んだ上半身がずらりと並んでいる。

前方スクリーンには『東京湾アクアライン・緊急大修復対策会議』と、議題らしいものが投影されているが、急いで準備されたのか手書きの文字だ。

「すでに今日早朝より、関係の民間大手建設各社から、どのような修復工事が必要か、どれくらいの費用がかかりそうかという試算データが届けられております。あー、各社が昨夜から自前のヘリを〈海ほたる〉上空へ飛ばすなどして独自に損害状況を視察し、大急ぎで算出してきたものであります。どうかお手元のデータをご覧いただきたい」

議長席でマイクに向かっているのは、〈道路局長〉というネーム・プレートを目の前に置いた、茶色い顔をした中年の官僚だった。

その左右から〈国土計画局長〉〈海事局長〉〈港湾局長〉〈官房秘書課長〉〈官房広報課長〉〈官房総務課長〉〈官房会計課長〉〈道路局次長〉〈道路局総務課長〉〈道路局路政課長〉〈道路局道路交通管理課長〉〈道路局高速国道課長〉〈道路局国道防災課長〉〈道路局有料道路課長〉〈道路局地方道路課長〉〈道路局環境課長〉〈道路局企画課長〉と、白いプラスチック製のネーム・プレートが楕円テーブルを囲むように並んでいる。各〈課長〉の隣には、つき従うように〈課長補佐〉も並んでいる。課長は四十代が多いが、課長補佐はたいてい三十代で、まだ髪の毛のある者が多く、上司の横でせわしなくメモを取ったりしている。末席の〈道路局企画課長〉の横の席だけが、ぽつんと空席だったが、居並ぶ官僚たちは急な会議で提示された資料に目を奪われた様子で、その空席——課長補佐が一人いないくらいのことに注意を向ける者はない。

ばさばさと大判のコピー用紙をめくる音の中、案内の総務課員にドアを開けてもらった調理服姿の男が現れ「失礼します。コーヒーをお持ちしました」と一礼した。会議テーブルの官僚たちの中で、そちらへ視線を向ける者はなかった。白い調理服の男は、持参した大型ポットから三十人ぶんのコーヒーを次々カップに注いで、手際よく配った。

資料を開いて見ている数十秒の間、テーブルの官僚たちはずらりと書き込まれた数字に夢中になったように、無口だった。横に置かれたコーヒーに、気づかない者さえいた。

驚きのため息が、そこここで漏らされる中、上座《かみざ》の議長席の道路局長と、隣の国土計画局長だけが興奮の色をあらわさなかった。疲れた感じの頬が皮肉そうに見える国土計画局長が、ぼそりと言った。

「なんですかな。この数字は――道路局長」周囲に聞こえない、つぶやくような小さな声だ。「前に言われていたのと、ずいぶん違うじゃないですか」

「しっ」議長席の道路局長は、いまいましげな横目で事務次官レースの競争相手を睨んだ。そして眼鏡の奥の鋭い視線を、楕円テーブルの反対側の、末席に向けた。

その視線を感じたらしく、離れた末席では道路局企画課長が禿げ頭の背筋を伸ばし、汗を拭いた。しかし議長席の方を見はしない。申し訳なくて視線を合わせられない、という風情とも取れた。

幹部会議のテーブルでは一番端の席だが、道路局企画課という部署は、実は国土交通省道路局の筆頭課である。現在の道路局長は、先代の道路局企画課長だった。会議で末席に座るのは、何か起きた時に真っ先に飛び出して事務次官室へ駆け込むためだった。いわば道路局長と企画課長は、日本の道路行政の実質上の仕切り役であり、直系の師弟関係にあるといえる。他の大多数の官僚たちは知らなくても、この二人だけは知っている、という省内の機密や内部事情はかなりの数だ。

道路局長は、あらためて大判のコピー用紙の数字に目を走らせると、茶色い顔の眉《み》間《けん》にしわを寄せて「ええい、くそ」と声にならない悪態をついた。

「どうするんですかな、道路局長」幹部会議ナンバー2といわれる国土計画局長が、横で頬をひきつらせ、他人事のように揶揄《やゆ》した。「たったの三〇〇億？　こんな額ではとても――」

「うるさいっ」茶色い顔の道路局長は、さらに額を茶色くしながら小さい声で唸った。「足を引っ張るのはよせ。今は省内一丸となり、この額だけでも、あのくそいまいましい〈効率化推進委員会〉に口を出させないように方策を練るのが先だろう」

会議室の外。

中央大会議室の外の廊下は、窓に面したちょっとした待合ホールのようになっており、ソファに灰皿を置いた喫煙コーナーまでしつらえてあった。窓からは日が降り注ぎ、霞が関の街路の並木と、歩道を行く人影が蟻《あり》のように小さく見えていた。

がやがやがや

会議の終了を待ち受けているのか、広い廊下の空間にはあちこちに背広姿の人の輪ができ上がって、五、六人ずつで立ち話をしている。報道陣ではないようだ。マスコミの腕章をした者など一人もなく、みな似たようなダークスーツの胸に、入館許可証のプレート・バッジをつけている。

年代もみな中年以上で、白髪の者も多い。苦労を重ねたような笑顔で、お互いに挨拶し合っている。襟には、みな違った民間企業の社員章。

がやがや

「いやぁ、今回はどうも。どうも」

「いやどうも。突然でしたな」

「干天《かんてん》の慈雨《じう》というやつですかな。ははは」

「そうですな」

控えめだが、笑い声も上がった。

「でも、ちょっとこの額じゃねぇ。うーん。工事をもらえない社も出てきますよ」

「そうそう。それ、それ」

「難しいですな。優先順位のつけ方というのが」

「やっぱり一番に助けるのは、青亀《あおがめ》さんですか」

「助けないともたんでしょう。銀行の方が」

「そうですなぁ」

いくつもの立ち話の輪は、場所によっては明るい笑い声の出るところもあるが、深刻そうにうつむき合っているグループもあり、様々だ。

その中を、一人前だけのコーヒーカップとポットを盆に載せた調理服の男が「すみません、失礼します」と通り抜けていくが、注意を向ける者はやはり一人もなかった。

「なんでタンカーが、バックしたんでしょうねぇ」

雰囲気の暗いグループの中で、襟に中堅建設会社の社員章をつけた初老の背広姿が、がっくりとうつむいた。

「あの時、バックしてくれなきゃなぁ……。全部吹っ飛んでくれればなぁ。うちだって苦しいんだ」

「まったくですな」同じ輪の中のもう一人が、ため息をついた。「うまくいかんもんですよ。世の中は」

その一階上、十四階フロア。

打って変わってシンと静まっているのは、廊下全体に赤い絨緞《じゅうたん》が敷き詰められているせいもあるが、行き来する人の数が少ないのが主な理由だった。

常時、警備員の立っているエレベーター・ホールから、廊下を進んで間もないところに〈官房総括審議官室〉とブラス製のプレートのかけられたドアがある。これより奥の区画には、大臣官房と事務次官室があるだけだ。

その室内。

巨大なマホガニー・デスクが背負う壁は、全面が嵌《は》め殺しのガラス窓になっており、その向こうに日の降り注ぐ霞が関のビル群と、国会議事堂の尖った頭部が覗いている。

「困ったものだね」

立ち上がって窓を眺めている銀髪の初老の男が、グレーのスーツの背中で言った。

デスクの上には、金色のペン立てやシガレットケースと並び、〈波除《なみよけ》総括審議官〉というプレートが置かれている。

「階下《した》では緊急会議の真っ最中のようだが……。だが上がってきた『金額』というのがたったの三〇〇億円では、業界の立て直しはおろか青亀建設の救済すら危うい。大手ゼネコンの青亀が倒れたら、メインバンクの青天《せいてん》銀行も危ない。青天銀行が危ないとなれば――これは君、国全体が傾くよ」

「――はい」

かすれた声が応えた。

白いスーツの、ほっそりしたシルエットが立っている。広大な絨毯敷きオフィスの真ん中に一人で立たされた女は、窓からの光が眩しいのか、睫毛の長い切れ長の目を伏せた。

「わたしは、全力を尽くしたつもりでしたが……。昨夜の〈作戦〉は、衝突の段階まては、順調に進行していたのです」

「ではなぜ、こんな結果になった」

「それは……」

「誘導装置のトラブルかね」

「誘導装置も、正常に作動していました――衝突するまでは。衝突したあとは、わたしの誘導側もブリッジの受動側も自動シークエンスになります。わたしの操作が入り込む余地はありません。タンカーの動力も予定どおりに停止しました。しかし――」

女はかすれた声で、スーツの背中に向かって釈明を続けようとする。だが「ええい、黙れ」とうざったそうに手を振って遮られた。

「だったらなぜ、タンカーはバックしたのかね⁉」銀髪の初老の男は、我慢しきれぬように振り向いて怒鳴った。「いいかね、蓮見《はすみ》企画課長補佐！　君はことの重大性が分かっておるのかねっ」

「ここだ、ここだ」

よしみが地下鉄の霞ヶ関駅の出口を上がっていくと、そばの歩道から柄本が手を振って呼んだ。

「早かったな桜庭。我々も今着いたところだ」

「柄本さん……中継車じゃないんですか」

袖なしサファリジャケット姿の柄本と、三名の取材スタッフたちは、みな徒歩だった。お台場から地下鉄を乗り継いできたようだ。

「中継車は番組名が書いてあるし、目立つからな。歩きで行くぞ」

そう言うと柄本は、先頭に立って歩き始めた。

よしみは早速、重たい撮影機材と予備のバッテリーを背負わされた。ジーンズで来てよかったと思ったが、

「あれ？　柄本さん、合同庁舎のゲートはこっちですよ」

やり手と言われる柄本が、霞が関の地理を知らないわけはないのだが
「いいんだ。こっちから行く」

柄本は手を振り、構わずに反対方向へ——広大な庁舎の敷地をぐるりと大回りする方向へ進んだ。まっすぐ坂を上がれば一〇〇メートルのところを、その四倍歩かされた。夏の日差しの中、重たい荷物を背負わされてよしみは汗びっしょりになった。

やだなぁ、ＵＶカット・ファンデーションが崩れちゃうよ……。本当は宇宙空間の放射線でも平気なはずのよしみが、思わず心の中でぐちっていると、中央合同庁舎のゲートにやっとたどり着いた。

ところで『突入して直撃取材』とか言ってたけど、取材許可は取ってあるのかな柄本さん……。

よしみは不安になった。これだけ歩かされて、入り口で追い返されたらかなわない。

そう思っていると、

「やぁ、こんにちは」

柄本はサファリの胸ポケットから身分証のようなプラスチック・カードを取り出して手にすると、警備詰め所の機動隊員に歩み寄って笑顔で言った。

「どうも。ＮＨＫの方から来ました。教育テレビの〈秀才ＴＶくん・働くおじさんシリーズ〉って知ってますか？」柄本は自分たちが歩いてきた方角を指し示しながら、もう一方の手でプラスチック・カードをひらひらさせた。「いやぁしかし、暑いですね。参ったな。はははは」

機動隊員は「ん。なんだ子供番組の取材か」と、ろくに調べもせずに通用門を開けて通してくれた。

「柄本さん」

ゲートをくぐったよしみは、先頭を行く柄本に追いつくと、小声でただした。

「取材許可、取ってなかったんですか」

「当たり前だろ。突入直撃取材だぞ」

「でもいいんですか。嘘なんかついて」

「誰が嘘なんかついた？」

「え？」

「いいか桜庭。俺は今『ＮＨＫの方から来ました』と言ったんだぞ。ＮＨＫです、とは言っていない。そのためにわざわざ渋谷の方角から回り込んで歩いてきたんだ」

「でも、子供番組だって――」

「人の言うことはよく聞いていろ。俺は『〈働くおじさんシリーズ〉って知ってますか？』と訊いただけだ。質問しただけだ。子供番組の取材だなんて言ってない。勝手に勘違いしたのは、機動隊員だ」

「でも身分証――」

「ああ、これか。これはＮＨＫ時代のやつを、捨てないで取ってあるんだ」

「そ、それって、やっぱり」

「ばか」柄本は怒った。「誰が『僕はこういう者です』だなんて言った？　俺はただこれを、手に持ってひらひらさせながら暑いですねと言っただけだ。身分証です、なんて一言も口にしていない。勝手に勘違いして入れてくれたのは向こうだ」

「――」

絶句するよしみに、だが柄本は急に声を低めて、「しかしな、桜庭」と続けた。

「しかしな、桜庭。おかしいと思わんか」

6

「おかしいと思わんか」

合同庁舎のエントランスへ向かって急ぎながら、声を潜めて柄本は言った。

「何がです？」

よしみは訊く。柄本が『面白くなってきた』と興奮する理由が、今一つつかめていない。

「あたし、まだ話が見えなくて――」

「そうか。お前は今朝はふて寝していて、状況を読めていないんだったな」

「はぁ……」

「俺が先ほど局で耳にして、即座におかしいと感じたのは、三〇〇億という数字の出てくる速さだ」

「三〇〇億――？」

「修理代だよ」

「修理代、ですか」

「東京湾アクアラインが、昨夜タンカーに激突され、〈海ほたる〉を中心に損傷を被ったただろう。土壇場《どたんば》になってタンカーがバックして、〈海ほたる〉を離れてくれたから大爆発には巻き込まれず、奇跡的に死者は出なかった。道路も完全な破壊は免れた。誰も本気にはしないが、俺はこのことは〈謎のスーパーガール〉の活躍のお陰と信じている」

「あ、ありがとうございます」

「ん？　なんでお前が」

「あ、いえ。な、なんでもありません」

よしみは慌てて、プルプルと頭を振った。柄本は自分の考えに熱中していて、不審に思う余裕もないようだった。取材用のショルダーバッグのストラップを握り締めたまま、前方を睨んで続けた。

「とにかくだ桜庭。壊滅は免れたが、〈海ほたる〉は半壊し傾いた。海底トンネルには亀裂《きれつ》が入って海水が流入し、海上橋の部分もへし曲がって、現在アクアラインは通行不能の状態だ。公共の用に供されていた道路が、このような事態で不通となれば、いくら『無駄づかい公共事業の象徴』と批判される道路でも政府としては災害復旧の措置《そち》を取らないわけにいかない。そうだろ」

「は、はい」

「しかし。俺たちの感覚としては、すでにでき上がって使っている道路だからといって、五十年かかっても借金が返せないといわれるアクアラインだ。そんなところにさらに金を——莫大な税金をかけて修復工事するなんて、許されるべきことか。これが追及すべき第一点。さらに疑問なのは」

「疑問?」

「修復工事にかかる費用の〈額〉だ。三〇〇億円かかるという。俺は今朝、この数字を等々力さんから聞かされた。音羽文京氏からもたらされた数字だという。〈高速道路効率化推進委員会〉のリーダーである音羽氏は独自の情報網を持っているらしいから、三〇〇億というのは、今朝になって国交省内部から出てきたものなのだろう。だが俺が引っかかるのは——」

柄本は早足で歩きながら眉をひそめた。

「〈海ほたる〉の火災が収まってから、ゼネコン各社がどんなに素早く現場に入ったとしてもだ——たとえ自前でヘリまで飛ばして被害状況を調査したとしても、昨夜から今朝までのたったあれだけの時間で、修復工事費の見積もりなんてできるものなのか。具体的な金額の数字が、どうしてこんなに素速く出てきたのだ——? という疑問さ」

中央合同庁舎は、国交省を含め複数の官庁が入居している十四階建てのオフィスビルだ。民間企業のビルと大きく違うところは、柵に囲われた芝生《しばふ》の敷地がたっぷりとあり、裏庭には旧庁舎時代から使われているらしい古い倉庫や自前の焼却炉まであることだ。改修工事は、現在も断続的に行われているらしく、ビルの横の方には工事用建材を積み上げた資材置き場も見える。

正面入り口には民間警備会社の警備員が立っていたが、門の詰め所で身分のチェックはすませてあるので、素通りだった。そのまま柄本を先頭に、全員で中央エレベーター・ホールへ突入した。

「道路局、道路局だ」

案内表示を見て、目指すフロアが十三階と知れると、エレベーターの一つに全員で駆け込んだ。可搬VTRカメラを担いだカメラマンに照明係、音声係もいるから、箱の中はスタッフだけでぎゅう詰めになる感じだ。十三階へ上昇していく間に、全員で袖に〈FTV・熱血ニューズ〉の腕章を着けた。音声係がマイクを取り出して「柄本さん、これは？」と訊いた。

「マイクは――そうだな。俺が持つ」

柄本の腕が、よしみの目の前を素通りして、音声係から取材用マイクを受け取った。

みずから道路局の責任者に、質問をぶつける覚悟なのだろう。

「――」

〈無給下働き〉の条件でチームに同行しているよしみは、あたしに持たせてください、と口に出すことができなかった。

チン
十一階で箱が停まり、ドアが開いた。

開いたドアの前に、三十代の役員らしき男が一人いた。その役人と、図らずもこちら側の柄本が、間合い数十センチで顔を合わせることとなった。

次の瞬間。鉢合わせした役人の男が「う――⁉」と目を見開くのと、柄本が「ちっ！」とのけぞるのはほぼ同時だった。

「〈閉〉を押せ、〈閉〉！」

柄本が怒鳴った。

「こら、お前たちっ」血相を変えて役人も怒鳴った。「どうやって入った⁉ ここで何をしているっ」

役人はエレベーターのドアに腕を突っ込んで押さえると「警備員を呼べ、警備員！」と叫んだ。

「畜生、全員降りて走れ！」

柄本が号令した。よしみを含めスタッフ四名は訳が分からぬまま、制止しようとする役人を押し退けるようにエレベーターから駆け出した。

「不法侵入のマスコミだ。警備員、捕まえろ！」

背後で怒鳴る声。すぐに廊下の左右から紺色の制服の警備員が何人も、どだだだっと走ってくる足音が聞こえた。

「非常階段だ！」柄本が叫ぶ。エレベーター・ホール突き当たりの緑の表示があるドアを体当たりするように開け、柄本を先頭に階段室へなだれ込んだ。

「柄本さんっ、どういうことですか」

よしみは柄本と並んで走るが、訳が分からない。

「鉢合わせした相手がまずかった。ばれた。今のやつはNHK時代からの顔見知りだ。本当に〈働くおじさん〉作ってた頃に、ダム工事を案内してくれた国交省の広報課員だ」

「嘘なんか、つくから」

「いいから走れっ。十三階まで駆け上がれ！」

背後から「追え」「不法侵入のマスコミがいるぞ。捕まえろっ」と叫び合いながら、複数の警備員が追ってくる。

「走れ、走れっ」

だが柄本を先頭に駆け上がるスタッフたちはみな重たい機材を担いでいるから、非常階段で警備員を振り切るのは困難だった。すぐに再後尾の音声係がタックルされ、がしゃんがしゃんと派手な音を立てて階段に転ぶと、続いて照明係も背後から引き倒されるように転んだ。「ふてぇ野郎め」「観念しろ」と警備員の野太い声が響いた。さらに必死で駆け上がっていた可搬ＶＴＲを担いだカメラマンも、背後からタックルされ階段に叩き伏せられた。

がしゃがしゃんっ

まずい――――！

よしみは常人のスピードに合わせて駆けながら、どうしようと思った。柄本たちが見ている目の前では、亜音速駆け足で自分だけこの場を逃れるわけにはいかない。まして反重力場を発生して飛ぶわけにもいかない。

「さ、桜庭」

「はい」

「十三階のフロアへ出たら、左右ばらばらになって逃げよう。警備員をまいたら、携帯で連絡を取り合う。いいな」

「はい」

「デジカメは持っているか」

「はい。バッグの中に」

よしみはいつでも、事件現場に偶然居合わせた時のために小型のデジタルカメラを化粧道具と一緒にバッグに入れている。

「念のため、これも持っておけ」柄本は階段の踊り場をターンしながら、胸ポケットから銀色の小さな平たい物を取り出して渡した。一見すると薄型ライターのようだ。

「最新型のライター型ＩＣレコーダーだ。高感度マイクで一二〇分間録音できる。もしも俺が捕まったら、お前が一人で取材するんだ」

「は、はい」

受け取ったレコーダーをシャツブラウスの胸ポケットへ押し込みながら返事をするが、どこへ行って誰を直撃すればいいのか、今一つよしみにはつかめない。三〇〇億円のアクアライン修復工事――？　柄本は見積金額の出るのが早過ぎると言って疑う。まさか『三〇〇億使う』と最初から決めてあって、あとで工事内容をそれに合わせようとしている、とでもいうのだろうか。では工事を発注しようとしている道路局を直撃し、どんな工事をするのか具体的に訊けばいいのか？

「では行くぞ」

「は――はい」

しかし、こんな大捕物になってしまって、取材許可も取っていないのだ。目指す道路局の幹部の官僚が、よしみの質問になど応じてくれるのだろうか。だが悩んでいる暇もなく、窓のない非常階段で〈13F〉のプレートが目の前に近づく。

音声係・照明係・カメラマンが機材ごと団子《だんご》になって転んだお陰で、追っ手の警備員は土砂崩《どしゃくず》れの崖を登る消防団員みたいに、短時間、足留めを食っていた。その隙に、先頭の柄本とよしみは十三階のフロアへ出るスチールドアへたどり着いた。

柄本がドアを蹴るように開けると、再び明るいエレベーター・ホールへ出た。だが「俺は左へ――」と柄本が言いかけた時、背後の死角からいきなり別の警備員数名が唸りを上げ襲いかかってきた。

「うぉおおおっ」

待ち伏せだ――！　よしみは固まってしまう。〈熱血〉の腕章を着けていたから、道路局がターゲットだと知れたのだろう。うぉおおっ、と熊のような体格の警備員が柄本に覆いかぶさり、たちまち床にねじ伏せた。「ふぎゃっ」と悲鳴が上がった。警備員に比べると柄本の痩身は枯れ木のようだ。

「ぐぉおおっ、おとなしくしろ」

叫びながら、もう一人の警備員がよしみに襲いかかってきた。こっちもでかい。山登りで野生の熊のファミリーに出くわしたらこんな感じか――？　巨大な影が頭上から覆いかぶさる。

「――はっ」

我に返った。冗談じゃない。こんなのに抱きすくめられるのはごめんだわ――！

よしみは一瞬だけ亜音速駆け足を使ってステップバックした。熊のような警備員は何もない空間を抱きすくめようとし、つんのめって壁に激しくぶつかった。がしぃいいんっ、と壁が震える。通りかかった職員たちが「なんだ」「なんだ」と足を止めてこちらを注視した。

「ふっ、ふぐわぉおおっ」

頭から壁に激突した熊のような警備員は、蒸気機関のような鼻息を噴いて頭を振ると、振り向いて再びよしみに襲いかかってきた。

「きゃあっ」

よしみは逃げ出したが、衆人環視だ。今度も〈能力〉は使えない。仕方なく警備員に背を向け、広い廊下の方へ駆けた。窓に面した広い通路だ。片側は劇場のような両開き扉。大きな会議室だろうか。

廊下に人がたくさん立っている。背広姿のおじさんたちだ。数十人の中高年のおじさんたち全員が、襟に民間企業の社章らしいバッジを着けているのを、よしみはちらりと見て確認した。しかし、それ以上、注意を向ける余裕はない。人が多くてスピードを出せないのに、背後から熊のような警備員の腕が迫ってくる。

「うががっ。待て！」

毛むくじゃらの腕が迫り、よしみの肩から袈裟がけにしたコーチの黒い小型バッグをストラップごと引きちぎろうとした。

なっ、何するんだ。よしみは走りつつ振り向いて睨んだ。帝国テレビ時代にヨーロッパへ出張した時、四万八千円も出して買ったお気に入りなのに——！　しかし投げ飛ばすわけにはいかない。大勢のおじさんたちが驚いた顔で見ている。それに追っ手は悪のテロリストではなく警備員だ。不法侵入で周囲を騒がせているのは、こちらの方なのだ。

（人が正義の味方で喧嘩できないと思って——！）よしみはいまいましげに舌打ちし、一瞬だけ活動速度を上げて半身をひねった。襲いかかる警備員の巨体をくぐるように、最小の間隙《かんげき》で避けた。

熊のような大男はふいごのような鼻息を噴きながら、スローモーションでよしみの頭上を飛び越し、背後の床へ飛び込み前転のように突っ込んでいった。毛むくじゃらの両腕は今度も空気を抱きすくめた。目の前からよしみが掻き消えたように見えただろう。頭から床に着地してそのままずだだだっ、と転がっていくと向こう側の壁にぶち当たった。

「ふぐわぁっ」

今だ、逃げよう――！　だが回れ右して駆け出そうとしたよしみは、急停止してのけぞった。

「きゃ、きゃっ――⁉」

ざわざわざわ

いつの間にか背後に人垣ができていて、壁のように退路を塞いでいた。ジーンズ姿のほっそりした女の子が、熊のような警備員を投げ飛ばしたように見えたのかもしれない。「なんだ」「なんだ？」と通りかかった一般職員から民間企業のおじさんたちまでがひしめき合い、こちらを見ている。

（う――ど、どうしよう）

固まったよしみの背中で、のっそり起き上がる気配。振り向くと、「ふごぉおおっ」と蒸気機関のような息をしながら熊のような大男が頭を振って立ち上がる。まだ参っていないのだ。どうしよう、跳躍して逃れるのはたやすいが――人垣をジャンプして飛び越したりしたら、正体がばれる……！

（どうしよう⁉）

その時、

「こっちよ」

一瞬固まったよしみの袖を、横から誰かが引いた。低い声だった。

「──え」

「何をしてるの。早く」

切れ長の目が二つ、よしみを横から見ていた。

「あ──あなた」

よしみはその顔を目にして、呼吸が止まった。

だが、

「こっちへ。早く！」

いつからこの場にいたのだろう。気づかなかった。突然現れた白いスーツの女は、よしみのシャツの袖をつかむと引っ張り、横道のように伸びている狭い廊下へ駆け込んだ。

「あ、あなたは──」

「走って」

曳かれて走らされた。視野が揺れる。

廊下の奥に、女子化粧室の赤い表示のドア。

女は黒髪をひるがえすと、体当たりするようにドアを開けた。目を見開いているよしみを化粧室へ引きずり込んだ。

「あなたは」

「いいから」女は、いまいましそうに鼻を鳴らすと、化粧室の奥の外に面した小窓を顎で指した。「助けてあげるわ。あそこからお逃げなさい」

「――えっ？」

「警備員に捕まるとまずいんでしょ。その腕章」

「え、あ、でも」

よしみがもじもじすると、女はいらついたように「平気よね」と念を押した。

「スーパーガール、なんでしょう？　あなた空は飛べるわよね。十三階でも平気よね」

よしみは息を吸い込んだ。

「やっぱりあなたは、あの時の……」

――『死なせて』

間違いなかった。

昨夜、〈海ほたる〉の火災現場……。あの燃えるタンカーの舳先の下で、フォルクスワーゲンにもたれていた白い服の女。『ここで死なせて』と言い張ってよしみをてこずらせた女だ。

『わたしはここで死ぬの。死なせて！』

「――あなたは、国交省の人だったんですか？」

よしみは、仕方なかったとはいえ、お天気コーナーの本番に遅れた元凶となった白い服の女を、まじまじと見た。白い顔の女。やはり年はよしみより少し上、二十代の終わりだろう。意志の強そうな切れ長の目に、声は低い。美形だがテレビ局の廊下を歩いていているタイプではない。にこりとも笑わない。

「見ないで」女は顔を背けた。

「でも」よしみは、背けられる横顔にぺこりと会釈《えしゃく》する。「あ、あの。突然でびっくりしたけれど――どうもすみません」

「礼なんかいい」女は頭を振る。「借りがあるから、あなたを助けただけ。驚いたのはわたしのほう。まさかマスコミが副業とは知らなかったわ、スーパーガール」

「いいえ、あの。あたし、どっちかっていうとマスコミのほうが本業で――」

「いいから、さっさとお逃げ」女はぴしゃりと言った。「それから、逃げたら二度とここへ来ないで。あなたのお陰で、今、大変なことになってるの」

「大変って――」

その時よしみの声を遮るように、ドンドン、ドンドンドンッ、と化粧室のドアが外から叩かれた。

「うがぉっ。不法侵入のマスコミ、出てこい！」

獲物を追い立てる熊のような、警備員の胴間声《どうまごえ》だ。しかし白い服の女は臆した気配も見せず、両手を腰に置くとドアの向こう側を怒鳴りつけた。

「女子化粧室になんの用？　無作法にドアを叩くのはやめなさい！」

うぐ――とドアの向こうで大男が声を呑んだ。

「う、し、しかし不法――」

「道路局企画課・課長補佐の蓮見です。わたしの使っている化粧室に、押し入るつもりですかっ」

するとー
「も、申し訳ございません！」

まるで猛獣使いに一喝《いっかつ》されたサーカスの熊みたいに、ドアの向こうで巨体がひれ伏すような気配があった。

女はきつい目線でドアを睨んでいる。

いったいこの女――何者なのだろう……？

よしみは息を呑んで、切れ長の目の横顔を見た。国交省のこのフロアにいるということは、道路局の関係者なのだろうか。今、自分のことをなんと名乗った？　課長補佐……？

白いジャケットの胸に着けた、写真入りの身分証明プレートに目がいく。

「あの、あなたは……」

訊き返すよしみを、だが女は目で制した。

「どういう腐れ縁かは知らないけど。あなたの顔はもう見たくないわ」女は窓を指さした。「早く出ていって。そしてこれ以上わたしの仕事を、掻き回さないでちょうだい」

「――」

十秒後。

女は洗面台で手を洗い終わると、ハンカチを使いながら化粧室のドアを開いた。すると出口を塞ぐように、熊のような体格の警備員が立っていた。

「なんの用？」

「このトイレに、不法侵入のマスコミが逃げ込みました。ジーンズの小娘です」雇われている警備員は『あんたが連れ込んだんだろう』とは口にしない。だがのっそりと、女の肩越しに内部を覗き込んだ。「自分は職務上、保安警備室へ連行して、警察を呼ばなくてはなりません」

「いいわ」女は、細い顎で化粧室の空間を指した。「そんな子は来なかったけれど

――職務なら好きなだけお調べなさい」

女が身を引くと、大男の警備員は女子化粧室へ踏み込んだ。だが五つある個室は、どれも空《から》だった。天井裏へ通じる換気ダクトには金網が張られていた。白い服の女以外に、化粧室には誰もいなかった。奥の小窓についているカーテンが、かすかに揺れているだけだ。

「お、おかしいな……」

大男は首を傾《かし》げると、最後に外気に面した小窓を開けた。風が吹き込んできた。細身の女性ならば通り抜けられるサイズの窓だが、ここは十三階だ。庁舎ビルの外壁は鏡のようなガラス張りで、人が立てる出っ張りどころか手掛かりすらありはしない。

「おっかしいなぁ」

大男は、夏の日差しが降り注ぐ霞が関を見渡し、次いで真下を見やってブルッと背中を震わせた。

「た、高ぇ」

「気がすんだかしら?」

白い服の女が腕組みをしてねめつけると、警備員は小さくなって「す、すいません。すいません」とぺこぺこしながら出ていった。

女は化粧室を出ると、まだ緊急会議の終わらない大会議室とは反対のほうへ廊下を歩き、〈道路局企画課〉と表示されたオフィスへ歩み入った。

広いオフィスは、急な事態で仕事が増えたのか、在籍する課員たちが出払ってがらんとしていた。十三階の窓を背にするデスクの上に〈課長補佐〉というプレートが置かれている。ずらりと並んだ一般課員たちのデスクを見渡せるポジションだ。隣には〈課長〉のデスクがある。空席だ。会議中である。

「──」

女は椅子にかけると、片肘をつき、ため息をついた。指で前髪をわしづかみにした。

「く──」

唇を嚙み、目を閉じた。もう片方の手でデスクの表面を力なく叩いた。

と、
カチン
「──?」

辛《つら》そうな女の顔を上げさせたのは、目の前に置かれたコーヒーカップの音だった。

「コーヒー、お待たせしました」

汚れた調理服を着た長身の男が、目の前に盆を持って立っていた。

「──頼んでないわ」

「気分がすっきりしない時は、これに限ります」

「いらない」

「あの……。会議室が空席だったから――こっちかと思って、届けに寄ったのです」

「構わないで」女は、目の前の男に視線を上げず、うつむいたまま言った。「出ていって」

男は、まくった袖から日焼けした腕を見せていた。手にしていた出前用ポットを横の机に置き、女の表情を覗き込むようにした。

「あの。大丈夫ですか」

「――」

女は反応しない。

男は、彫りの深い顔を曇らせた。腰をかがめると、声を低めて呼んだ。

「……大丈夫か。理恵子」

「――」

女はうつむいたままだ。

「どうしたんだ。今日は……」

男は手を伸ばし、前髪を掻きむしる女の手に触れようとした。

だがその男の背を、後ろから誰かが叱咤した。

「こらお前っ、そこで何をしている!?」

「あっ。毎度どうも課長」男は飛び上がるように振り向くと、ぺこりと急角度で会釈した。「紫屋でございます。コーヒーをお持ちしました」

「お前ぇっ」

だが声の主は、どかどかっと近づくと調理服の男を犬でも追うようにしっ、しっと手で払った。黒縁の眼鏡をかけた、勉強のできる太った子供がそのまま年を食ったような中年の官僚だ。まだ老化する年ではないようだが、頭髪が鳥取砂丘《とっとりさきゅう》のまばらな砂上植物群みたいだ。

「お前。出入り飲食業者の分際で、本省のキャリアに近づき直接話しかけるとは何事かっ。身分をわきまえろ、大たわけ者!」

「も、申し訳ありません。あの……」

「いいからこの線から出ろ、この線から」

よく見ると、一般課員のデスクが並ぶスペースと、窓を背にした二つのデスクとの間には、一本の線を引くように床に緑色のビニールテープが貼ってあった。

「離れろ、離れろ。下がれ下がれっ」

中年の官僚は、まるで自分の憂《う》さを犬に向かって八つ当たりするように、男を足で蹴って一般課員のスペースへ追い散らした。

「いいか。本省の先の女性大臣が、お前の店の親方のシュークリームを大のお気に入りだったから、慣例的にこれまで出入りを許してきた。だが、このような無礼を働くならば、今後一切、締め出す！」

「も、申し訳ございません。失礼いたしました」

中年官僚は、先ほど会議室で汗を拭いていた道路局企画課長であった。

調理服の男をオフィスの外へ追い払うと、企画課長はデスクでうつむく女に向かって二重顎をしゃくり「蓮見くん、ちょっと」と呼びつけた。

空いている応接室の一つへ招き入れ、ドアを閉めると、企画課長は女を小部屋の中央に立たせた。

「――」

女は、黙って立った。

「ええい。くそ」ソファにどかっと腰を据えた企画課長は、汗を拭きながら顔をしかめた。「いったいどうしてくれるんだ」

「――」

「〈紫屋〉っ！」

「は、はい」

「発注できるはずだった工事の量が、五分の一に減ってしまった。一五〇〇億だったはずの修復工事がたった三〇〇億。これだけ苦労して、たったの三〇〇億円だ。昨夜の現場の責任者は君だぞ」

「——申し訳ありません」

「申し訳ありません？　君は、ことの重大性を理解しとるのか。いいか。今回のこの〈作戦〉を見事やりとげれば、私には次期道路局長、君には私の後任として道路局企画課長の椅子が用意されていた。いやそれだけじゃない。この〈作戦〉には、債務超過によって今や餓死寸前のティラノサウルスみたいになっている国内の大手ゼネコン各社を、栄養たっぷりの餌《えさ》で延命させるという国家的意義があったのだ。それを——ええいくそ」

企画課長は、汗ばんだワイシャツの胸ポケットから扇子《せんす》を取り出すと、うざったげにばたばたと扇《あお》いだ。

「あの、課長」

「なんだね」

「確かに修復工事の額は減ってしまいましたが、いいこともありました」

「何がだね。何がいいんだね⁉」

「あの。昨夜は、人が一人も死なずにすみました。怪我人は出ましたが、死者は

「――」

「何を寝ぼけたことを言っているのだ。蓮見くん、君は国家公務員I種試験にパスした中央省庁のキャリア官僚として、考え方が根本的におかしいんじゃないのかね？　自分でそれに気づかないのかね」

「……」

「まさか君は、低俗なマスコミみたいに、夜中に〈海ほたる〉へ車でデートに来ている年収一〇三万円以下の所得税を払っていない若いやつら数十人の命のほうが、ゼネコン各社の倒産救済よりも重要だとか言うのではないだろうなっ？　税金も払わずに公共サービスだけ受けているような連中が何十人死のうが、税収は減らないし、国家にとってはなんの影響もない。国は何も困らない。そういう連中は国民年金保険料も払っていないだろうから、国民年金も困らない。タンカーだって保険に入っているんだから、船会社も困らない」

「……」

「〈海ほたる〉でタンカーが大爆発しても、なんの問題もなかった。爆発して吹っ飛んでくれればよかった。そうすればゼネコン各社に大規模工事を発注できて景気も少しは――それを畜生、どうしてあそこで、もう一歩というところでタンカーがバックしたのだ⁉　誘導装置の突然の故障だったのかね。それとも操作ミスなのかね。もし現場で操作していた君が、何かミスをしたというのであれば、蓮見くん。悪いがねぇ、私は君をかばいきれないよ」

「あのう」

「なんだ」

「課長。そのことなのですが……。誘導装置を製作した民間業者のところへ、今朝行ってみたのです。そうしたらもぬけの殻《から》で——」

「き——」企画課長は、扇子を扇ぐ手を止め、あんぐりと口を開けて女を見上げた。

「君は——そんなところへ上への断りもなく、素顔を曝してのこのこ出向いたのか」

「でも——」

「いいか蓮見くん。秋葉原の路地裏の小規模なラジオ屋に、マンモスタンカーのGPSを狂わせる誘導装置が開発できると、本気で思っていたのかね」

「でも、あの装置を造ったのはあそこで……」

「ここだけの話だが」企画課長は咳払いすると、声を潜めた。「あの誘導装置はだな、〈委員会〉のある先生のつてを頼って、外交ルートを通じて某国の軍事技術を極秘に導入したのだ。ただし本省内部にはあの音羽文京に通じる不心得者が隠れている。省内の技術者に装置を造らせるわけにはいかない。我々キャリア以外の一般職員に知られるのもよくない。そこで足のつかない外部の業者を選んだ。君の知っているあのラジオ屋には、ブラックボックスとなっているパーツと図面だけを渡し、組み立てを依頼した。おそらく自分の組み立てているものが特性のカーナビだと、疑わなかっただろう」

「――」

「もちろん技術屋の勘というやつで、何か感づく危険性がないとはいえん。そのため万一の対策として〈委員会〉が〈掃除屋〉を差し向け、ラジオ屋には店ごとこの世から消えてもらった。君が今朝になって、のこのこ出かけていったところで、何も残っとりゃせん」

企画課長は、再び扇子を使いながら、寝不足と疲れが出たようにあくびをした。

「プロが処分するとね、死体は海底から上がらんのだそうだ。バブルが弾けて以降、東京湾の地物《じもの》の魚は栄養がよくてうまいそうだな」

「……」

ぱたぱたと扇子を使いながら、企画課長は女と目を合わせずに「蓮見くん。それでな」と言った。

「……はい」

「とりあえず、こうなってしまったのは仕方ない。総括審議官もやむを得ないとおっしゃっている。それより急ぐべきは情報の隠蔽《いんぺい》だ。この際〈作戦〉に関係する資料や情報は、闇に葬らねばならない。君がただちにすべきことは、分かるな。資料となる文書や図面やディスクを残らず掻き集め、裏庭の本省専用焼却炉へ運び処分することだ」

「……」

「いいかね蓮見くん。他人の目に触れさせるわけにはいかん。君が一人で、自分の手で燃やすんだ」

うながされて、立ったままの女は、こわばらせた頬を動かした。

「……分かりました。課長」

7

よしみは、十三階の女子トイレの窓を脱出してから、ガラス張りの壁面伝いに合同庁舎ビルを真下へ降りていった。浮揚しながら、外側から入れそうなトイレの窓を探した。再びビル内へ戻るつもりだ。幸い裏庭に面した壁だったので、地上からこちらを見上げる人影はない。遥か下には、裏庭の焼却炉と増築工事用の資材置き場があるだけだ。

「よかった、今日は工事をしていなくて――」

早く建物内へ戻って、柄本たちを捜そう。ほうって逃げ出すわけにもいかない。

だが最近の中央省庁はセキュリティー管理が徹底していて、鍵の開いている窓がない。一階ごとに手をかけてみるが、開かなかった。人のいるオフィス側の窓へ回ったら大騒ぎになるし、なんとか外から開けられるトイレの窓を見つけなくては……。

ガラスを割って入るのは簡単だが、

「駄目だわ。正義の味方が、器物損壊をするわけにいかないわ」

よしみは頭を振る。

その耳に
『このトイレに、不法侵入のマスコミが逃げ込みました』

十三階の女子トイレに、あの警備員が押し入ろうとしている。それを〈聴覚〉がキャッチした。

『ジーンズの小娘です。自分は職務上、保安警備室へ連行して、警察を呼ばなくてはなりません』

トイレに入ってこようとしている。

やばい。

『いいわ。そんな子は来なかったけれど——職務なら好きなだけお調べなさい』

あの女——白い服の女が、入って調べるのを了承している。どうしよう。あの窓からこっちを見下ろされたらアウトだ……。よしみは頭上を見上げ、ガラス壁面の反射の眩しさに目をすがめた。それから自分を空中に支える重力場を調節し、浮揚降下するスピードを増した。

やっと三階の高さまで降りて、鍵の開いているトイレの小窓を発見した。

「あった」

鉄骨を山積みしている建築資材置き場の、足場のすぐ上だ。よしみが窓を開いて飛び込むのと、頭上の十三階で女子トイレの窓がカラッと開くのはほぼ同時だった。

『――おっかしいなぁ』

「ふうっ」

回転してタイルの床に立ったよしみは、そこが男子トイレであることに気づいた。だが幸いに、人の姿はない。急いで廊下へ走り出た。

周囲を気にしながら、物陰を選んで進んだ。

あの警備員は『保安警備室へ連行する』って言っていたな……。よしみは廊下を急ぎながら、どこかに館内配置図がないかと探した。柄本たちも、そこへ連れ込まれているに違いない。

よしみは周囲を気にしたが、十三階にはあれだけうようよいた制服の警備員たちが、なぜだかこの階には一人も姿が見えない。エレベーター・ホールで配置図を見つけた。保安警備室は一階にあるらしい。よしみは非常階段室へ飛び込んで駆け下りた。

急がなければ。全員捕まえてから警察に突き出す、という方針でいてくれたらいいのだが、柄本たちがすでに機動隊に突き出され身柄を拘束されていたら、ちょっと困ったことになる。

（一応、あたし〈正義の味方〉だからなぁ……。不法侵入で警察に捕まった人を力ず

くで助け出したりしたら、まずいよなぁ）

一階には、省庁のオフィスはなかった。配置図によれば、エントランスホールと記者会見などにも使われる見学者ホール、売店や食堂、それに保安警備室や空調などの機械室があるだけだった。非常階段のドアをそうっと開けて廊下を見回し、警備員の姿がないのを確認して歩き出した。

（おかしいな……）

保安警備室が近いというのに、この階にも警備員の姿は見えない。みんな一時的に、総出で十三階へ出動して、あたしを捜しているのかしら、とよしみは思った。しかしそんなことをすれば、ビルのほかの部分が警備が手薄になるだろう。警備会社のマニュアルが、そんなに安易にできているとは思えない。油断するわけにはいかない。

途中で、どうしても正面玄関のエントランスホールを横切らねばならなかった。この時だけよしみは亜音速駆け足。常人には目にも留まらぬ疾さでホールを駆け抜けた。

だが、

「――あれ？」

よしみは、ホールを抜けて柱の陰に滑り込んでから、目で感じた違和感に首を傾《かし》げた。なんだろう。何かがおかしい。

振り返ってみると違和感の原因が分かった。さっき正面玄関に仁王立ちしていた、警備員の姿がないのだ。さらに目を遠くへやると、なぜだかゲートの警備詰め所からも、青黒い出動服の機動隊員の姿が消えてしまっている。どうしたのだろう。

（どうしたんだろう……？　交代の時間かな）

だが深く考える暇はない。よしみは配置図で憶えた道筋をたどり、保安警備室へ向かった。

一般職員と顔を合わせるのを避け、隠れながら進んだので時間を食った。十三階のトイレを脱出してから十分以上もかかって、よしみはようやく目的の一画にたどり着いた。

〈保安警備室〉と看板のかけられた場所には、廊下に面した受付用のカウンターがあったが、そこは無人だった。よしみが〈聴覚〉を澄ませると、壁の中から『畜生、開かねえなぁ』という男の声。

「柄本さんだ」

そのほかに、警備員らしき声はしない。不審に思いながら足音を忍ばせ、中へ入って覗く。壁いっぱいに十数台の監視用モニターを並べたコンソールは空席だ。休憩所のようなテーブルと椅子のスペースにも誰もいない。柄本の声は、その奥の仮眠室らしき部屋のドアから聞こえてきた。

「ええいくそ、開けろこのやろう」

ドアが、内側からがたがたと揺さぶられる。

「柄本さん、ですか――？」

ドアに近づいて、よしみが小声で訊くと「その声は桜庭かっ」と返答した。確かに柄本だ。

「静かにしてください」よしみは背後を見回した。「警備員たちが、戻ってくるかもしれません」

「なんだか知らないが、その心配はない」ドアの内側で、柄本が言う。「ついさっき、急に呼集がかかったとかで、全員出ていきやがった。どこに行ったのかは知らないが、ここへ俺たちを閉じ込めてこの部屋の警備員たちは残らず行っちまいやがった」

「行っちゃったって――どこへです」

「分からん。それより桜庭、ここから出してくれ。逃げるなら今しかない」

「は、はい」

よしみはドアの取っ手を見た。錆びついた、大型の南京錠ががっしりかけられている。困ったな、引きちぎるのはたやすいけれど……。

「これ、いくらかなぁ」

「ん。なんだ桜庭？」

「え、あ。なんでもありません」今、鍵を捜します、と言い置いて、よしみは室内を検分した。どこかに鍵束でも吊るしてないだろうか……？　ないだろうな。そんなにすぐ見つかるようなところには。

仕方ないなぁ、二千円くらい払えばいいかな。よしみは心の中でうなずくと、袈裟がけにしたコーチのバッグからお財布とサインペンを出した。休憩コーナーの新聞にはさまっていた広告紙を裏返して、キュッ、キュッと書き置きをしたためた。

「ええと——都合により鍵を壊しましたごめんなさい」鍵は壊すけれど、弁償するつもりだった。「でもこれって、取材の経費にしてはもらえないだろうなぁ。領収書もないし……」

ぶちぶちつぶやきながら、お財布から出した千円札を置こうとした時。

よしみの手が、ふと止まった。

なんだ……。

（——!?）

背後の壁を振り返った。

何かを感じた。

「……なんだ。この気配は——？」

グワラッ

裏庭。

三階に届くほどの高さに積み上げられた鉄骨の山が、ふいに前ぶれもなく揺らいだ。足場に人影もなく、無人のはずの資材置き場全体が、身じろぎするようにズズッと揺れた。薄い煙が立ち上った。

その下を、書類の束とディスクのケースを抱えた、髪の長い後ろ姿が通りかかる。白い服の女だ。

女は一人で歩いていた。白いサマースーツの背中は、何か考え込むようにうなだれて、頭上の異変にはまったく気づかない。両手に書類を抱え、裏庭の奥の焼却炉へ向かってとぼとぼと歩いていく。

と、突然、頭上で固定用ケーブルが数本まとめてチュン、チュチュンッ、と切断音とともに弾けた。

グワラッ――！

「――はっ」

よしみの全ての〈感覚〉が、この瞬間、背後のどこかで起きつつある〈危険〉を察知した。全身の肌にぶるっ、と寒気のような震えが走った。

グワラガラガラッ

何かが崩れ始める音。地響きのような——どこだ⁉　よしみは振り向く。壁の向こうか——？　裏庭のほうで、何かが……！

きゃっ

小さな悲鳴。人だ。

（人が——大変だ）

チリン

手首のリングが鳴った。

「おおい桜庭。まだか」

スタッフ全員とともに、仮眠室に閉じ込められていた柄本は、急によしみの声がしなくなったのでドアを叩いて呼んだ。

「おい」

だが次の瞬間、シュッと空気を切るような低い響きがしたかと思うと、ガシャーンッ、と派手に窓が割れる音が背中のほうでした。

「な――なんだ。何が起きたっ？」

よしみは保安警備室の裏庭に面した窓を体当たりでぶち破ると、外へ飛び出していた。

裏庭へ出た。着地するとすぐ目の前が資材置き場だ。しかし――なんだ、これは⁉

よしみは目を剝く。茶色い煙を上げながら、鉄骨の山が雪崩《なだれ》のように崩れかかっていく。

ズガガガガガガッ

その真下に一つの人影が――ほっそりした白いシルエットが驚きで硬直したように、頭上を見上げたまま動けないでいる。見開かれた目。ふわっと浮き上がる髪。茶色い雪崩はズガガガッ、と全てを隠すように女のシルエットに覆いかぶさる。

「き――きゃぁっ」

「危ないっ」

加速したよしみの〈視覚〉には、覆いかぶさる茶色い鉄の雪崩も女の髪の動きもスローモーションで見えたが、それでも飛び出していってその白い細身を潰される前にひっさらうのは困難だった。駆けつけるのが一秒遅かった。落下する鉄骨の膨大な質量が襲いかかっていく。駄目だ、一瞬の差であの人は茶色い煙の中でミンチにされてしまう……！

「――くっ」

よしみはとっさに、地面に足を踏ん張り両手を前へ突き出した。いつも空を飛ぶ時のイメージを、横向きに集中して前方へ放った。叫んだ。

「と、止まれっ。うぉりゃーっ！」

フォース・フィールド――とっさにそれを使うしかなかった。よしみは空を飛ぶ時に身体を浮かせる反重力場を両手のひらに発生させ、上から殺到する鉄骨群へ横殴りに叩きつけた。見えない力が瞬時に加わり、記録フィルムの中の雪崩が映写機の故障でストップするみたいに、茶色い数十本の鉄の束が空中で震えながら落下速度を緩《ゆる》めた。さらに手に力を込め、よしみは念じた。止まれ、止まれ……！

「止まれぇーっ！」

鉄骨の束は、仰向けに倒れた女の白い服の上、数十センチの高さでついに浮くように停止した。

「う、く――」

だが手で触らずに物体を動かす、という技は触覚のフィードバックがないため、見た目よりも遙かに難しい。よしみはこの種の〈念力〉が最も不得手だった。素手でつかめればマンモスタンカーも押せるのに、よしみはわずか数十トンの鉄骨の束を支えきれなかった。

「く――だ、駄目だわ。支えきれない！」

力を振り絞って向こう側へ押し出そうとしたが、うまくいかない。焦るほどうまくいかない。白い服の女の上から、完全に鉄骨をどかすことができないまま、ついに手が滑るみたいに〈念力〉が対象から外れた。

ドングワラガッシャーンンッ！

凄まじい茶色の煙。

白い人影が見えなくなる。

し――しまった！　よしみは駆け出した。鉄骨の山に向かって走った。息が切れた。

あの人は――あの女だ。確かに白い服を着ていた。さっき『道路局企画課の課長補佐』を名乗ってみせた、あの年上の女性だ。

――『大変なことになっているの』

「次から次へと――どうなっているんだ」

だが慣れないエネルギーの放出で、よしみは思わず足がふらついた。一時的に力を出しきったのか。亜音速どころか、常人のスピードも出ない。

「はぁっ、はぁっ。だ、大丈夫ですかっ」

数十メートルが千キロにも感じた。やっと鉄骨の小山に取りつくと、よしみは隙間から覗いた。白い服が見える。

「大丈夫ですかっ」

返事はない。眩暈《めまい》をこらえ、耳に気持ちを集中する。お願いイグニス、〈聴覚〉を使わせて……！　ぜぇぜぇという自分の息で、よく聞こえない。それでも一心に耳を澄ませると、トク、トクという音がかすかに聞こえた。

心臓が動いている。

大丈夫だ、まだ生きている。絡み合った鉄骨の下敷きになっているが、ちゃんと生きている。

よかった、早く助け出さなくては……！　よしみは白い服の女を地面に押しつけている一本の鉄骨に両手をかけると、ふんっと気合を込めて持ち上げようとした。だが、鉄骨はびくともしない。よしみの顔色が変わる。

だ――駄目だ。力が入らない。

（どうしよう……）

今のフォース・フィールドで、エネルギーを使い過ぎたのだ。いつもならこんな鉄骨、割りばし一本持ち上げるよりたやすいのに。

「だ――誰かっ」

よしみは振り向いて叫んだ。

「誰かっ、助けてください！」大声で背後を呼んだ。「この人が――潰されちゃう。お願い、誰か一緒に持ち上げてくださいっ」

だが、鉄骨の雪崩が収まった裏庭は不気味なほど静まり返り、よしみの叫び声は合同庁舎ビルの壁に反響するばかりだ。

どうしたんだ。

よしみは唇を嚙む。どうして誰も来ないんだ……⁉ これだけの大音響とともに、資材置き場の鉄骨が崩れたのだ。警官や警備員が、聞きつけて大勢集まってきてもおかしくはないはずだ。

だが、

「誰かっ。誰か」

誰も来ない。変だ。どうしたんだ。いったいどうしたんだ。量り売りにするくらい警備員も警察官もいたのに、どうしてこういう時だけ、一人も助けに来ないんだ――⁉

「誰か――」

8

一時間後。

よしみは、中央区にある大きな救急病院の外科病棟で、廊下のベンチに座っていた。

「はぁ……」

座ったまま、自分の手のひらを見た。鉄骨を思いきりつかんだので、茶色く汚れていた。

身体の調子はすっかり元に戻り、眩暈も消えていた。手を握れば力も入る。でも気持ちは、ずっしり沈んだままだ。

「――ありがとう」

ベンチで隣に座った男が、ぼそりと言った。

「君が、叫んで呼んでくれたお陰で、彼女を助けることができたよ」

「お礼なんて……。こちらこそ」

よしみは、隣の汚れた調理服の男を見上げた。日に焼けた長身。出前用の自転車に乗っていたから、庁舎に出入りする飲食業者だろうか。でも「あのう、お知り合いなんですか――?」よしみは、自分たちが背にしている救命処置室の白い壁を振り返りながら訊いた。壁の向こうでは、まだ処置が続いている。「あの人の、名前を呼んでらっしゃいましたよね」

「あ、うん」

男は、遠慮がちにうなずいた。

「知り合いといえば、知り合いなんだけど」

調理服の男は、やはり二十代の終わりだろうか、体格はいいが口数の少ないタイプのようだった。よしみを助けてはくれたが、何か訊いてもなかなかしゃべろうとしなかった。

それにしても――

よしみは思った。昨夜からの一連の出来事。いったい何がどうなっているのだろう。

――『あなたのお陰で、今大変なことになってるの』

あの人――あの白い服の女の人が、国交省の官僚だったなんて……。そして、あたしのせいで大変なことになっている……? なんだろう。いったい昨夜、彼女は〈海ほたる〉で何をしていたんだろう。

よしみは、つい一時間前、合同庁舎裏庭の資材置き場が崩れかかって、危うく惨事になりかけた場面を頭の中で反芻した。


一時間前のこと。

崩れた鉄骨の山に取りついたよしみは「お願い誰か！」と叫んでいた。助けを呼ぶよしみの声はガラス張りの庁舎ビルの壁にむなしく反響し、人が出てくる気配はない。正面ゲートのほうに大勢いるはずの機動隊員も警備員も、なぜだか誰一人出てこようとしない。

素手で鉄骨を持ち上げようとしたが、駄目だった。普段ならこんな鉄骨の山、キュウリ一山の重さにも感じないのに……。しかしこの時よしみは、慣れないフォース・フィールドの技を使ったため、一時的にエネルギーを消耗《しょうもう》しきっていた。たった一本の鉄骨が持ち上げられない。鉄骨の下には白い服の女が、気を失って倒れている。

このままでは潰されてしまう。

「お願い、誰か助けて。この人が死んじゃう！」

よしみは、巨大なガラス塔のようなビルを見上げて叫んだ。無数の窓がある。裏庭に面した窓だって、誰かが外を見ているはずだ。

その時。

（――？）なんだ。壁を見上げていたよしみは、一瞬、何かを目にした。

それは人影だった。そいつは三階の高さがある資材置き場の、足場のてっぺんにいた。白っぽく光るのはワイシャツ。ビル内に無数にいる職員と同じ、ワイシャツにネクタイのサラリーマンの夏服姿だ。しかし異様なのは、そいつがまるでサーカスの曲芸師か体操選手のように、崩れかけた足場の鉄柱のてっぺんにバランスして立っていたことだ。両足揃えて鉄柱の先端で腕組みをし、こちらを見下ろしている。よしみが見上げているのに気づくと、さっと身をひるがえした。崩れかけた足場のてっぺんを蹴り、三階のトイレの窓へヒュッと跳んで姿を消した。

あの窓は……。

なんだ――あいつは。

だが鉄骨の下で、白い服の女が「ごほっ」とむせた。サマースーツの胸が、苦しげに上下する。圧迫されているのだ。このままでは窒息してしまう。

変なやつに、構っている余裕などない。この人を助けないと。

「お願い、誰か――！」

その時だった。

ふいにキキィッ、とブレーキのきしむ音がすると、一台のごつい出前用自転車が目の前にスピンターンして止まった。

「どうしたっ。大丈夫か⁉」

汚れた調理服を着た長身の男が、自転車を放ると汗を飛び散らせて駆けつけ、よしみの持ち上げようとしている鉄骨に手をかけた。

よしみの叫びを、聞きつけて来てくれたのだ。

「人が、下敷きになっているんです。早くこれをどけて、助けないと――」

「なんだって」

男は、日に焼けた顔をこわばらせ、鉄骨の隙間を覗いた。途端に、その彫りの深い顔が驚愕の表情になる。「り――」声を詰まらせる。

「り、理恵子《りえこ》……！」

「一緒に持ち上げてください。お願いします」

「わ、分かった」


「あのう」

「ん」

「来ないんですね、国交省の人たち」

よしみは、病院の長い廊下の向こうを見やった。白衣姿が行き来している。スピーカーで呼び出す声が、遠くで反響している。

「あの人——下敷きになっていた女の人ですけど、課長補佐だっていうじゃないですか」

「ん。ああ、偉いみたいだね。キャリアだから」

「でも結局、あの人を鉄骨の下から引き出してから——救急車を呼んだのはあたしの携帯だし。正門の機動隊は肝心な時にいなくて、いつの間にか戻ってきたと思ったら、今度は駆けつけた救急隊員に向かって『ボディーチェックする』って言い張って、なかなか中へ入れてくれないし」

「そういうものだよ」調理服の男は、腕組みをして言った。「中央省庁と、そこにいる官僚たちとつき合うのなら、ちょっとのことで驚いていられないって、うちの親方が言っていた。うちの店は、霞が関が長いからね」

「あの、コックさんなんですか」

よしみは男の調理服を見た。

「いや。ケーキ職人なんだ。霞が関ビルの地下にある〈シュークリームの紫屋〉っていう店」

男はそこで初めて、体格に似合わない、はにかんだような笑みを見せた。

「似合わないだろ」

「ええ」

「ええ、はないじゃないか」

「だって、凄い力だったし……。鉄骨を持ち上げてくれたもの」

「スポーツ、やっていたからね。昔」

「あら――」よしみはちょっと考えて、男の風貌を見て言った。鉄骨を持ち上げた力は、常人にしては強かったが、重量挙げ選手には見えない。「ひょっとして、サッカーですか」

「分かるかい」

「ええ。ずうっと昔だけれど、仕事で新人の頃に、Jリーガーのインタビューをしたことがあるから。なんとなく、雰囲気で」

「インタビューって、君はそういう仕事なのか。凄いね」

「あ、今はそんな、ただのバイトなんですけど」

よしみはプルプルと頭を振った。どこかで見た顔だね、とか言われて素性を勘ぐられたりしたら面倒と思ったが、男はよしみのことを元局アナとは気づかない風情だった。

「その腕章、〈熱血ニューズ〉かい」

「ええ」

「そうか。ケーキ屋は朝が早いから、夜は十時前に寝てしまうんだ。悪いけど、君の番組はあまり見たことがないんだ」

「そ、そうでしたか」

「プロスポーツも、取材したりするのか」

「あたしは今、担当じゃないけれど、たまにJリーグの選手の人とか、ゲストで来たりしますよ」

「Jリーグか……。俺はとてもそんなところまで、いけなかったよ」

男はため息をつき、苦笑した。

「俺、高校の頃は、勉強は全然駄目だったけど、サッカーにだけは自信があった。自分にはどんなこともできると思った。成績は最低でも、グラウンドに立つと女子に騒がれたりしてね。うぬぼれていた。それで高校を途中でやめて、ヨーロッパへ武者修行に出たりとか、無茶なことをしたんだ」

「ふうん」

「でも全然、ものにならなかった。世界っていうか——プロのレベルは凄くてさ」

「でもサッカーの選手の人が、どうしてケーキ屋さんに?」

よしみには、日焼けしたスポーツマン体型の男が、甘いものを作る人には見えなかった。

「練習のあとで、甘いものを食べるのが好きだったからね」男は頭を掻いた。「ケーキやシュークリームはよく食べていた。ヨーロッパでもね。でも向こうの洋菓子って、でかいけどやたら甘いじゃないか。ウィーンの街の菓子屋で、ある日『こんな甘ったるいもん食えるか、俺に作らせろ』って冗談で言ったら」

「冗談で言ったら？」

「気がついたら、こうさ」男は肩をすくめ、自分の調理服の胸のあたりをつまんだ。「なんだか知らないけど店の主人に気に入られて、いつの間にか弟子入りしていた。サッカーはやめて、そのまま向こうで修業に入って、五年前に日本へ戻って、また今の店で修業をしている。高校も途中で駄目、サッカーも駄目だったけれど、ケーキ作りは向いているような気がするんだ。やっていて楽しいし……。いつか自分の店を持とうと思って、こうして働いている」

ふうん、とよしみが相づちを打とうとした時。救急処置室の両開きドアが開いて、マスクをした手術衣姿の医師が歩み出てきた。

「蓮見理恵子さんの、付き添いの方はいらっしゃいますか」

十分後。

面会を許された。

よしみが病室へ入っていくと、女は白いベッドの上で仰向けに横たわっていた。麻酔はされなかったらしい。医師の説明では全身打撲と裂傷だけで、あちこち何針か縫《ぬ》いはしたものの「この程度ですむのは奇跡だ」と言われた。

よしみが歩いて近づくと、女――蓮見理恵子はうっすらと目を開いた。額に包帯をしている。

「また……借りを作ってしまったわね」天井を見たまま、女はぼそりと言った。「崩れた鉄骨の下敷きになってこの程度ですむなんて、信じられないって――あの先生が言っていたわ、スーパーガール」

「あたしじゃ、ありません」

よしみは頭を振った。

「あなたを鉄骨の下から助け出したのは、ちょうど駆けつけてくれたケーキ職人の人です。コーヒーの出前にきていたって」

「――ケーキ職人？」

「はい」

よしみはうなずいた。

「それから、あたしはスーパーガールって名前じゃありません。桜庭よしみっていいます。富士桜テレビの――」そこまで言いかけて、詰まった。今はお天気キャスターでも記者でもない。「その、報道番組のスタッフです」

「そう」

女は、天井を見たままだ。切れ長の目。知性を感じさせる美貌だが、こちらを見てくれないし、冷たい印象だ。

「その人は」

「はい？」

「その職人の人は、どこ」

「それが」よしみは、男が去っていった廊下のほうを振り向いた。「あなたが無事だって分かったら、それだけでいいって。そう言って、帰っちゃいました」

十分ほど前、処置室から医師が出てきて、蓮見理恵子は奇跡的に命に別状ないと告げた。それを聞くと、あの男は病室を見舞おうとせずに、帰っていってしまったのだ。

「そう……」

「お知り合いなんですか？」

よしみは訊くが、蓮見理恵子はその問いが聞こえないかのように「でもスーパーガールって、本当にいるのね」と感心したようにため息をついた。

「――」

「桜井さん」

「桜庭です」

「ああ、ごめん。ところであなた、どうして……スーパーガールになったの？」

「いろいろと、成り行きで——」よしみは説明に窮《きゅう》した。それを詳しく話しだしたら、一晩かかっても終わらない。「雪山で、宇宙人と偶然に出会って。一言では言えないような事情がいろいろとあって、それでもって現在のあたしです。あの、内緒にしといてくださいね。まだ嫁入り前なんです」

「あなたが望むなら、そうするわ」

理恵子は薄く微笑した。

「あなたの——その力って、宇宙人の超能力？」

「そうらしいです」

「あの素敵な銀色のコスチュームも？」

「はい」

「そう。いいわね」

「よくないです」

「わたしもなってみたいわ、スーパーガール」理恵子はまたうっすら微笑した。「無敵で、空を飛んで大勢の人たちを助けにいく。いいだろうな」

「よくないです」

「どうして。人から感謝される仕事じゃない？」

「感謝なんて、されたことないです。それに正義の味方は仕事じゃなくて、ボランティア活動です」

「――？」

「宇宙人と〈融合〉してるなんて知れたら、ＮＡＳＡに捕獲されちゃうかもしれないし、まともに結婚できるかどうか分からないし……。だから世の中に正体をばらすわけにはいかないし。

　姿を見られないようにしているから、あたしの出動で助かった人たちはみんな、偶然で助かったように思っています。別にそれでもいいけど……。でも自分の夢や仕事を犠牲にしてどんなに活動しても、人のために働いても、あたしには感謝どころか、リアクション一つありません。最初の頃は、隠れていいことしたみたいで、それでもよかったけれど。でもどんなに人のために尽くしても褒められるどころか……くく」

「どうしたの？」

「ちょ、ちょっと、辛いこといろいろ思い出しちゃって」言葉に詰まったよしみは、ズズッとすすり上げた。「とにかくボランティア活動って、報酬はなくても、世の中の人たちに『いいことしたね』って認められるから気持ちいいんです。それがなくて、誰にも知られなくてボランティアする人って、いるでしょうか？　あたしはいないと思う。こんなふうに隠れて正義の味方なんかやっていても、何もいいことはないです」

「じゃあ、どうして人助けなんてしているの？」

「分かりません。ただあたしのほかに、やれる人はいないし……。あたしのここが」

よしみは、白いシャツブラウスの胸を指さした。「何か起きるたびに、ここが『行け』って言うんです。だから嫌だけど、毎回、仕方なく出動するんです」

「うらやましいわ」

「あのですね」

「違うの。皮肉で言ってるんじゃないの」蓮見理恵子は、天井を見たまま頭を振った。

「だって、嫌だ嫌だって言っている割に、あなたとっても生き生きして見えるもの。間違ったことをして後悔している顔ではないもの」

「そ、そうですか？」

「昨夜ね」

女は、少し言葉を区切ってから、訊いた。

「あのタンカー――あなたが押してくれたの？」

「え」

「デッキで倒れてしまって、煙で見えなかったけれど――あの爆発寸前のタンカーを〈海ほたる〉から押し出してくれたのは、あなただったの」

「凄く——重かったですよ。あれ」

よしみはうなずいた。

すると
「ありがとう」

女は目を伏せ、礼を言った。

「ありがとう。助かった」

「え」

「わたしを人殺しにしないでくれた」

「ど、どういうことです」


だが、よしみが訊き返そうとした時。急に病室のドアが勢いよく開けられると、汗まみれのワイシャツ姿の集団がどっとなだれ込んできた。

「蓮見くんっ、困るよ。困るよ」

先頭で、数人の部下らしい者たちを従えた禿《は》げ頭の中年が、どかどかと歩いてきながら早口でまくしたてた。

「君ねぇ、あんなところで資材置き場の崩壊に巻き込まれるなんて。あそこは気をつけて通ってくれないと困るじゃないか。この忙しい時に、怪我をするなんてキャリアとしてとんだ失態だよ。困るよ」

なんだ、こいつらは。

だが
「あ——す、すみません」

蓮見理恵子は痛そうにベッドに上半身を起こすと、身体を折って謝った。

「君ねえ」禿げ頭はその理恵子を指さしながら、さらに大声でまくしたてた。「機密書類がどこかへ紛失でもしたら、どうするつもりなんだっ。万一のことが起きたら、私はかばいきれないよ」

「すみません。課長」

「ん。なんだこいつは」禿げ頭は、脇に立つよしみを見咎めると、あからさまに顔をしかめた。「なんだその腕章は。こいつはマスコミじゃないかっ」

追い出せ、と禿げ頭がかん高い声で叫んだ。

とたんに部下らしい若手の役人たちが反応し、五人がかりで一斉によしみにつかみかかった。

「出ろ」

「出ろ」

「出ていけ」

いずれも勉強はできそうだが、合コンなどではあまり相手にしたくないタイプの連中だ。そいつらが五人も、汗をかきながらつかみかかってシャツと言わずジーンズと言わずさわりまくって、よしみを病室から追い出そうとした。

「ちょ、ちょっと何するのよ⁉」

よしみは気色《けしき》ばんだ。気味の悪い連中に、さわられたくない。腕の一振りで吹っ飛びそうだったが

「蓮見くん、君はこんなところで私に許可もなく、マスコミの人間と接触していたのかねっ。キャリアとしての見識はどこへいったんだ。まったく私はかばいきれないよっ」

禿げ頭が怒鳴るのを聞いて、ここで自分が暴れたら蓮見理恵子の立場がさらにまずくなるような気がした。正義の味方が弱い連中相手に乱暴するわけにもいかない。仕方なくそのまま押し出された。

「課長。すみません。すみません」

気丈な女が、絞り出すように謝る声がドア越しに聞こえた。

よしみは病院を出ると、地下鉄で二駅の霞ヶ関へ戻った。

歩道から合同庁舎ビルを見上げるが、どうしようもない。空を飛んで屋上から侵入

しようとすれば、できないことはない。柄本たちを助け出して、蓮見理恵子が昨夜何をしていたのか、探ることもできるかもしれないが……。

（でも……）

よしみは、ビルを見上げながら唇を噛む。

（スーパーガールの力は、正義のために使うんだ。泥棒みたいな真似《まね》はできないよ）

どうしよう。

そのままとぼとぼ、歩き始めた。

とうにお昼を過ぎた。そういえば、朝から何も食べていない。お腹が空いていた。

立ち止まって見渡すと、数ブロック向こうに、古い高層ビルが午後の日を浴びている。

「霞が関ビルか……」


よしみの歩み去った合同庁舎ビル。その十四階では、絨緞の敷かれた〈官房総括審議官室〉で銀髪の初老の官僚が外を見下ろしていた。

「審議官」

茶色い顔の道路局長がせかせかと入室してきて、そのスーツの背中に言った。

「失礼します。たった今、病院へ向かった企画課長から報告が入りました。あの蓮見企画課長補佐ですが、信じられないことに軽傷でぴんぴんしているとのこと。意識もはっきりしているらしいです」

「──」

「信じられません。数十トンの鉄骨の下敷きになったはずなのですが」

「──ふん」

外を見下ろす高級官僚は、両手をポケットに突っ込み、ただ面白くなさそうに鼻息を漏らした。

「〈掃除屋〉が──」

「は」

「〈委員会〉の先生方が差し向けた〈掃除屋〉が、しくじるとはな……。これまでになかったことだ」

「はい」

「先ほどの決行時は、警備員たちも正門の機動隊も、私が特別訓示をするという理由で呼集し、裏庭へ寄せつけないでおいた。都合よくマスコミ取材班の不法侵入があり、引っ捕らえた直後だったからな。『警備を厳正に行え』と檄《げき》を飛ばして命じたので、救急車の救急隊員に対しても厳しいボディーチェックが行われ、裏庭の資材崩壊現場へ駆けつけるのが遅らされた。万全の態勢となっていたはずだ」

「は、はい」

「あの女――よほどの強運の持ち主かな」

「強運？」

「うむ。〈掃除屋〉の暗殺を逃れたことに加え……。二十九歳で筆頭課の課長補佐というのは、男も顔負けの出世だろう」

「強運かどうか分かりませんが。確かにこれまでの省の仕事には、命をかけたようなところがありました。あのような若い女ならば、普通は食べ物とか着る物とか、恋愛などに精を出すものと相場が決まっているのですが、蓮見理恵子の場合はそういった傾向がまったくなく……。ですから今回の〈作戦〉の現場実行責任者として白羽の矢が立ったわけでして」局長は、茶色い顔にハンカチを当てた。「まぁ女キャリアなら、万一、脱出にしくじって爆発に巻き込まれ、死んだって惜しくはありませんし」

「男どもが、能力に嫉妬《しっと》して死に場所へ追いやったら、そこから生還してきた。殺し屋を差し向けても助かったというわけだ。これを強運と言わずして、なんだ」

「はぁ」

「局長」

「は」

「今の言葉は、私の言《げん》ではない。この私とて、女が幅をきかすのは面白くない。前の大臣は、それは気分屋でひどかった。女が男よりも能力を示し、並み居る男を差し置いてぐんぐん出世していくのを見せられて嬉しいわけではない。嬉しいはずがない」

「はい、さようで」

「今の言葉は、ついさっき〈委員会〉のある先生から電話があり、そのように言われてしまったのだ。皮肉を込めてな」

「そ、それで。〈委員会〉ではなんと」

「とにかく〈委員会〉肝《きも》いりで計画された〈作戦〉が失敗し、一五〇〇億発注できるはずだった公共工事がたったの三〇〇億になってしまった。業界全体に与えるダメージは大きい。工事の総額が五分の一になれば、先生方へのキックバックも五分の一だ。来月には与党の総裁選が控えている。今の総理を続投させでもしたら、公共工事はますます減らされる。建設族が巻き返すには金がいるのだ。それなのに……。この失敗の責任は誰かが取らねばならん。

　君も知っているとおり、われわれ省幹部で今朝方緊急に相談した結果、あの女のせいにすることに決めた。あの女——蓮見理恵子が現場で大爆発に巻き込まれるのを恐れ、タンカーをバックさせて被害を小さくしてしまった、という筋書きでいくことに決まったわけだ。先生方にもそのように報告した」

「はい」

「〈委員会〉からは、失敗の原因を作った女には『死んで責任を取ってもらう』と言ってきた。〈掃除屋〉を庁舎に差し向けるから、協力しろと言われた。我々はそのとおりにした。そうしないと我々が危ない。〈委員会〉の使う〈掃除屋〉の恐ろしさは、聞き知っている」

「そのとおりです」

「ところが〈委員会〉の〈掃除屋〉は、仕事に失敗した。あの女は助かってしまった」

「残念なことです」

「しかしだな。あの女のことは、もうどうでもいいのだ」

総括審議官は、窓のビル群を見下ろしながら、煙草《タバコ》を取り出してくわえた。

「どうでもいい――？」

道路局長が素早くいざり寄って、年季の入った動作でパチッとライターを点けながら訊いた。

「そうだ」総括審議官はふうっ、と煙を吐くと、東京のビル群を見渡しながらつぶやくように言った。

「〈掃除屋〉はプロの殺し屋だ。一度注文された仕事は必ずやりとげる。この次は病院を襲うだろう。我々には都合がいいことに、女は今、庁舎外の病院に入院してくれている。外で殺《や》られるなら、我々の関知するところではない」

「それは、そのとおりです」

「我々は、今度は手が汚れる心配がない。責任をかぶせたあの女のことは、こうして何もせずにほうっておけばいい。それよりも、もっと深刻な問題があるのだ、道路局長」

「は？」

国交省では事務次官に次ぐポストに位置する官僚は、いらだたしげに煙を吐いた。

「あの男だ」

「あの男？」

「やっと獲得した三〇〇億の工事すら、発注を阻止させようとする動きがある。我々の目の上のたんこぶが、今朝からまた活発に動き始めているのだ」

「音羽文京ですか」

「そうだ。あいつを、なんとかせねばならない。我々の手を汚さない方法でだ」


同じ頃。

東京を離れた関西でも、事件は起きていた。

午後の大阪市内。

昼下がりのＪＲ大阪環状線福島《ふくしま》駅前ロータリーは、もうすっかり夏で、うだるような暑さだった。

キィッ

一人の営業マン風の若い男が、歩道の上に自転車を止めた。歩行者を押しやるようにずらりと並べられた自転車の列の端だ。

「ああ、取り立てが長引いて遅れてしもた。早よせなあかん。早よせなあかん」

営業マン風の男は自転車の籠《かご》から集金鞄《かばん》を取ると、早足で駅の改札口へ向かおうとした。

その背中を

「待て」

ふいに現れた黒ずくめの影が、背後から低い声で呼び止めた。

「待て。ここに自転車を置いてはいけない」

「なんやて？」

営業マン風の男は、うざったそうに振り向くと、黒いマントのようにコートをなびかせるその若者を睨みつけた。

「なんやお前、誰や。なんか文句あるんかっ」

「この歩道に、自転車を置いてはいけない。歩行者がみんな迷惑する。車椅子が通れない」

黒いサングラスで目を覆った端正な白い顔が、低い声でぼそっと言った。つぶやくような声だが、不思議に雑踏の中で相手に届く響きを持っていた。

「公衆道徳を、守っていただきたい」

「うるせぇなっ」

営業マン風の男は、だが急にやくざ風の口調に変わると、目を剝いて怒鳴り返した。

「何が悪いか、ほっとけこのあほ！　自転車置いて何が悪いか。ぶち殺されたいか、あっち行け！」

「公衆道徳が、守れないというのか」

「何が公衆道徳じゃ、あほんだら！　みんな置いとるやないか、人のすることに格好つけてよけいな口出しするんやない、この――」怒鳴り返す口が、途中で開いたまま止まった。「――な、なんやお前」

黒いコートがばさっとひるがえると、若者の右手に黒い大型の自動拳銃が現れたのだ。

「お前、B型だな」

若者の黒いサングラスが、男をねめつけて宣告した。艶やかな黒いレンズの表面に驚愕の表情が映り込むが、若者は無表情のままだ。

「B型は死ね」

パンッ
パンパンッ
「また〈B型暗殺教団〉です。大阪に出ました」

富士桜テレビ・報道センター。

サブチーフ・ディレクターがFAXの紙を持って駆け込んでくると、報道オフィスの会議テーブルで打ち合わせを始めようとしていた等々力に差し出した。

「今度はJR大阪環状線の駅前に現れ、歩道に自転車を放置しようとしたサラリーマンに向かって発砲しました。驚く周囲の群衆に向かっての口上《こうじょう》も、逃走の仕方も今朝の新橋駅のケースと同じです」

「また玩具《おもちゃ》の弾丸なのだろう」

「サバイバルゲーム用の、ペイント弾だったそうです。撃たれた消費者金融会社の営業マンは、ショックで昏倒しました。血まみれで倒れたように見えたので、駅前は一時パニックになったそうです」

「くだらんな」等々力は、手にした書類から目を上げずに頭を振った。「世間を騒がすだけの、愉快犯だ。だが、これだけ騒ぎになっては無視するわけにもいかん。最後に時間が余ったら放送する『9ワク』の中の一本として、放り込んでおけ」

「分かりました」

「それより、みんな聞いてくれ」

　等々力は、午後の打ち合わせのためにそれぞれの取材先から引き揚げてきた報道スタッフたちを見回して言った。

「今夜に繰り延べになった、例の〈特集〉の件だが——ん？　柄本はどうした」

「分かりません。柄本さんは『国交省を直撃する』と言って、今朝スタッフを連れて出たきり、今になっても戻らないんです。携帯も切られていて、連絡ができません」

「しょうのないやつだな。やむを得ない。我々だけで進めよう。実はみんな聞いてほしいのだが」

　等々力は、柄本の席が空いたままの会議テーブルを見渡した。居並ぶスタッフのうち、お天気コーナーの担当も桜庭よしみから新人の局アナ・雪見桂子に替わっている。打ち合わせ初参加の雪見桂子は、アシスタント・キャスターの中山江里の隣で、背筋を伸ばして小さな顔をにこにこさせている。局アナでは先輩の江里が、桂子に隣に座られて少し嫌そうな顔をしている。

「今夜のオンエアに、渦中の音羽文京氏が生出演されることになった。〈高速道路効率化推進委員会〉のリーダーとして、重要な情報をつかみ、黙っていられなくなったとのことだ。明後日には急遽、霞が関に会場を借りて『高速道路建設中止』の緊急シンポジウムも開催するという。現在の日本にとって赤字を垂れ流す無駄な道路建設をやめるのは、最重要のテーマだ。ほかのコーナーを大幅に端折《はしょ》り、〈特集〉を十五分に拡大したいのだが、切れるところはどこだ。それぞれの担当コーナーから数分ずつ出してくれ」

第二章　メトロポリスの片隅で

1

よしみは、午後の日が反射する坂道を上って、そびえ立つ霞が関ビルの前に立ち止まった。

「――」

三十六階建て。日本で最初にできた超高層ビルだという。入居しているのは、中央省庁の出先機関である公共団体や、外資系企業、日本の有名企業などだ。ビルの前庭は、低く掘り込まれたコンクリート造りの広場で、斜面のような幅広の階段で底へ下りていくようになっている。中央に噴水がある。

噴水の周囲には、たくさんのパラソル付きテーブルと椅子が出され、オープンカフェのようになっている。地下一階といってもガラス張りウインドーが広場に面していて、様々な飲食店がずらりと並んでいる。客はコーヒーやランチを店からテイクアウトして、空の下で昼食やお茶ができる仕組みだ。

ランチタイムが終わっているから、空いているな……。よしみは階段を下り、噴水の横を通り過ぎて目当ての店を捜した。

横長のウインドーを見て歩いた。アメリカからきたコーヒーショップのチェーンに、普通の街中ではあまり見ない珍しいハンバーガーの店もある。外国人が店内のスツールに座っている。〈一〇〇パーセント果実ジュースをその場で搾《しぼ》る店〉などを見かけると、不規則な生活で肌荒れが悩みのよしみは思わず足を止めてしまうが、目当てはそこではない。

（確か、〈紫屋〉って言ってたよな……）

〈シュークリームの紫屋〉という店は、ウインドーの端のほうに見つかった。ガラスドアから、コーヒーの香りが漂ってきた。店内を覗くと、冷蔵ケースの中はほとんど空で『シュークリーム本日ぶんは売り切れました』という札が出ていた。

（ええと……）

きょろきょろ見回すが、あの調理服の男は姿が見えない。女の子の店員がよしみを見つけて「いらっしゃいませ。テイクアウトですか」と笑顔で言うので、ケースの隅に残っていたいちごのシフォンケーキと、カフェラテの冷たくて大きいのを買った。

空いている円《まる》テーブルの一つに座って、もそもそ食べ始めた。

「……お、おいしいよう」

ぐすっ、とすすり上げた。ケーキに盛り上げられた生クリームの甘さが、胸にしみるようだった。今朝から騒動の連続で、お腹が空いているのにも気づかなかった。シフォンケーキを三口で食べ、ラージサイズのカップから冷たい牛乳入りエスプレッソをストローで吸う。濃いコーヒーの香りがした。

「ふう」

晴れた初夏の午後だ。

パラソルの下に座って眺めていると、オフィス街が回転して、よしみをぐるぐる追い越して回っていくように見えた。書類袋を抱えた制服やスーツ姿のＯＬたちが、ひっきりなしにビルのエントランスを出たり入ったりしている。よしみの背中を通り過ぎる。就職活動だろうか、紺色のスーツに紙袋を持って連れ立って歩く学生らしい女の子たちもいる。

（あれ、あの子たち――大変だな。夏が始まっても、まだ決まっていないのか……）

よしみは、カフェラテのストローから唇を離して、思わず紺色スーツの女の子たちを目で追った。

自分の就職活動時代を、思い出してしまった。

辛いだろうな……。

三年前とはいえ、その日々はつい昨日のように思える。

（辛いよなぁ……。ああやって何社も回って、どこからも相手にされないと、ビルの

谷底で世の中全体から『お前なんかいらない』って言われているような気がしてくるものなぁ）

就職活動の頃は、自分もああやって、高層ビルの谷底を紙袋を抱えて毎日毎日、歩きまわった。ビルのエントランスの階段をいくつもいくつも上った。

女子大生の就職は、普通の人には想像できないくらい厳しいものがある。十年以上も昔のバブル崩壊から、ずっとそうだという。男子では考えられないけれど、女子の場合は親元で暮らしていて、なおかつ親のコネがないと、たとえ有名大学に在籍していても企業は相手にしてくれなかったりする。日本の企業というのは、女子については能力よりも〈素性〉や〈毛並み〉を重視する体質があるのだ。

W大の教育学部といっても、よしみは地方出身の独り暮らしだったし、親のコネもなかった。女子の就職活動として条件は不利だった。コネがないということは、山登りでいうと東京育ちの自宅通学のお嬢さんたちがヘリコプターで五合目まで運んでいってもらうその下を、石ころだらけの麓《ふもと》から自分の足でこつこつ登っていかなければならないようなものだった。憧れの在京テレビ局のアナウンサー採用試験は、どこも競争率一〇〇〇倍を超えていた。よしみは、歩道の上から帝国テレビの局舎ビルを見上げて、これからエベレストに登らされるような気がした。あの頃は見上げるビルがどれもこれも、みんな高く見えた。

（お姉ちゃんのご威光があったとはいえ……。一人でよく頑張ったよなぁ、あたし）

そうなのだ。

自分は、頑張った。

一〇〇〇倍超の競争率をたった一人で掻いくぐって、帝国テレビの局アナに採用されて、早朝のお天気お姉さんからクイズ番組の司会を経て、入社一年にして報道部のレポーターになったんだ。

新人だけど、アナウンサーとしてだんだん仕事を任されるようになっていた。

地方出身で、コネもなかった。努力したんだ……。ああ、それなのに。

よしみは、ため息をついた。

ああ、それなのに。あたしはどうして旅客機振り回したり飛行船振り回したり、テロリストやっつけたり燃えるタンカー押したりしているんだ……。

（あの頃は……アナウンサーになるんだって燃えていたあの頃は、まさか自分が将来スーパーガールにさせられて、局アナを棒に振って正義のために〈ボランティア活動〉をすることになるなんて、想像もしていなかった）

まったくなんの因果でこんなことに――と唇を噛んでいると、いきなり背中を叩かれた。

「よう」

「きゃっ」

「何をブツブツ、つぶやいてるんだい？」

　白い調理服の男が、パラソルの横に自転車を停めて笑っていた。

「はい」

　よしみはうなずいた。

「理恵子のこと――？」

　数分後。パラソルの下のテーブル。

「蓮見理恵子さんのことを、ご存じだったら少し話していただけませんか」

　よしみは、差し向かいに腰かけた調理服の男に尋ねていた。そういえばまだ、この人の名前も知らない。

「聞いて、どうするんだい」

　調理服の男は、またどこかへ出前をした帰りらしい。自転車の荷台に銀色の箱を載せていた。手にした大きなポットを足元に置くと、腕組みをした。

「君は〈熱血ニューズ〉のスタッフなんだろう」

「はい」

「国交省を取材にきていたんだろう。ニュースのネタにされるんじゃ、話すわけにはいかないな」

「そ、そんなんじゃありません」よしみはプルプルと頭を振った。「実はあの、病院であのあと、国交省の偉い人たちが病室へ押しかけてきて。蓮見さんのことを、なんだか知らないけど激しく責めたんです。資材置き場が崩れて怪我をしたなら、普通は大丈夫かとか、見舞うものでしょう。でも課長とかいう人が『けしからん』みたいな感じであの人を凄く怒鳴って。あの人も、それに対して反発するどころか、怪我をしているのに身体を二つ折りにして謝って」

「――」

「どうして、そうまで酷使されても謝るのかしら。身を犠牲にするみたいに仕事して、組織に奉仕するのかしらって――あたしちょっと不思議で」

白い服の女が、どんな人物なのか知りたかった。でも、まさか燃えるタンカーの舳先の下で『死なせろ』と言い張ったことまでは言えない。よしみは、蓮見理恵子に同情した、というようなニュアンスで男に質問した。

日焼けした男は、袖をまくった逞しい腕を組んで聞いていたが、やがてため息をついた。

「そうだよな……。あいつ、あんなに役所へ身を捧げるみたいに、働くことはないよな」

「知り合い、なんですか。あの人と」あの、と言いながらよしみはコーチのバッグを開けると、中から名刺入れを取り出した。本当はもう〈無給下働き〉の身なのだが、信用してもらわないといけない。お天気キャスターの名刺を男に差し出した。「初めまして。あたし桜庭よしみ、です」

「ああ」男は、渡された名刺を手に取った。「──お天気キャスターか……」

「はい」

「俺は、求名《ぐみょう》護《まもる》。ケーキ職人の見習いに、名刺なんかないけど」

「あ。いえ、よろしくお願いします」

「ニュースでは、お天気を読んでいるのか」

「はい」よしみはうなずく。「だから別に、国交省の裏情報を取ろうとか、そういうことじゃなくて。なんというか、同じ氷河期みたいな就職活動を掻いくぐってようやく仕事をするようになれたわけですよね、あたしたちって」

よしみは、年は少し違うけれど、同じ都会で仕事を持って働いている女性同士だから気になる、というふうに話を続けた。

「二十代の女性ってみんな今、本当にしたいっていう仕事をしているとは限らないんです。実力があっても採用されるとは限らないし、就職口がないから、好きでない道に進んじゃったりもするし」

「ああ、そうだな。たとえ好きな仕事につけても、やむにやまれぬ事情で棒に振ったりもするしな」

うぐ。

ちょっと胸に刺さるリアクションを返されたが、男はよしみの話を聞いてくれているようだった。

「そ、それで、女性が中央省庁で道路を造る部署で管理職みたいなことをしてるって――意外だったんです。いったいあの蓮見理恵子さんって、身を粉《こ》にするくらい道路の仕事が好きなんでしょうか？」

「そんなこと――俺に訊かれても、分からないけど」男は日焼けした腕で頭を掻くと、パラソルの上の空を仰いだ。「あいつ――高校時代から、勉強だけが命みたいなところがあったから。国土交通省っていうのも、成績順で入ったんじゃないのかな。俺、ウィーンにいたから詳しくは知らないけど。日本の中央省庁って、国家公務員Ⅰ種採用試験の成績順に財務省、外務省、経産省っていう順番で入っていくんだろう？　うちの店の親方が言ってたけど、国交省っていうのは上から数えて四番目なんだそうだ。それでも東大法学部を相当上位で出ていないと、道路局企画課の課長補佐になんかなれないってさ」

「そうなんですか」

「女が、道路造って嬉しいわけないよな。普通」

「そうですよね」

「あいつ……」男は頭の後ろで腕組みをすると、空を仰いだ姿勢のまま、目を閉じた。

「そういえば辛そうだったからな。高校の頃」

　求名護と名乗った調理服の男は、パラソルの下のテーブルで、少しずつ過去のことを話し始めた。

「辛そうだった……？」

　よしみが訊くと、男は「うん」とうなずいた。

「長野県の地方都市でね。知ってるかな。小諸《こもろ》。俺とあいつ――蓮見理恵子は、ずっと昔、県立高校の同級生だった」

「どんな、人だったんですか」

「どんなって――変わったやつだったよ。口をきかなくて、笑わなくて。どっちかっていうと嫌われ者だったたな」

「――」

「あのとおり美人だから、男は騒いだけど。でも女子からは総スカン。相手にされてなかったし、あいつも相手にするのは嫌みたいだった。授業の休み時間に二人、三人で連れ立ってトイレへ行ったりとか、絶対にしようとしなかった。いつも無表情で、誰ともしゃべらなくて、教室の窓から外を見ているか、校庭の木の陰で本を読んでるかのどっちかだったな」求名は、広場の頭上に広がる青空に目を上げた。

「男子が声をかけても、無視されてね。冗談を言っても、頑《がん》として無視するんだ」

「ああ、なるほど」

「ん」

「あ、いえ」

「それで」求名は続けた。「お高くとまってるのかって、そのうち男どもからも評判が悪くなってね。だけど俺には……。グラウンドでサッカーの練習しながら、たまに木陰で本を読んでいるあいつの姿を遠目に見ると、俺にはお高いようには見えない」

「──」

「なんだか、凄く辛そうに見えたんだ。何が辛いんだろうって、俺は思った。部の練習の合間に、声をかけた。二年生でもエースストライカーだったから、そういうことをしても怒られなかった」

「話を、したんですか」

「最初は無視されたけど、だんだんに、少しね。少しずつ話してくれるようになった。練習のあととか、二人で少しずつしゃべった。それで知ったんだけど、あいつ──蓮見のやつ、名乗っている姓は母方のものだったんだ。小さい頃に両親が離婚して、あいつは一人娘で。そういう時って、普通、両親は子供を取り合うもんだって気がしてたけど、あいつの場合は父親からも母親からも『いらない』って言われて、押しつけ合われて、しまいには放り出されて親戚中をたらい回しにされて邪魔者扱いされて育ったらしいんだ。一時は施設から学校に通っていたんだそうだ」

「――」

「七歳か八歳の頃に、両方の親から『いらない』なんて言われたら――これはきついよな。辛いよ」

「そうですね」

「あいつが、嬉しそうにした時って――全然ないけど、そういえば一度だけ見たかなぁ。あいつがほんの少し、嬉しそうに笑ったの。期末試験の成績が廊下に張り出されて、あいつが学年で一番を取った時だったかな。先生たちにも褒められて、東大も夢じゃないとか言われて。その時だけだな。あいつが微笑むっていうのを見たの。現在の仕事一筋っていうのも、その頃からじゃないのかな。道路だろうがなんだろうが、成績上げるのが生きがいになっているんじゃないのか」

「はぁ……」

「俺は勉強なんかしなかったけど。確かに教科書や参考書やテストの問題は、あいつに陰口をきいたりいじめたりなんかしないし。やればやっただけ成果が出て、褒められるし」

「……」

「あいつ、ほかの人間とかかわること自体が、あの頃、嫌になっていたのかな。勉強くらいしかすることなかったのかな。俺にはそんな気がするな」求名は、頭の後ろで組んでいた腕をほどくと、ため息をついた。「その上、俺あいつに悪いことしちゃったんだ」

「何をです?」

「俺があいつに、声をかけて話をするようになったら、グラウンドに俺を目当てに見にきていた女子たちが怒っちゃってね。教室であいつのことをあからさまにいじめるようになった。俺、それをどうすることもできなくて」

「はぁ」

「あいつも怒って、もう話さないって言われちまった。グラウンドにも、来ないようになった。あっという間にふられたんだ。俺」

「はぁ……」

「うぬぼれて言うんじゃないんだ。だけど、これでも高校時代は結構もてた。サッカーさえうまければもてるって、そういう幸せで単純な世界だったんだ。今じゃ、この辺りのオフィス街を歩いているＯＬの子たち、こんな格好して働いている俺のことなんか、汚れた野良犬くらいにしか見てくれない」

「そんなこと、ないと思うけど」

「いいよ。俺、なんだかんだいったって高校中退のケーキ職人の見習いだもの。社会では、あいつよりずっとずっと下だもの。ここの店に弟子入りして、国交省に出前に行ってそこで十年ぶりにぱったり再会した時だって、あいつ俺のことにしばらく気がつかなかったもの。顔も見ないで『あ、コーヒーそこ置いといて』」

　よしみは笑った。

「笑うなよ」

「ごめんなさい」

　よしみは、話し始めると一生懸命な求名護の横顔を見ながら「ねぇ、でも求名さん」と訊いた。

「求名さんは今でも、蓮見理恵子さんが危ないと、駆けつけて命がけで助けたりするんですよね」

「鉄骨持ち上げるのは、命がけじゃないよ」

「でも、山が崩れてきたら、危なかったわ。命がけだったたと思うわ」

　よしみは言うが

「でもなぁ」男は袖まくりをした腕でうん、と伸びをした。「もうあれから十二年も経って、全てが変わってしまった。あの頃の俺はサッカー部のスター選手で、こっちが余裕で声をかけていたのに、今ではあいつが国土交通省のキャリア官僚で、俺がケーキ屋の出前で。あいつは国の中枢で働いていて、出世頭《がしら》で、将来は局長や事務次官も夢ではないという。ずいぶん水をあけられたっていうか——もう住んでいる世界が違うんだよ」

求名護は、そこまで話すと、気づいたように腕時計を見た。「いけね」とつぶやいた。

「店に戻らないと。さっきも病院で時間を食ってるし。親方にどやされちまう」

高校時代にサッカー部のエースだったという男は、立ち上がった。

「じゃあな」

「あ。どうも、ありがとうございました」

自転車を引いて、求名護が店へ戻っていく。

その長身の背中に、よしみが立ち上がるとぺこりとお辞儀《じぎ》をした。

だがその時だった。

きゃあっ

顔を上げるよしみの耳に小さな悲鳴が届いた。

（――⁉）

〈聴覚〉が遠くの何かを捉えた。

よしみは顔をこわばらせた。

小さく聞こえたのは、女の悲鳴だ。

求名の背中から目をそらし、空を見上げ、見回した。この悲鳴はどこからだ――？

きゃあぁっ

〈聴覚〉は教える。悲鳴の出所は南東の方向だ。ビル群の向こうか……。だが空は穏やかな晴天。天変地異や大事故の気配はどこにもない。

事故ではない。

すると、この悲鳴は――なんだろう。耳を澄ます。聞こえる。大勢の悲鳴ではない。叫んでいるのは、一人の女だ。方角は南東方向。直線距離で約一・五キロ……。ビルしか見えない。だがそちらへ目を向けると、はっきりとその声――悲鳴は聞こえる。

　た、助けてっ

なんだ……⁉

指でロングヘアを掻き上げ、耳を空気にさらしてよしみは〈聴覚〉に集中する。

これは……。眉をひそめる。これは誰かが、走りながら叫ぶ声だ。誰かが小さく悲鳴を上げながら息を切らし――逃げ回っているのか？　悲鳴を上げているのは一人だ。声が小さいのは恐怖のせいか。

誰かが何者かに、襲われている……？

助けて、やめて。やめなさいっ

よしみは目をあげた。

（この声は――！）

チリン
手首でリングが鳴った。

この声は。よしみは覚《さと》った。これはさっき病室で会話したばかりの、女の声だ。聞こえてくるのは、確かにさっきの――中央区の救急病院の方角。

さらに、

シュッ

きゃあっ

この音は――ナイフが空気を切る響き？　集中された〈聴覚〉がそこまで聞き取った。

（あの人が……）

よしみは唾《つば》を呑み込んだ。蓮見理恵子だ。理恵子が襲われている。何者かに刃物で切りつけられ、小さく悲鳴を上げながら逃げ回っている。

いったいどうしたんだ。

はっ、とよしみは広場の向こう――白い調理服の後ろ姿に視線を戻す。求名護はまだ店の前にいる。いや、駄目だ。よしみは小さく頭を振る。駄目だ。あの人に知らせたって、普通の人間の足では到底、間に合わない。駆けつけるのは無理だ。

よしみは男の背中には何も言わず、気づかれないように黙ってきびすを返した。広場のコンクリート階段を、駆け始めた。駆け上がった。

（なんだか知らないけど、あの人が危ない）

蓮見理恵子の逃げ回る悲鳴が、頭に響く。何者かに襲われている。いったいどうしたんだ。病院の中で襲われている――⁉　だが考える暇はない。

「イグニス」

よしみは階段を蹴る。頭の中にナイフの音。

急がなければ……！

「イグニス、飛ぶわっ」


よしみは浮揚し、飛んだ。だがビルの谷間で超音速を出すわけにはいかなかった。立ち並ぶビルの窓ガラスが衝撃波で全部割れでもしたら、破片が滝のように街路へ降り注ぐ。仕方なくビルの屋上を縫うように、亜音速で飛んだ。屋上すれすれなら歩行者にも目撃されない。ビル群の給水塔をスラロームするように、一五〇〇メートルの距離を七秒。赤い十字のマークをつけた白い十階建てが、ビデオの早回しのように眼前に大きくなる。さっきの病院だ。

屋上にヘリポートがある。だが悲鳴は、ずっと下の方から聞こえてくる。

ずだだっ

これは――何かが床に転んで押し倒される音。

きゃっ、きゃぁあぁっ

絞り出すような悲鳴。

「病室で襲われている――!?　まさか」

だが悲鳴と物音は、確かに壁面の、四階の窓の一つから聞こえてくる。

よしみはその窓に狙いを絞った。急げ。今にも殺されるような声だ……！　右の拳を突き出した。そのまま構わず、窓ガラスに頭から突っ込んだ。

バシャーンッ

防音サッシの二重ガラスを障子《しょうじ》のように突き破って、よしみは病室内へ突入した。

その途端、突然の事態に驚いたのか、白い寝間着姿の女を床に組み敷いてメスを突き立てようとしていた人影が、凶器を放り出して逃げ出した。

「ま、待てぇっ」

よしみは怒鳴るが、人影はまるで猿のようにひらりとバック転を打って跳躍し、姿を消すと同時に病室のドアがばたんと閉じる。閉じられる一瞬前に、白衣の背中を見た気がした。その体格、身のこなしを目にして、よしみの背筋に冷たいものが走った。

あいつは――⁉

「待てっ」

思わず追おうとするが、足元で仰向けに倒れた女が「うう」とうめいた。よしみは立ち止まって膝をつくと、長い髪をタイルの床に広げた女の白い顔にかがみ込んだ。

「理恵子さん。だ、大丈夫ですかっ」

女が、はぁ、はぁと小さく息を切らしながらうなずく。そばに銀色の手術用メスが一本、転がっている。これを喉に突き立てられる寸前だったのだ。

「どこか、刺されていませんか？」

女が頭を振る。なかなか言葉が出ないらしい。

見回すと、白い寝間着が何カ所か大きく裂かれているが、血の色は見えない。逃げ回る間に衣服だけ切られたのだろう。

「分かりました。ここにいてください。今、犯人を捕まえます」

だが、立ち上がりかけるよしみの足首を、女の白い手がつかんだ。

「……や、やめて」

「え？」

驚いて見下ろすよしみに、女はやっとのことで小さな声を絞り出し、告げた。

「……追わないで。いいの」

「どうして」

「いいの」


　あの身のこなしは、どこかで見た――とよしみは思う。

　蓮見理恵子の病室を襲い、こともあろうにメスでその喉を突こうとした人影。あれは……。

　しかし追いかけて捕まえようとしたよしみを、当の理恵子が「やめて」と言って引き止める。訳が分からなかった。

「どうしてです。理恵子さん」

「いいの。追わないで」はぁ、はぁと息をつきながら、蓮見理恵子はよしみの腕につかまるようにして身を起こした。「追わないでいいの」

「あたし、思い出したんですけど――今あなたを襲ったあいつは、今朝も国交省裏庭の資材置き場で、崩れた鉄骨の山の上からこちらを見ていたんです。間違いないわ。怪しいわ。ひょっとしたら今朝の崩落事故も、あいつが何か――」

「分かっているわ」

「え」

「わたしには、見当がつくわ。今のあの男はきっと、道路族の——ごほ」ごほ、ごほっと理恵子は咳《せ》き込んだ。極度の緊張で声がうまく出ないらしい。よしみが駆けつけなければ、死ぬところだったのだ。

「あの男は、きっと自由資本党の道路族が使っている〈掃除屋〉だわ。話に聞いたことがある。道路の利権に邪魔者が入ると、消しにくるって——全国で一年間に何人かが、事故に見せかけて消されているらしいわ」

「〈掃除屋〉って——殺し屋じゃないですか、それ」

「そうよ」

理恵子は、床に倒された点滴用のスタンドに目を向けた。薬液の瓶《びん》が、割れている。

「わたしが眠っていたら、点滴に毒を入れて毒殺するつもりだったらしい。男性看護師の格好をして部屋に入ってきたわ。でもわたしはベッドを出て、窓から外を見ていたから——いきなり背中から切りつけてきた。窓ガラスに映らなかったら、一撃で刺されていたわ」

「じゃ、捕まえないと」

「いいの」

「どうして。捕まえないと」

だが立ち上がりかけたよしみの腕を、また理恵子はつかんだ。

「やめて」

「どうしてですかっ」

「いいの」

「どうしてっ」

「どうしてって……」蓮見理恵子は、自分でも何を口にしているのか混乱したように、唇を噛んで頭を振った。「……どうしてって、分からない。分からないけど」

「蓮見理恵子さん」

　よしみは、理恵子の両肩をつかみ返した。

「訳の分からないのは、あたしの方です。あなたはどうして今朝から二度も、命を狙われるんですか。いったい、大変なことって、あなたの言う大変なことって、何が起きているんですか」

「……」

「昨夜はあなた、〈海ほたる〉にいましたよね。突っ込んだタンカーのすぐ下に。いったいあそこで、何をしていたんです」

「……」理恵子は下を向いた。「話す義務は——」

「あります」

「？」

「あたしは、あなたのせいで——あの」今度はよしみが言いかけて唇を噛む。「ボランティアで、自分で勝手に出動しておいて、助けた人に恩着せがましくするのはルール違反かもしれないけど」

「どういうこと？」

「とにかく、あたしには行きがかり上、どうして襲われているのかくらい、話してもらっても罰《ばち》は当たらないと思うわ」

「……」

「あの求名護さんだって、心配していたわ。あなたのこと」

「人のことに、立ち入らないで」

「殺されそうな悲鳴が聞こえてしまえば、立ち入らないわけにいかないわ。あなたがあとからどう言おうと、助けないわけにいかないわ。あたしは」よしみは、シャツブラウスの胸に手を当てた。「あたしの〈使命〉は正義の味方だし。一応」

よしみがそう言うと、女はうつむいて黙った。

その横顔に、

——『なんだか、凄く辛そうに見えたんだ。何が辛いんだろうって、俺は思った』

　求名護の声が、重なるようだった。

　ガラスの散乱した病室内は、数秒間、沈黙だけになった。廊下の喧騒《けんそう》の向こうから、バタバタと複数のスリッパの音が近づいてくる。ガラスの割れる響きを聞きつけて、誰か来るのかもしれない。

「……桜庭よしみさん」女は、やがてうつむいたまま口を開いた。

「はい」

「あなた、スーパーガールよね」

「はい」

「強くて、いいわね」

「よくないです」よしみは頭を振った。「あたしは社会的には弱者です。スーパーガールでは、食べていけません」

「そうね」女は、横顔でうっすらと笑った。「わたしも、そうだったわ」

「え」

「弱者だった。ひどい育ち方をしたの」

「――」

「ねぇよしみさん」女は、よしみに肩を抱かれたまま、額に自分の手を当てた。「人間というのは……始末におえないわ」

2

「私どもが、蓮見課長補佐にボディーガードをつけた――？　いいえそんな。滅相《めっそう》もありません」

霞が関合同庁舎・最上階フロア。

国交省官房総括審議官室。

病院での〈襲撃事件〉をよしみが未然に防いだ、その十数分後。

十四階からの景観を背にする巨大なマホガニー・デスクでは、銀髪の官僚が受話器を片手に汗を拭いている。

「そ、それは何かの間違いです、鮫川《さめかわ》先生」

初老の官僚はもう片方の手にハンカチを持ち、電話の相手に弁明した。

「はい。もともと昨夜の〈作戦〉の失敗の原因は、全てあの未熟な蓮見課長補佐に責任があるわけでございまして。それは今朝もご報告申し上げたとおりでございまして……。はい、さようでございます。私どもとしても蓮見を処分で依存ございません。

だいたいこの世で、誰が生贄《いけにえ》に差し出したブタを、わざわざ護ったりしますでしょうか。は——？」

嵌め殺しの窓の外では、午後の太陽が傾いている。オレンジ色の斜めの光線が差し込むオフィスで、次期事務次官を狙う位置にいるといわれる官僚は、見えない相手に向かって何度も頭を下げる。

「は。蓮見理恵子に、武道家か自衛隊経験者の女友達——？　交友範囲にそういう者はいるか、というお尋ねですか。さぁ私どもは、あの女性課長補佐のプライベートに関しては、ほとんど何も……。いえ、天涯孤独ということだけは確かめてありますが」

話している途中で、秘書に案内されて茶色い顔の官僚が入室してきた。分厚いファイルをダークスーツの腕に抱えている。

だが
「なんですと。〈掃除屋〉がまた失敗——!?　それは」

デスクの上に〈波除《なみよけ》総括審議官〉というネームプレートを置いた官僚は、受話器に話しながら不快な顔をして『入ってくるな』と手で追い払った。

「それはそれは。困ったことで」

数分後。あらためて入室を許された茶色い顔の官僚がドアをくぐると、銀髪の総括審議官は受話器を置いたデスクの上で煙草に火をつけていた。

「申し訳ありません、波除審議官。人払いとは知りませんで」

茶色い顔の中年の官僚――草場《くさば》道路局長は、デスクの前に立つと頭を深々と下げた。

「いい。緊急にかかってきた電話だ。秘書に指示する暇もなかった」総括審議官は煙を吐きながら手を振った。煙草を持つ指が、少し震えている。「なんでもな、局長」

「は」

「〈掃除屋〉が、病院でもしくじったそうだ」

「はは」

「あのプロの仕事人にしては、珍しいことだ。早速〈委員会〉の鮫川先生から文句を言ってきた。我々が実は蓮見課長補佐をかばっているのではないかと、疑われた」

「それは、滅相もないです」

「そうだろう。私からもそう言っておいた。変に疑われて、我々が命を狙われでもしたらたまらん」

「それはそうです」

「ところでだな。委員会といえば、もう一つの――問題のある方の〈委員会〉は、どうだった」

「は。それです」道路局長は、分厚いファイルを差し出した。「今回のアクアライン修復問題を受けての、〈高速道路効率化推進委員会〉緊急会合ですが、たった今終わりましたので。ご報告をこれに」

「修復工事に関しては、どう言ってきた？」

「は。やはり音羽文京の一派が、強硬に反対し始めています。三〇〇億もの修復資金を、どう工面するつもりだと」

「だが今回の修復工事は、高速道路の新規建設とは違う。災害復興なのだから、〈効率化推進委員会〉が口をはさむ問題ではない」

「それを私も主張してきたのですが……。音羽のやつめは、あの木谷信一郎《きたにしんいちろう》総理の肝いりで〈効率化推進委員会〉に入っただけあって、総理と親しく」

「ううむ」

「改革派の総理に『政府の災害復興予算からアクアラインの修復工事費など出すべきではない』と進言したらしいです。修復工事をすれば、当然、道路族の議員の先生方にゼネコンからのキックバックが入ります。当初の計画の一五〇〇億に比べればわずかなものですが、きたる与党の総裁選を控え、いわゆる〈改革抵抗勢力〉に資金が行き渡ることになります。文京めは、それを阻止するつもりです」

「そんなことを、させてはならん」総括審議官は唸った。「アクアライン修復工事の三〇〇億は、今や我々、道路建設推進派の生命線だ。〈九三四二委員会〉の先生方の命を受け、我々が苦心に苦心を重ねて密《ひそ》かに準備し決行した〈作戦〉の、ただ一つの成果なのだ。ここは修復工事の発注を是が非でも成功させ、債務超過の青亀建設を救済し破綻《はたん》から救わなくては、日本の道路建設業界はどうなってしまう」

「仰せのとおりです」

「青亀始めゼネコン各社に工事を受注させ、道路族の先生方にキックバックをお渡しして政界工作に頑張ってもらわねば、次の総裁選でも調子に乗った改革派の木谷信一郎が勝ってしまう。そんなことを許していたら、全国の高速道路の建設推進は――日本の道路建設業界の明日は、どうなってしまう」

「まったく、仰せのとおりです」

「音羽め」

「審議官。〈委員会〉の先生方にお願いし、〈掃除屋〉を使って音羽を消すことはできないでしょうか」

「できるのなら、先生方がとうにやっている」総括審議官は、煙を吐いた。「とうに〈掃除屋〉を差し向けて消しているさ、あのくそ生意気な作家をな。殺《や》ること自体は簡単だ」

「は」

「だが音羽くらいマスコミで有名になってしまうとな、いくら事故に見せかけて消しても、世間はどう見る？　事故や自殺に見せかけているが、これはいわゆる〈改革抵抗勢力〉が殺し屋を雇って消したのではないか、と疑うだろう。道路族議員が裏で手を回したか、国交省のトップも関与したかもしれないと疑うだろう。そうなったらどうなる。検察が――あの田中角栄《たなかかくえい》を逮捕した東京地検が動き出すぞ」

「ううーむ」道路局長は、腕組みをした。「困ったものですな」


品川区・西小山。

疲れきって部屋にたどり着いたよしみは、ジーンズにシャツブラウスのまま床に置いたカウチソファに倒れ込んだ。コーチのバッグのストラップが切れてしまったのを、直すためだけに戻ったつもりが、つい横になってしまう。

「――ふう」

仰向けになって天井を仰ぎ、ため息をついた。

頭上の壁で、時計の秒針の動く音がする。電灯を点けずに、よしみはしばらく寝転がった。くたくたに疲れていた。フォース・フィールドで消耗した体力なら、とうに回復している。よしみの身体を重くしているのは、気疲れだった。

――『始末におえないわ』

目を閉じると、ついさっき救急病院の病室で交わした、蓮見理恵子との会話がよぎる。

——『人間というのは、始末におえないわ』

「——」

よしみは、思い出すのが辛くなり、床からテレビのリモコンを取った。窓から斜めに西日が射し込んでいる。習慣で富士桜テレビの選局ボタンを押した。

最近の民放の夕方のニュースは、開始時刻が早い。明るくなったテレビ画面に報道センターが映った。まだ六時前だから、軽いニュースが中心だ。夕方担当の女性キャスターが話し始める。

『——〈B型暗殺教団〉が、今朝に続いて大阪にも現れました。JR大阪環状線の福《ふく》島《しま》駅前から、沢渡《さわたり》記者が中継でお伝えします。大阪の沢渡さん』

『はい。こちらは大阪市、JR環状線の福島駅前です』

画面が切り替わり、中継になる。大阪市内らしい。夕方の歩道に立った女性報道記者が、駅前ロータリーとおぼしき一画を指し示して説明を始める。

『みずから〈狂信的テロ集団〉を名乗る〈B型暗殺教団〉首領と見られる男は、この駅前ロータリーの歩道で、自転車を放置しようとした消費者金融会社社員のAさんに向け拳銃を発砲しました』

『Aさんの怪我は、どうだったのですか』

『はい。使われていた弾丸は、サバイバルゲームなどに用いられるペイント弾というもので、命中すると血のような赤い塗料が飛び散ります。殺傷力はありませんが、プロテクターを着けずに至近距離から当てられればかなりの衝撃があり、Aさんは驚きもあってか昏倒し、一時、意識を失って救急車で運ばれました。発砲事件直後の現場は、通行人も多くてパニック状態となり――』

なんだ……？

よしみは身を起こし、画面を見た。

〈B型暗殺教団〉だって……？

早いこの時間帯のニュースは、ワイドショーのようなネタが多い。

『――この〈B型暗殺教団〉首領は、今回も「公衆道徳を乱すB型の人間は許さない」と主張してから逃走しています。目撃した通行人に聞きました』

録画VTRに切り替わる。路上インタビューだ。

禿げ頭の老人。

『なんだろうね、ありゃ。とんでもないやつだね』

若いサラリーマン。

『いやー驚きました。いきなりピストルでしょ』

太った中年の女。

『まったく、暴力で「公衆道徳を守れ」なんて、あの男は何を考えているんでしょうか。暴力では何も解決できません』

画面が路上の女性記者に戻る。

『このように、非難の声が強い中で、しかしこの黒いサングラスに黒いコートをひるがえして駆け去る首領の姿を目撃した通行中の女子高生たちは、次のように言っています』

また録画VTR。茶髪で制服の二人組が映る。

『かっこいい！』

『首領、頑張れっ。捕まるな！』

さらに、もう少し偏差値の高そうな女子高生。

『首領の言うとおり、私も電車の中でものを食べたり化粧をするのは、やめようと思います』

『でもあなたは、B型の人間がみんな公衆道徳を守らないなんて、身勝手な決めつけだとは思いませんか？』

　女性記者のマイクが向けられるが、

『いいえ』

　成績のよさそうな女子高生は、頭を振る。

『実際、B型の子ってそういうところあると思うし、言っても聞かないし、それに信念を持って何かを訴えようとすれば、どこからも文句が出ないようにするのは、難しいのではないでしょうか』

　画面が報道センターに戻る。

『ええ、みなさん。ご覧のとおりですね、この〈B型暗殺教団〉は、公式サイトを持っているため十代の若者たちには意外と広く知られており、中にはその「戦い」に拍手を送り、公衆道徳を見直そうとする動きも出ている模様です』

　なんだ、愉快犯か。

　よしみは肩から力が抜けた。

　等々力さんなら、こんなネタは相手にしないだろうな……。よしみがそう思っていると、ニュースは次の話題に移る。

『さて、昨夜の〈海ほたる〉タンカー衝突事故を受けて、政府では本日午後、〈高速道路効率化推進委員会〉の緊急会合が持たれました。先ほど終了した委員会では、三

○○億ともいわれるアクアラインの修復工事に、政府の災害復興予算を使うべきかどうかが議論の焦点となりました。委員会のリーダーで改革推進派の作家・音羽文京氏は、会合を終えて次のように語りました』

画面がまた録画VTRに替わり、どこかの会議場を出てきた痩身の男に報道陣のマイクが突き出される。鋭い目をした五十代の男は、早足で歩きながら報道陣の質問に早口で何か答える。

だがよしみは、『〈海ほたる〉タンカー衝突事故』という言葉を聞いた瞬間、またさっきの会話を脳裏に甦らせてしまい、テレビの会話が耳に入らなくなった。

――『人間というのは、始末におえないわ』

ああ。頭にリフレインしてどうしようもない。

よしみは目を閉じた。

さっきの病室での光景が、まぶたに甦った。

切れ長の目を伏せ、「始末におえないわ」とつぶやく蓮見理恵子。その横顔に、よしみは「どういうこと――?」と問いかけたのだ。

「どういうこと、理恵子さん? 話が見えない」

よしみは、自分を襲った殺し屋を『追うな』と言った理恵子の真意が分からなかった。窓ガラスの割れた病室の床で、腕に抱き起こした横顔を見た。

理恵子はよしみに抱き抱えられたまま、ごほ、ごほとまた咳き込んだ。

「大丈夫?」

「平気よ。もう」

理恵子はよしみの腕を押しやると、自分で身を起こした。

その背中に、よしみは訊いた。

「理恵子さん。あなたの今の『殺し屋を追わないで』って、いったいどういうこと?」

「……話すと、長いわ」

「いい。話して」

よしみは、長い黒髪を手で掻き上げる理恵子に乞《こ》うた。しかし廊下の向こうから複数の足音が近づいてくるのを、〈聴覚〉が捉えている。実際は話している時間はあまりなさそうだった。

「知りたいわ。話して」

すると理恵子はうつむき、少しためらいを見せてから、話し始めた。

「……木更津側の付け根に」

「え?」

「木更津側の付け根にタンカーを激突させれば……川崎側のトンネルには浸水しないって聞かされていたわ。中に人が残っていても、そっちから逃げられる。〈海ほたる〉自体に火元はないから、タンカー本体の爆発までは火災も起きないって。そう聞かされていた」

「――?」

よしみには、いきなり始まった話がよく呑み込めない。激突させる――? なんのことだろう。だが理恵子はうつむいたまま、つぶやくように続けた。

「そんなことは……わたしに〈作戦〉の一番危険な部分を引き受けさせる口実に過ぎないってこと、うすうすは分かっていた。でもわたしは、組織の命令には逆らえなかった。昨夜……。あの時は、自分のせいで何百人もの人たちが死んでしまうと気づいて、死にたくなった。組織のためにそこまで尽くしてきてしまった自分が、どうしようもなく嫌だった。死にたかった」

「――」

「桜庭よしみさん」

「はい」

「昨夜は、あなたのお陰で救われたわ。わたしは、人殺しにならずにすんだ。そしてたった今も、殺されずにすんだ。あなたには感謝している。でも」

「でも？」

「あなたは、スーパーガールだわ。さっきみたいな殺し屋など、あなたがその気になればたちまち捕まえてしまう。警察に突き出すことだってできる。そうでしょう」

「そう、だけど」

「でも、そんなことをしたらわたしは……」女は唇を噛むと、声を呑み込んだ。「……わたしは」

「話がよく見えないわ」

「スーパーガールでしょう。察してよ」

「空は飛べるけれど、心は読めないわ」よしみは頭を振り、理恵子の横顔に訊いた。「ねえ理恵子さん。殺し屋を捕まえちゃいけないって、どういうこと？　激突させるって……いったいあなたは、昨夜〈海ほたる〉で何をしていたの？　教えて」

すると蓮見理恵子は、唇を噛んだまま辛そうにうめいた。涙が一筋、埃で汚れた白い頬を伝った。

「うう」

「――理恵子さん？」

よしみは、マンションの部屋を出て、西小山の駅から目黒線の電車に乗った。下校途中の女の子たちに紛れて、ドアの脇から夕暮れの街をながめた。

独りの部屋で、蓮見理恵子のことを思い出していると、自分まで辛くなるような気がした。とにかく起き出して局へ戻ろうと思った。柄本たち取材班も、国交省を解放されて戻っているかもしれない。

（でも参ったなぁ……。あたしには、どうしてあげることもできないよ。理恵子さん）

ごとん、ごとんという電車の揺れに身を任せていると、さっきの記憶のリフレインの続きが、夕暮れの街の風景に重なった。横顔。薄暗い病室の床で、膝をついてうなだれる理恵子。

「よしみさん」

理恵子は言う。

「はい」

よしみは、目を合わせてくれない年上の女性の、横顔を見ているしかない。

「自分をね」

「はい？」

「自分っていうものを認めてくれるのが、わたしの場合は成績だけだった。国交省に入ってからもそうだったし……。ずうっと勉強や、仕事ばかりをしてきた」

理恵子は、少しずつ自分のことを話し始めた。

「小さい頃から、わたしっていう人間を認めてくれるのが成績だけだった。どんな人間にだって、生きていくのになくてはならないものがある。水と空気と、食べ物と、そして他人から認められること。この四つがなければ、人間は決して生きていけないわ。どんなに強い人でも、生きてはいけない」

「――」

「わたしには、学校の試験の成績以外に、自分を取り巻く人たちに認めてもらう方法が何もなかった。ひどい育ち方をしたの。どこへ行っても邪魔者だった。わたしには勉強しかできることがなかった。試験に受かっていい大学へ進んで、キャリア官僚になって、仕事でも成績をあげるしか、わたしにできることはなかった。わたしの生き方は、それしかなかった。

七歳で両親が離婚してね。母からも父からも『いらない』って言われて。親戚中をたらい回しにされて邪魔者扱いされて、わたしはこの世の全てから『いない方がいい』って言われているみたいだった。でも、それでも学校のテストでいい成績を取ると先生たちは褒めてくれたし、模試で県内トップだったりすると急に周りの見る目が変わって、東大に受かるだろうなんて言われると叔父さんも叔母さんも急に恐れ入ったようになって、一目置くみたいになって。その時はざまぁみろって感じで、気持ちよかったわ」

「──」

「その時だけは、気持ちがよかったわ」

「それは、少し分かる気がするけど」

「小諸の県立高校から、東大の法学部へ進んだわ。学生寮に入って、奨学金とアルバイトだけで卒業した。わたしは家庭環境が複雑だったけど、コネもなかったけれど、国家公務員のI種採用試験は成績だけで採ってくれた。二十三歳の春、国土交通省に配属された。第一志望の外務省ではなかったけど、わたしは国から『お前は必要だ』と言われた気がして、嬉しかった。生きていくにはここで頑張るしかないと思った。その時はまだ、自分の進むことになった道路建設業界というところが、どんなに恐ろしい世界なのかは知らなかった。買い物とか旅行とか、着る物や食べ物や恋愛とか、楽しいことなんか何もしないで働いた。気がついたら二十九歳で、筆頭課の課長補佐になっていたわ」

「凄いと思うけど。でも二度も命を狙われたんでしょう。なんとかしないと」

「わたしだって、殺されたくはない。でも、あの殺し屋をもしも捕まえて、警察に突き出せば……」

理恵子は頭痛がするように、額に手を当てた。

「もしも〈掃除屋〉を警察に突き出して、殺人の依頼者を吐かせたりしたら……。きっと政界をも巻き込む大スキャンダルになってしまう。道路族議員たちも、国交省の組織もただではすまない。検察が乗り出してきて、上から下まで目茶目茶になってしまう。わたしのこの世で唯一の居場所が、なくなってしまう」

「――理恵子さん、でも」

「分かってるの。馬鹿な物言いだって分かってる。分かってる。でも自分でも、どうしようもない。どうしようもないの。わたしという人間は、始末におえないわ。あんなに酷いことをさせられて、こんなに酷いこともされたのに、まだ自分の居場所の組織を、裏切ることができない。自分の手で組織を壊すことができない。わたしには、できない」

ぐすっ、と理恵子はすすり上げた。

「わたしには……ここしか、居場所がないの」


ここしか、居場所がないの――か。

目黒と大崎で電車を乗り換え、夕日が沈みかける頃には、よしみはお台場に立っていた。会社が終わる時間だ。気の早いカップルが連れ立ってパレットタウンの観覧車のほうへ歩いていく。遊歩道に立ち止まったよしみを、追い越していく。

（あたしだって――しょっちゅう自分の居る場所、なくしているけどさ……）

歩道のタイルに、自分の影が伸びている。

結局。あのすぐあと、病室へ駆けつけてきた看護師たちがドアを開けたので、よしみはそこで会話を打ち切って風通しのいい窓から逃げ出さなくてはならなかった。蓮見理恵子が〈海ほたる〉で何をしていたのか、はっきり聞けないまま帰らねばならなかった。

理恵子さんは、あの時〈海ほたる〉で、何かさせられていたのだろうか……。調べなければ。そのためにも、報道部へ戻らなくては。

よしみは、お台場の遊歩道に長い影を落とす富士桜テレビ新局舎を見上げると、歩き始めた。

ところが、新局舎八階の報道センターのオフィスを覗くなり、よしみの姿を目ざとく見つけた中山江里が前に立ちはだかった。

「あぁら。ここは報道センターのオフィスですのよ。部外者の方は遠慮なさって」

スーツ姿の江里は両手を広げ、よしみを入れようとせず、廊下へ押し返そうとした。

何が部外者だ。ひどいじゃないか、こいつ……。

よしみはむっとして睨み返す。

「あの。柄本さんは」

「さぁ。帰っていないわ」

「そんな」

「ここではね、これから今夜の〈熱血〉のオンエア打ち合わせが始まるの。みんな忙しいのよ」

なぜだか江里は、いらいらした様子だ。肩越しに会議テーブルのほうを見やると、昨日までよしみの座っていた席──江里の隣の席では、顔の小さな色白の局アナが背筋を伸ばしている。明るい水色のスーツに、ウェーブのかかったセミロング。通りかかるスタッフたちが声をかけるたび、パッと華のある笑顔を返す。手前の江里のいらいらした顔とは、対照的だ。

「それは分かってる。だから来たのよ」

よしみは江里を押し退けるようにして、オフィスへ歩み入った。腕に少し力が入ったかもしれない。江里が「うぎゃ」と声を上げた。

「等々力さん」

よしみは、会議テーブルの奥で書類に目を通している等々力猛志に早足で歩み寄った。

「等々力さん、聞いてください。昨夜〈海ほたる〉へ突っ込んだタンカーですが──実は何者かによって誘導されていたという可能性もあります」

「桜庭」

　だが等々力は、書類から目を上げずに頭を振った。

「奇をてらった根拠のないネタを振って、挽回しようともがくのはよせ。見苦しいだけだ」

「そうじゃありません」よしみはテーブルに手をつき、訴えた。「ひょっとしたら、有力な証言が取れるかもしれないんです。もしタンカーを操っていた操縦システムが……そう、例えばＧＰＳ装置が、外から何者かの手によって――」

「証言？　誰からだ」

「それは、まだちょっと」

「いい加減なことを言うな。桜庭」

「あの、でも」

「タンカーの衝突の原因は、自動操船システムの一時的な誤作動だ」等々力はよしみの発言を遮った。

「先ほど正式な〈調査報告書〉が出されている。それによると、自動操船システムがＧＰＳ受信機からのシグナルを一時的に受けつけなくなり、川崎港へ入る直前で船がコースをそれた。夜間の航行では、人間の目による勘違いを防ぐために、港湾口まではＧＰＳ連動の自動操船を使うよう、船会社のマニュアルにも定められていたのだが。

今回はそれが裏目に出た形だ。船橋《ブリッジ》で指揮を執っていた一等航海士が気づいて手動に切り替えるよう指示した時には、すでに遅かった。あのようなマンモスタンカーだと、衝突コースに気づいてから舵を切っても、船首が回り出すのに一分四十秒かかるのだという。タンカーはなすすべもなく、〈海ほたる〉に激突した」

「その自動操船システムが故障したという——警報とか警告とか、そういうサインは乗員に対して出なかったのですか」

「通常は、システムがおかしければ警告灯が点灯し、乗員に異常を知らせるようになっているのだが、なぜか昨夜だけは警告システムが作動しなかったらしい。原因は調査団にも分からなかった。タンカーが爆発して、跡形もないのだからな」

「その警告が出なかったというのは、自動操船システムが故障していなかったからではないですか」

「なんだと」

「外からGPSの電波が狂わされ、正常な操船システムがそれに追従したという可能性だって——」

「ばかなことを言うな」

「でも、その正式な〈調査報告書〉って、どこが出したのです」

「国土交通省海事局だ。国の当局だ」

「それは、信用できるのですか」

「何?」

「もし国交省が、なんらかの身内の不祥事や陰謀を隠そうとしていたら? いえ、ひょっとしたら昨夜の事件は国交省がみずから——」

そこへ、

「桜庭さんっ」

江里が、たまりかねたように出てきて遮った。

「あなたね、あんまりばかなことを口にするのはやめてちょうだい。ここは報道局よ。法螺《ほら》話を吹きまくる場所ではないわ」

「で、でも昨夜、〈海ほたる〉のタンカーが突っ込んだ舳先の下に、確かに変なカーナビをつけたワーゲンが——」

「何よ。見てきたようなこと言うじゃない?」

「あ。いえ、その」

「変よ、桜庭さん。あなたは、だいたい昨夜の事件のさなか、スタジオを飛び出してどこかへフケていたくせに偉そうなことを言う資格があって——? あなたのようにね、おおざっぱで適当で、明らかにおかしいのに自分の考えは正しいと思い込んで主張してみんなに迷惑をかける、時間にルーズで常識がなくて自分勝手でいい加減でサボリ魔でみんなに迷惑をかけるような人は、ここにいる資格などない。いるだけ迷惑だわ。ここではみんな忙しいのよ。さっさと出ていってちょうだい！」

「で。でも……」

「桜庭」等々力も言った。「いいか、お前の言うようなGPS装置を外から狂わせるなどというのは、並のテロリストなどにこなせる芸当ではないそうだ。私とて国の報告書を頭から信用しはしない。一応、専門家にも訊いてみた。それによると、米軍が秘蔵の技術を出して本気にでもならなければ、そんな工作は不可能だという。タンカーを〈海ほたる〉にぶつかるように呼び寄せるなど、ほぼ不可能だ。お前は自分がどんなに荒唐無稽《こうとうむけい》なネタを口にしているか、分かっているのか」

「……」

「出ていけ。お前はもうこの番組のスタッフではない。お天気キャスターですらない」

等々力は、オフィスの出口を指さした。テーブルに集まっている制作スタッフら全員も、よしみを見上げた。大部分があきれた表情だ。昨夜、大迷惑を被ったフロア・ディレクターなどは腕組みをして睨んでいる。ここに柄本がいない以上、かばってくれる味方もない。

「……分かりました」

よしみは声を落とすと、オフィスの出口へとぼとぼと歩いた。中山江里が両手を腰に当てて睨んでいる。テーブルで雪見桂子がクスッと小さく笑う。

「桜庭」

背中から、等々力の声がした。

「……はい」

「荒唐無稽なネタで私を納得させたければ、裁判でも通用するような証拠を出せ。お前の足で、稼ぐことだ」

「え」

だが振り向くと、すぐに等々力はテーブルの書類に目を戻した。「さぁ打ち合わせを始めるぞ」と、いつものバリトンで全員に促した。


よしみは追い出されるように局舎を出た。

とぼとぼと歩み出て、振り向いて見上げると、明かりの点いた二十三階建ての新局舎は、数年前就職活動で歩き回った頃の谷間から見上げる高層ビルのようだった。冷たいビル風が吹いて、よしみの傷《いた》んだロングヘアを舞い上がらせた。

（居場所をなくす、か……）

よしみは振り仰ぐのをやめ、歩き始めた。今は歩くしかない。

お台場の高架駅へ行き、〈ゆりかもめ〉に乗った。都心へ引き返すことにした。

電車のドアの脇に立つと、照明の点るウォーターフロント一帯が窓に広がった。この広大な湾岸地区一帯も、計画当初は小規模な埋め立て地だったのだという。それが政治家の誘導によって、開発計画がどんどん膨らまされてこんな大規模になったのだという話を聞いた。工事の規模が大きくなるほど、ゼネコンから族議員へ上納されるキックバックも大きくなるからだ。工事代金の数パーセントが、受注に口をきいた政治家の懐へ入る仕組みだという。

「……」

電車に揺られていても、助けを求める悲鳴のようなものは聞こえてこなかった。病院の理恵子は、とりあえず無事なのだろう。

――『逆らえなかった』

また理恵子の声が甦った。

――『でもわたしは、組織の命令には逆らえなかった』

暗い窓ガラスに、うつむく横顔が重なった。

もう一度、病院へ戻ろう——よしみは思った。

新橋で地下鉄に乗り換え、中央区の救急病院へ戻り、今度はちゃんと正面入り口から入った。

病棟の四階へ上がると、さっきのガラスの割れた病室は空だった。それは予想していたので、よしみは周囲の病室の名札を見て回った。

蓮見理恵子の名が見つからないので、仕方なくナースステーションに立ち寄った。

「蓮見さん——先ほど退院されましたねぇ」

「え？」

よしみは、対応に出てくれた女性看護師に訊き返した。白衣の看護師は、入院患者のリストを出してめくっている。リストにないというのなら、ここにはいないということなのだろうが……。

理恵子が退院した——？　しかし、どうしてこんな急に……。

「退院って……」

「蓮見さんは、国土交通省の方でしょう？　霞が関のほうからですかね、役所関係の人が何人もきて、連れていかれましたよ。うちの外科主任も、外傷は軽症だから本人が同意すれば問題ないって」

「それ、いつ頃です？」

「三十分くらい前でしょうかねぇ」

3

港区・某ホテル。

高層棟。

地下駐車場から専用のエレベーターで直行できるそのフロアは、一般の泊まり客などには開放されていない。最上階に近いフロアだが、宿泊客用のエレベーターにはこの階に停まるボタンはない。ここへ停めるには専用のキーが必要だ。厚い絨毯の敷かれた廊下には人通りもなく、静まり返っている。

廊下を進むと、ぽつぽつと並ぶドアの間隔が長い。スイートルームばかりだからだ。

その客室ドアの一つ。室内。

「ここは、与党の先生方とか財界の連中などが、プライベートや仕事に使うフロアでね」

カーテンを引いた窓を背に、銀髪の官僚が言う。波除という名の国交省総括審議官である。部屋の壁は特別な防音らしく、声は響かずに吸い込まれる感じだ。

「もちろん我々もよく使う。一般民衆が入れないから、重要な話もできる。いずれ局長以上になれば、君にも使えるよ。蓮見課長補佐」

「……」

蓮見理恵子は、スイートルームのリビングの真ん中に立たされていた。

身なりは、病院で着ていた白い寝間着のままだ。三十分ほど前、病室に突然、企画課長を先頭としたダークスーツの官僚たちが押しかけると、理恵子に退院して同行するよう強要したのだった。

窓を黒く塗ったバンに乗せられ、病院から直行でこの部屋へ連れてこられた。走行時間から都内だと見当はついたが、窓が黒くて何も見えなかったので、まるで目隠しをされて秘密の隠れ家へ拉致されてきたような感じだった。人けのない駐車場から、エレベーターで直接このフロアに上がり、スイートルームへ案内されると、待っていたのがその銀髪のキャリア官僚だった。

「君を呼んだのは、ほかでもない。緊急な用件があったからだ」

「……どのような、ことでしょうか」

理恵子は、不安げに周囲を見回しながら訊いた。リビングルームの背後の壁には、道路局長、企画課長、その他の課の課長補佐クラスが数名、まるで包囲するように立っている。理恵子は、政治家が密談をするようなこんなホテルで、上司の官僚と会話するのは初めてだった。

「まず最初に、君の我が省への献身的な働きぶりについては、いつも感心し、また感謝している。国のために身を捧げるような、見上げた忠誠心だ」

「……ありがとうございます」

「で、蓮見課長補佐」

「はい」

「仕事の話だ」

「……はい」

「この男を覚えているかな」

総括審議官が指を鳴らすと、室内ドアで繋がったベッドルームから、ゆらりと黒い人影が歩み出てきた。その人影——これといって特徴のない中肉中背の細い眼の男を見た瞬間、理恵子の喉が「ひっ」と鳴った。

「おおっと。怖がることはない」

審議官が大仰《おおぎょう》な身ぶりで制した。

中央区晴海《はるみ》通り。路上。

「う？」

救急病院を出て、歩道を歩いていたよしみは、ふいに聞こえた悲鳴のようなものに
「――!?」と足を止めた。

（なんだ――今のは。理恵子さんの悲鳴……？）

立ち止まり、耳を澄ます。しかし『ひっ』という悲鳴のような声は一瞬で、どこから聞こえてきたのか、方角も定かではない。あの女《ひと》の声だったような気もしたが、それも確かではない。

夜の雑踏が流れていく。悲鳴のように聞こえた声は一瞬だけで、もうしなかった。

「……気のせいかな」

よしみは首を傾げる。

「それにしても理恵子さん……どこへ連れていかれたんだろう」


「怖がることはない、蓮見課長補佐」

銀髪の総括審議官は、理恵子の驚愕を抑えるように言った。

「この男は、君も察しているとおり、〈九三四二委員会〉の先生方が遣《つか》わされた〈掃除屋〉だ。二度にわたって君を消そうと働いた。それは確かだが……。だが命令がなければ、特に人に危害は加えない。現在、君への『処分命令』は、一時的に差し止められていてね。ここで君を襲ったりはせんよ」

た。

「……」

理恵子は、気丈そうに見える唇を噛んで、スイートルームのソファの前に立ってい

目の前数メートルに現れた男――黒い戦闘服のようなものを着込んだ男は、確かに今日の午後、男性看護師に化けて病室を襲ってきたあの殺し屋だった。中肉中背、これといって特徴のない細い眼の三十男。だからこそどんな扮装もして、どこへでも目立たずに侵入できるのだろう。ワイシャツにネクタイ姿で庁舎の廊下を歩いていれば、誰でも、どこかの部署の職員の一人だと思うだろう。

殺し屋――〈掃除屋〉は無表情に理恵子へ視線を返した。目だけは普通でなかった。白目がなく、細い眼が全て黒目のようだ。蛇か蜥蜴《とかげ》のような、爬虫類を思わせるヌメッとした眼光だ。

「……」

理恵子は目をそらし、唇を噛み締めた。

「安心したまえ、はっはっは」総括審議官は笑った。「いやぁまったく、〈委員会〉の先生方にも困ったものでね。昨夜の〈作戦〉が失敗し、一五〇〇億が三〇〇億になってしまったからと、有能な君を『失敗の責任を取らせて消せ』とおっしゃる。いや蓮見は必要です。いくら〈作戦〉でミスをしたからといって、死んで責任を取るなんて

滅相もない。国家の損失でございますと私がさっきまで、必死にかけ合って説得して、ようやく処分命令を取り下げていただいたんだ。いやぁ冷や汗をかいたよ。はっはっは」

「……」

「それでだな、蓮見課長補佐」

「……はい」

「先ほど、私の必死の説得の甲斐《かい》あってか、急に事情が変わってね。〈委員会〉の先生方からは『やっぱり蓮見は責任を取って死ななくてもいいから、国家のために尽くせ』と御達しがあった。つまり君は、一度ミスはしたもの、その能力を見込まれて特別に許されたわけだ」

　総括審議官は、背広のポケットから煙草を取り出した。背後の壁際に控えていた企画課長が反応し、素早く駆け寄るとライターの火を差し出した。

「ふうっ」審議官は煙を吐くと、無理に作っていたような笑顔を消して、理恵子を見た。「それでな、蓮見くん。実は〈委員会〉の鮫川先生から、ついさっき新しいご指示があった」

「……指示？」

「そうだ。〈九三四二委員会〉からの指示で、我々は新たに次の〈作戦〉を実行することに決まった。日本の将来のための〈作戦〉だ」

「また……〈作戦〉なのですか」

「そうだ。ついてはだ、君には今からこの男と組み、実行部隊として働いてもらいたい」

総括審議官は、黒装束《くろしょうぞく》の殺し屋を指さした。

「……!?」理恵子は絶句して、銀髪のキャリア官僚と殺し屋を交互に見た。「……どういう」

「君にこの〈掃除屋〉とチームを組んで、ひ、ひと働きしてほしいのだ。新しい日本の明日のためにだ」

理恵子の驚愕の視線に、殺し屋の男はわずかに頰を歪めて「クク」と笑った。

「まぁ驚くのも無理はない。説明しよう」

総括審議官がまた指を鳴らすと、壁際の課長補佐たちが一斉に動き出してスライドを映写する準備を始めた。立ち尽くす理恵子を中心に、人の渦が巻いているようだった。

「これから、我々の新しい〈作戦〉についで説明をするが――あぁそうだ。その前に蓮見くん」

「は」

「君は今日、自分で自分にボディーガードをつけたのかね？」審議官は、ちょっと思い出したことのように訊いた。「友達か知り合いか知らないが、聞けば、ずいぶんと腕の立つ女性ボディーガードがいるそうじゃないか」

「え、いえ……」

「病院では、このプロフェッショナルの男が、邪魔をされて仕事をしくじった。この男は、えらくプライドを傷つけられていてね。今度見つけたら口に散弾銃をぶち込んで、八つ裂きにしてやると言っている。いや、君でなくてそのボディーガードをだ。これは上からの命令とは関係なく、必ずおとしまえをつけると言っている」

「……」

「自分が狙われているらしいと知って、素早く身辺を警護させる。これはキャリアとして当然の危機管理であり、君の行動をどうこう言うつもりはない。だがその友達を、口から散弾銃の蜂の巣の八つ裂きにされたくなければ、ボディーガードの契約はすぐに解除してやめにするんだな。新しい〈作戦〉に身を投じるのなら、もう必要はないわけだし」

「……」

　総括審議官は、理恵子の肩をポンと叩いた。

「これは、君を思っての忠告だよ」

「審議官。スライドの準備ができました」

映写機を準備していた若手の課長補佐が威儀を正して告げた。キャリア官僚としては理恵子の先輩に当たる男だが、当然のように非合法作戦の準備に協力している。確かに、この世界には別の〈常識〉があるのかもしれない……。理恵子はぼんやりとそう思った。

「よぉし、では〈作戦〉の説明を始めよう。しかしだ、やっぱりこういう説明は、部屋を暗くしてのスライド映写に限るな。なぁ局長」

「いやー、ごもっともでございます。パワーポイントなんかでは気分が出ません」

道路局長が合いの手を入れると、室内にいた理恵子と〈掃除屋〉をのぞく全員が「あっはっは」と笑った。汗をかきながら笑っている者もいた。


一時間後。

霞が関・合同庁舎。

十三階。退庁時刻をとうに過ぎ、オフィスの並ぶフロアは半分以上、照明を落とされ、部分的に蛍光灯の点る場所だけが明るい。

道路局企画課のオフィスには、明かりが点いていなかった。両隣のオフィスも今は無人だ。

暗く、静かだった。

「――」

だが窓を背にする課長補佐の席に、長い髪のシルエットがある。ホテルから戻った蓮見理恵子が両肘をデスクにつき、うつむいて座っていた。

暗い中で独り、黙って座っている。身に着けている白の新しいスーツは、つい先ほどホテルの地階ブティックで、省の経費で買われたものだ。この庁舎へ戻るのには、局長以上だけが使用できる黒塗りの公用車があてがわれた。

「――く」理恵子は肘をついた右手で前髪をつかみ、目を閉じてうめいた。「うう……」

するると、静寂の中、

ストン

何かが床に降り立つ気配がした。

「――？」

二十九歳の女性キャリア官僚は、目を上げた。暗がりを通して、来訪者の正体を認めると「まったく」と息をついた。

「まったく……驚かせてくれるわ。神出鬼没なのね」

「こんばんは」

桜庭よしみが、暗がりから歩み出ると、理恵子のデスクの前に立った。

「驚かして、ごめんなさい」

「別に、いいけど……。どこから?」

「本当は、こういう泥棒みたいな真似、しちゃいけないんですけど」

よしみが窓のほうを指さすと、緊急避難用に開くようになっている隅の窓から夜風が吹いてくる。

「イグニスには悪いんだけど、飛んできてあそこから入りました」

「……イグニス?」

「友達です。能力をくれた」

「そう」理恵子はため息をついた。「あなたに恋人がいたら、決して浮気なんかできないわね」

「いませんから。あたし」

「そう」

「理恵子さん」よしみはデスクに座る女に視線を向け、言った。「急に病院を退院したって——国交省の人たちに連れていかれるようにいなくなったって聞いたから。心配で、見にきたんです」

「そう」

「ずいぶん、捜しました。どこにいたんですか」

「言う義務はないわ」

理恵子は頭を振る。


同時刻。

お台場の富士桜テレビ。

局舎の正面玄関に、社旗を立てたさし回しのハイヤーが滑り込んだ。後部座席のドアが中から開き、一人の瘦身の男が降り立つ。運転手がドアを開けようと、慌てて降りてくるのを手で制する。

「いい。いい。俺は運転手にドアを開けてもらうほど偉くない」

ハイヤーだって贅沢《ぜいたく》すぎるくらいだ、とつぶやきながら五十代の瘦身の男はポケットに手を入れ、歩き始める。早足。長身のためか少し猫背である。

「おい、〈熱血ニューズ〉のスタジオはどっちだ」

誰にともなく訊くと、玄関で待ち受けていたサブチーフ・ディレクターが駆け寄って迎える。

「音羽先生。お待ちしておりました。こちらへ」

「ああ、いい。いい。教えてくれれば一人で行くよ。子供じゃねぇんだ」

「し、しかし私はご案内に——」

「うるせぇ。いいって言ってんだろ、ばか野郎」

痩身の男は鋭い目でうるさそうにサブチーフを追い払い、壁の表示板を見ると、ポケットに手を入れたままエレベーター・ホールへ歩いていった。

局舎八階の報道フロアでは、〈熱血ニューズ〉の本番のオンエアが始まろうとしていた。

「おお。音羽さん」

等々力猛志が打ち合わせテーブルから立ち上がると、報道センターの入り口で痩身の男を出迎えた。

「よく、おいでくださいました。今夜は生インタビューに応じてくださり、ありがとうございます」

「ふん。あんたの番組は、影響力が強いからな。こっちも利用しようって魂胆《こんたん》だ。礼はいらねえよ」

五十代の痩身の男はぶっきらぼうに言うと、着ている明らかに安物のウインドブレーカーのポケットから、煙草を取り出した。

それをそばで見ていた若い進行助手が「あ。ちょっとそこの人、禁煙ですよ」と教えるが、男は逆に「ばか野郎っ」と怒鳴り返す。

「俺は誰がなんと言おうと吸いたい時に吸うんだ。ばか野郎！」

「し、しかしここの規則で――」

「規則や公衆マナーなんかせこせこ守っていて、国や道路族相手に喧嘩なんかできるかばか野郎っ」

瞬間発火装置のように怒り出す男を、等々力がなだめて案内する。

「音羽さん。まぁ抑えてください。スタジオへご案内します」

「おう。こっちも忙しいからな。段取りよくすませてくれよ」

「分かっています。今夜は視聴者の意表を突き、冒頭から音羽さんの直撃インタビューをぶつけます。どうぞこちらへ」

等々力にうながされ、猫背気味の長身の男がスタジオへ入っていくと、それを見送る入社したばかりの進行助手が頰をふくらませた。

「なんなんだ、あのおっさん」

「お前、何をふくれているんだ？」

フロア・ディレクターが、その背中を叩いた。

「だってあの人――いったい何者なんですか、あの競輪場にたむろしているおっさんみたいな……」

「お前、知らないのか？　あれが有名な音羽文京だ。〈高速道路効率化推進委員会〉のリーダーだ」

「えっ」

「誰でも最初はびっくりする。無理もないけどな。分かったら今夜の特別ゲストのために、センター・ステージに灰皿を用意するんだ」


「せっかく来てもらったんだけど」

霞が関・合同庁舎十三階のオフィスでは、静まり返った暗がりで蓮見理恵子が頭を振った。

「でも、もういいの。何も問題はなくなったわ」

「本当ですか？」

桜庭よしみは、昼間と同じジーンズにシャツブラウス姿で、がらんとしたフロアに立っている。

「だって理恵子さん、二度も命を狙われて――」

「わたしは、もう狙われなくなった。大丈夫なの。保障されたの」

「保障された――？」

「いきがって、逆らわないようにしたの。これからはそうするの」頬杖をついて、理恵子はよしみから視線をそらした。「不正なんて、どこの省庁にも業界にも少しはあるし、その全てに目くじらを立てていたら日本の社会全体が成り立っていかないわ。考えてもみて。もしもお巡りさんが道路の脇に駐《と》まっている車の全てに駐車違反の黄色い札をつけて歩こうとしたら、日本全国の警察官が二十四時間、それ以外に何もできなくなる。そんなばかばかしいことを、するべきではないわ。もっと建設的に、道路を普請すべきだわ」

「──」

「だからもう心配はいらないの。帰って」

理恵子が目をそらしたままそう言うと、よしみは「でも……」とその顔を見返した。

「何。まだわたしが心配?」

「ちょっと、戸惑っています。さっき病院で会った時と、ずいぶん言うことが違うから」

「心配してくれるのはありがたいけど、もう結構だわ。それともわたしを心配する振りをして、国交省の機密でも探りたい?」

「そんなこと……」よしみは頭を振った。「正直を言ってしまえば、タンカーの事件の裏に何があるのか、知りたいけれど。でもそれよりもあたし、理恵子さんの気持ち、少しは分かる気がするから」

「わたしの気持ち?」

「はい」

「わたしの何が分かるっていうの」理恵子はいらだたしげに髪を掻き上げた。「あなたテレビ局に入ったんでしょう。自宅通勤のお嬢さんで、親のコネなんか腐るほどあるんでしょう。そんな恵まれたお嬢さんに、誰にも認められないわたしの苦しさが分かる——?　いい加減なこと言わないで」

「あの。でも……」

「黙りなさい」

理恵子はよしみを睨んだ。

「わたしは、苦学して東大の法学部政治学科を十八番で出ても、民間企業には一つも受からなかった。面接すら受けさせてもらえなかった。お嬢さんの好きな民間企業には、わたしのような育ち方をした女は必要ないのよ。能力なんて関係ないのよ。わたしを認めてくれたのは、国だけだった。だからわたしは国のために——省のために尽くすのは当然よ!」

「……」

よしみが下を向くと、理恵子は我に返ったように「ああ、ごめん」と声の調子を落とした。

「わたし苦労して育ったの。人が自分によくしてくれたりすると、つい何か裏があるんだろうって考えちゃうわ。怒鳴ったことは謝る。ごめんね」

「いいえ」

「心配してくれるのは嬉しい。でもわたしのそばには、もう寄らないで。寄らないでほしいの」

「――はい」

理恵子が帰るようにうながすと、よしみはうなずき、背を向けてオフィスを出ていく。

デスクで頬杖をつき、理恵子はその背中を見ていたが、オフィスを出るところで「ねぇ」とよしみを呼び止めた。

「ねぇ。よしみさん」

「はい？」

振り向いたジーンズとシャツブラウスの女の子に、理恵子は訊いた。

「さっきあなた――『泥棒みたいな真似はしちゃいけない』って、言ったわね」

「はい」

「スーパーガールには、行動マニュアルとか決まっているの？」

「そんなもの、ありませんけど……。あたし〈正義の味方〉ですから。常識です」

「──そう」

白い服の女は、またうつむいた。

「そうよね」


よしみは国交省の合同庁舎を出ると、仕方なく電車に乗って、西小山の自分の部屋へ戻った。

シャワーを浴びる気にもならない。独りのリビングの床に、明かりも点けずに黙って座った。

「──」

膝を抱えた。

はぁ、とため息をつく。

「本当は……。『内部告発してほしい』って、言いに行ったんだ」独り言をつぶやいた。「顔を映さず音声も変えるから、タンカー事件の真相を話してくださいって、言おうと思って行ったのに」

よしみは銀色のリングをはめた左手で、頭を掻きむしる。

「ああ、駄目だ駄目だ。スーパーガールの能力を使って取材するなんて、何かいけないことをしているみたいで、できないよ。やっぱりできない」

別にイグニスが『能力を仕事に使うな』などと注文したわけではない。あの猫のような宇宙人は、ただよしみに『この星の平和を、護ってください』と頼んだだけだ。

でもなんとなく、空を飛ぶ能力を取材に使ったりしたら、いけないような気がするのだった。何をしたってよしみの勝手のように思えるのだが、なんとなく、そう感じる。

あたしって、ええかっこしいなのかなぁ……。

顔をしかめながら、習慣でリモコンを手に取る。テレビをつけると、ちょうど〈熱血〉のオンエアが始まるところだった。

「もう、こんな時間か」

暗いリビングに、ブラウン管の蒼白い光が瞬いた。画面の中で眩しいほど明るいのは、ブーメラン形テーブルを据えたスタジオだ。オープニングの音楽に続いて、テーブル中央の等々力猛志がアップになる。左横に中山江里。今夜は右横のコメンテーターの席に、いつもとは違う初老の男がいる。

誰だろう。

『全国のみなさん。私は等々力猛志。今夜は、型どおりの挨拶や前置きは抜きだ。早速今夜のゲストの直撃生インタビューに入ろうと思う。こちらは音羽文京氏。〈高速道路効率化推進委員会〉のリーダーだ。音羽さん、よろしくお願いします』

『ああ、よろしく』

瘦身の男は、年齢は五十代か。しわがれた早口で応える。テレビの画面はその人をそのまま映し出してしまう。短気でせっかちな性格に見える。

この人が、音羽文京か……。そういえばニュースのVTRで見たことがあるけれど――生で話すのを見るのは初めてだな、とよしみは思う。

『早速だが、音羽さん。昨夜、東京湾アクアラインで起きた〈海ほたるタンカー衝突事件〉を受けて、国と道路公団は公費を投入した修復工事を計画しているようだが』

『まったくとんでもないことだ』

音羽文京は、にこりともせずに言った。

『アクアラインを造るだけで、五十年かかっても返せねえ借金をこしらえておいて、今度は船がぶつかって壊れたからもう三〇〇億使って修理するとかぬかす。財源はどうするのかと訊くと、国の災害復興特別予算から出させると言う。俺はそれに対して一言こう言ってやった。ふざけるんじゃねぇ』

『災害復興特別予算は、もし大地震などが起きた場合に備えて、国が準備している金ですね』

『そうだ。いざという時のための大切な金を、誰も通らない道路を修理するため、ゼネコンへの発注に使うと言う。そんなことは許されねえ、総理も許すはずがねえと言い返すと、では別の財源として、首都高速道路の通行料金を千円に値上げしてこれに充《あ》てるとか言い出す。首都高が一回千円だと⁉　ふざけるのもいい加減にしろと俺が怒鳴ると、いえ先生、実は首都高の通行料金千円というのは、前々から渋滞緩和のために計画しておりましたと言う。ばか野郎てめえ、首都高を千円にするのがどうして渋滞緩和なんだと問い詰めると、現行七百円から千円にすれば、料金所で千円札からお釣りを手渡す手間がなくなるので通行がスムーズになると言う。値上げすれば、どうしても必要な人しか首都高を利用しないから、通行量が減って道路が空《す》くと言う』

『う、ううーむ』画面で等々力が唸る。『普通の庶民の感覚からは、かけ離れた発想だ』

『そうだろう』

音羽文京はうなずくと、安物みたいなウインドブレーカーのポケットから、箱入りのショートピースを取り出した。センター・テーブルの上で、百円ライターで火をつけた。ふうっ、と煙を吐くと、左横の中山江里があっけに取られたように口を開ける。

えっ。この人、報道番組のスタジオでインタビューされながら煙草吸ってる――――？　見ているよしみも、目を丸くする。三十年前ならばいざ知らず、今時、公共の電波の場で、こんなことをする人がいるとは……。

「とにかく連中——道路建設推進派には、まず『修復工事ありき』なのさ。いらねぇ道路だからこの際、放棄してしまえ、あるいは景気がよくなるまで一時閉鎖しておけというような柔軟な発想はできねえ。どうしてなのか。魂胆は見えている。青亀建設を始め、倒産の危機が囁かれているゼネコンはたくさんある。バックにいる道路族の政治家たちも、自由資本党の総裁選が近づいていて、資金がいる。みんな上向いて口をパクパク開けて、金を欲しがっているんだ。ひょっとしたら昨夜のタンカー衝突も、工事の仕事欲しさで連中が結託してわざと起こしたんじゃねえかと、勘ぐりたくもなる」

富士桜テレビ・報道センター第一スタジオ。

音羽文京は煙草をくわえながら、まるで下町の畳屋の親父《おやじ》が縁台でくだを巻くみたいに早口でまくしたてた。自分の座っている場所が、全国ネットの報道番組のセンター・テーブルであろうが、意に介していない風情だ。

「う、ううむ」

等々力が腕組みをする。

「タンカー衝突がわざとというのは、荒唐無稽な発想だが——音羽さんの話を聞いていると、冗談とも思えなくなってきますな」

「とにかく、これ以上あの連中の勝手を許すわけにはいかねえ。そこで我々〈効率化推進委員会〉は、この問題に関して〈緊急シンポジウム〉を開催することにした。明後日、場所は霞が関合同庁舎の、見学者ホールを押さえた。ぜひ多くの国民に、この問題について参加し、考えてほしいと思っている――ええい畜生、堅苦しいしゃべり方をすると背中が痒《かゆ》いぜ」

そのスタジオを見下ろすガラス張りの副調整室では、コントロール席に座ったサブチーフ・ディレクターが音声をモニターしながら頬に汗を垂らしていた。

「頼む。煙草を吸うのもくだを巻くのも、この際、構わないから。頼むから放送禁止用語だけはしゃべらないでくれ……！」

「等々力さんも、大変な人を生インタビューに呼びますよね」

横の管制卓でミキサーが言う。

「音羽文京って、前に差別表現問題で怒って、断筆宣言をした過激作家でしょう」

「ああ。視聴率は取れるかもしれないが、あの人を生で出すなんてこっちは冷や冷やだぜ」

「しかしあのべらんめえ調丸出しのおっさんが、本当に〈高速道路効率化推進委員会〉でリーダーをやってるんですか」

「あのくらい傍若無人《ぼうじゃくぶじん》で、あくの強いパーソナリティーでなけりゃ、道路族議員や国の官僚たちを向こうに回して喧嘩なんかできないさ。あの人を〈効率化推進委員会〉

のリーダーに送り込んだ総理は、毒をもって毒を制する作戦なんだ」

「なるほどね」

「それにしても——」サブチーフは、頬の冷や汗をぬぐいながら副調整室の中を見回した。「こんな大変な時だってのに。柄本さんはいったいどこへ行ってしまったんだ」

4

翌朝。

ＪＲ有楽町《ゆうらくちょう》駅前。

ガード下の交差点。

信号が変わった。出勤の人波が、一斉に横断歩道を渡っていく。と、ふいに雑踏の中で「きゃっ」と小さな悲鳴が上がる。

ノースリーブの夏物ブラウスを着た小柄な二十代のＯＬが、二の腕を押さえて顔をしかめている。立ち止まって、雑踏の流れる先を睨むようにするが、ＯＬの腕に火のついた煙草を接触させた〈犯人〉はたちまち歩み去って、人波に紛れてしまう。

「――もう。ひどい」

ＯＬは人波の中で立ち止まったまま、腕をさすった。歩き煙草の男が横を追い越すのを、気づかずにいた。火のついた煙草が腕に触れてしまった。

周囲の雑踏は、構わずに流れていく。この街の中でこんなハプニングはたまに起きるとしても、通勤の群れの中に〈小さな迷惑〉の被害者のために立ち止まって、どうしたのかと聞いてくれる者はない。〈犯人〉を追いかけて謝らせてくれる者もいない。いつもそういうものだった。こういう時は、間が悪かったとあきらめ、気を取り直して会社へ行くしかない。

だが、この朝だけは違った。

「お嬢さん。あきらめることはない」

ＯＬの背後に、いつの間にか長身の青年が立っていた。特徴的なのは、初夏だというのに黒のロングコートをまとい、黒の幅広サングラスで顔面を覆ったその姿だ。

「泣き寝入りしてはいけない」白い鼻筋の通った顔から、青年は低い声で言った。「公衆道徳は、守らせなくてはいけない。待っていなさい」

「――え？」

ＯＬが驚いて見送る中、黒いコートをマントのようにひるがえし、青年は人波の中へと駆け出す。雑踏をすり抜けるその疾さは風のようだ。

黒いコートの青年は、たちまち灰色の背広を着た若いサラリーマンの一人に追いつくと、その行く手に回り込んで立ち塞がった。

「待て」

「な、なんだこの野郎？」

灰色の背広の若いサラリーマンは、手に火のついた煙草を持ち、ふかしながら歩いていた。やくざではないが真面目とは正反対のタイプのようだ。カルシウムが足りなさそうな気の短そうな顔を、あからさまにしかめて目の前に立ち塞がる青年を睨む。

「どけこの野郎。邪魔だばか野郎」

「邪魔なのは、お前だ」

「なんだと」

「邪魔なのはお前だ」

黒いコートの青年は、静かにつぶやくように繰り返した。艶やかな黒のサングラスの表面に、サラリーマンの顔が歪んで映り込む。

「煙草を吸いながら歩いてはいけない。お前のせいで、あそこのお嬢さんが火傷《やけど》をした。戻って、謝るがいい」

「ふざけんな、ばか野郎。どけ、ばか野郎」

「公衆道徳を、守れないというのか」

「うるせえな、ばか野郎。どけ、ばか野郎」

「お前、B型だな」

「うるせえなっ、どきやがれ、ばか野郎。ぶち殺すぞ、ばか野郎！」

サラリーマンは青年に殴りかかった。

「——ではやむを得ない」

黒いコートが、ばさっとひるがえった。サラリーマンの拳がコートの生地《きじ》を殴っただけでそれた。青年は身をひるがえす。手品のような早業《はやわざ》で、黒い自動拳銃がその手に現れた。

「死ぬのは、お前だ。B型は死ね」

「う……うわ⁉」

パンッ
パンパンッ
乾いた銃声が響くと、横断歩道の白いゼブラ模様を中心に、人垣が放射状にわっと逃げ散った。

その真ん中で、シャツを真っ赤に染めた若いサラリーマンが仰向けにひっくり返っている。黒いサングラスの青年は周囲の騒ぎを手で抑えるように「みなさん。怖がる必要はない。我々は〈B型暗殺教団〉だ」と低く響く声で告げた。

もう数回目となる口上を素早く告げると、青年は黒いコートを再びひるがえし、人波の退いた路上を駆けた。長いストライドが風のように疾い。走り行く先に、いつの間にか大排気量のオートバイが一台、低いアイドリング音を響かせ待機していた。ハンドルを握っているのは、同じような黒装束に身を包んだもう一人の青年だ。

「首領」

ハンドルを握る青年が叫ぶ。

「おう」

黒いサングラスの青年は応えてダッと跳躍し、タンデム・シートの後席に飛び乗る。

ドルルルッ、と爆音を轟かせて二人乗りのオートバイは晴海通り方向へ急発進する。

その頃になってようやく、銀座通りの交番から駆けつけた青い制服の巡査がピーッ、と笛を吹くが、大排気量のオートバイは路上駐車の車をスラロームするように、狭い横道へ車体を倒して消える。

「〈B型暗殺教団〉だ。〈B型暗殺教団〉出現」

巡査は肩につけたマイクで、警察無線に叫ぶ。

「オートバイに乗り、みゆき通り方向へ曲がって逃走中！　繰り返す。みゆき通り方向へ逃走中」

警察無線に叫び声が響き渡ると、晴海通りに路上駐車していた一台のトラックがウインカーを出して発進した。白い車体。横腹には大手引っ越し業者の赤いロゴマークが描き込まれている。

ドルルルッ、と爆音を響かせ、裏道を巧みにくぐり抜けたオートバイは海岸通りに出た。二人の黒いサングラスの青年は、風を受けて揃いの黒いコートをなびかせている。逃げおおせた興奮からか、運転する青年は白い歯を見せている。

と、その後方から白い引っ越し業者のトラックが、ディーゼルエンジンの唸りを上げて追いついてきた。たちまち横へ並んだ。オートバイは先へ行かせようとスローダウンするが、トラックはなぜか速度を合わせて横の位置を保つ。

オートバイを運転する青年が『先に行け』と手で示すが、返事の代わりにトラックの助手席の窓から黒い棒状のものがニュッと突き出した。

ドンッ

重たい銃声が響くと、オートバイは弾かれたように回転して転倒した。

トラックもハザード・ランプを点滅させ急停車。後部ゲートが開く。引っ越し作業員のユニフォームを着た男たちが四人、素早く飛び降りると転倒したオートバイに駆け寄り、一糸乱れぬ動作で黒いコートの二人を担ぎあげ、荷台の中へ運び込んだ。内部を隠すように後部ゲートが閉まる。

三十秒とかからず、トラックは再び発進した。

「囮《おとり》にまんまと食いついてくれるとは、やはりこいつら、アマチュアだな」

走るトラックの荷室の中に、ぼんやりとした照明が点ると、床に転がした二人の青年を見下ろして眼の細い男が言った。

荷室の床で、全身を打撲した黒いサングラスの青年が、顔をしかめて上体を起こす。

「う――お、お前たちは」

「転がっていろ」

細い眼の男が、気軽な感じでひと蹴りすると、サングラスの青年は吹っ飛ばされるようにのけぞって転がった。うぐっ、とうめく。

「心配するな。我々は警察ではない」

細い眼の男は、白い引っ越し業者のつなぎを着ている。床に倒れた二人を取り巻くように、揃いのつなぎの姿が全部で五つ、立ち並んでいる。そのうち一番後ろに立っている一人だけが、ほっそりした華奢《きゃしゃ》なシルエットだ。

「課長補佐。どうぞ」

「課長補佐と呼ばないで」

きつい声が叱りつけた。ほっそりしたシルエットは、長い髪をポニーテイルに結《ゆ》った女だった。顔は見えない。青年たちのと似通った黒の幅広サングラスで、目の部分を覆っているからだ。

細い眼の男にうながされた女は、倒れてうめく二人の青年の前に立った。腰に両手を置き、見下ろす形になった。

「あなたたち」女は低い声で言った。緊張のためか、少し声音《こわね》が震えている。「〈B型暗殺教団〉を名乗り、世の中の公衆道徳のために戦うというのは、最近の若い子にしては見上げた心がけだわ。ただし『共産主義の復活が目的』というのだけは、ちょっといただけないけど」

「お前たち――」

「黙ってお聞き。〈首領〉とやら」

女はぴしゃりと遮った。

「〈首領〉とやら。あなたたち〈B型暗殺教団〉の教義と戦いは、わたしたちが引き継いであげます。あなたたちは、もう戦わなくていい。そうね、公式サイトもそのままの形で、乗っ取らせていただくわ」

「な――なんだと……?」

青年はサングラスの下の眉をひそめる。

「お前たちは、何者だ」

「ふん」女は鼻を鳴らす。「あなたたちよりは、ましな戦闘集団よ」

「なんだと」

「囮が、公衆道徳を守らない通行人になりすまし、あなたたちをおびき寄せる。殴りかかる振りをしてコートに発信機を貼りつける……。この程度の仕掛けにまんまと引っかかるレベルでは、とてもこの先は戦えないわ」

「な、何」

「さっきあなたが襲ったのは、誰だと思う。この男の手下――サラリーマンに化けた〈掃除屋〉戦闘員一号よ。罠に嵌《は》められたことに気づかなかった？　無理もないわ。素人《しろうと》だからね」

「……」青年は絶句する。「……お前たちは」

「あなたたち、今のところは警察をまけても、しょせんは素人。このあとの戦いはわたしたちに任せて、休んでいなさい」

女はそう宣告すると、指を鳴らした。

パチッ
反対側に立っていた二人の屈強な戦闘員が、それを合図に黒いサブマシンガンの台尻を振りあげ、振り下ろした。ゴッ、という鈍い響きとともに二人の青年は跳ねるように痙攣《けいれん》し、揃って悶絶した。

「うっ」

「うぐっ」

「ちょっと!」女は鋭い声で戦闘員を叱った。「そんなに乱暴にしないで。死んでしまうじゃない」

「殺しても、いっこうに構わんのだがね」

細い眼の男——〈掃除屋〉が肩をすくめた。

「冬なら殺《や》らせていたよ。夏場は死体がすぐ腐るのでね、処分するのがちょっと面倒だからとりあえず仮死状態にしてアジトに放り込んでおく。だがそのうち折を見て殺し、処分する。こいつらは我々の顔を見、声を聞いているからね」

「お願い。殺しはやらないで」女は訴えた。「今回の〈作戦〉の〈標的〉にしたって、脅かして再起不能にすればいいだけのことじゃない」

「そうはいかんね。我々は遊びでやっているのではない。仕事だ」

「でも」

「あんた」細い眼の男は、女を指さした。「今のこいつらへの宣告、なかなか立派な〈女首領〉ぶりだった。さすがは最優秀のキャリアだな。何をやらせてもとっつきがいい」

「ふざけないで」

女は頭を振る。

「だいたい〈掃除屋〉。あなたに手下の戦闘員が五人もいたなんて、知らなかったわ。わたしなんかがまざらなくたって、あなたたちだけで〈作戦〉を遂行できるじゃない。

あなたたちだけでやればいい。わたしなんかが、一緒に行動する必要はないわ」

「そうはいかんね」ちっ、ちっと男は人差し指を立てて振った。「あんたは〈作戦〉の現場責任者だ。あんたは『保険』なのだ。もしも我々のメンバーの一人がヘタを打ち、当局に捕まりマスコミに晒《さら》されるような事態となった場合。我々は、あんた個人が自分一人で考えたこの陰謀のために雇われ、あんた一人の依頼によって仕事をしたと自供することになっている。官庁のお偉方もバックの先生方も、そんな陰謀は知らなかったと頬かぶりを決めこんで助かるという段取りだ。あんたはそのためにここへ来たんだ。課長補佐さんよ」

「――」

「その代わり〈作戦〉が成功し、〈標的〉を見事片づければ、あんたは課長になれる約束なんだろう。せいぜいこの〈作戦〉でもって成績を上げ、上に気に入られて出世すればいい。そうすればあんたも、いずれ我々の正式な雇い主になれる」

細い眼の殺し屋は、女の肩を叩いた。

「それでは、我々に次の指示を出してもらおうか。現場責任者さんよ」

「――」

「今さら逃げるのはなしだ。〈作戦〉を放棄し抜けようとすれば、我々があんたを消す」

「――」女は、唇を噛んでため息をこらえると、苦しげに言った。「――〈作戦〉の行程表どおり、最初の〈ダミー標的〉を襲撃するわ。用意して」

その声を合図に、荷室内に立つ全員が、白いつなぎのファスナーを下ろした。中から黒い戦闘服が現れる。それは女も一緒だった。全員がつなぎを脱ぎ捨て、ポケットから幅広の黒いサングラスを取りだすと顔面に装着した。黒装束の集団が出現した。

「――〈B型暗殺教団〉」女が喉を動かし、かすれた声で絞り出すように言った。「これより〈ダミー標的その一〉へ向け出撃」


ブォオオオッ、とエンジンの唸りを上げ、白いトラックはウインカーを点滅させると首都高の鈴《すず》ケ森《もり》ランプへ上っていく。本線に合流すると、横浜方面へ向け疾走した。


横浜市・緑区《みどり》。

横浜市内でも奥まったこの地域は、もともとは山だった。開発の進んだ現在でも土地に起伏が多く、住民の生活区域は、山を削ってできた崖の上と下とに広がり、狭い急な坂道がそれらを繋《つな》いでいる。

家やマンションは、崖の上と下とに分かれて立ち並んでいる。余った土地はほとんどなく、建築規制も厳しいが、神奈川県は人気が高いので、わずかな隙間も見つけてマンションの建設は進められる。

今、崖を見上げるある地区の公民館で、住民たちの怒号が沸き上がっていた。公民館の表には、〈マンション建設説明会〉の立て看板がある。

「どういうことだっ」

崖下の町内に住んでいる老人が、声を荒らげた。

「三階建てのマンションを建設すると言っておいて、今出てきたその設計図は九階建てじゃないかっ。わしの家の庭先二メートルに、高さ九階の壁をぶち建てるつもりか⁉」

そうだ、そうだと大勢の声が上がる。

公民館の集会室には、パイプ椅子が隙間なく並べられ、崖下の町内の住民たちが押しかけている。

一方の演台には、マンション開発会社の幹部数人と市役所の職員たちが、折りたたみテーブルの上にマイクを並べて説明に当たっている。

「いいか。この辺りはだな、高層マンションが規制されているはずだ。規制いっぱいの三階建てでさえ、日照が遮られて圧迫感がひどいのに、九階建てなんてとんでもねえだろうっ」

老人が怒鳴った。

「そうだ」

「そうだっ」

「住民をだますのかっ」

その声に
「えー、いえ」ダブルの背広を着た開発会社の幹部が、表情のない顔で応える。「当社のマンションは規制違反ではありません。当社は規制を守って正しくやっております。このマンションは、当初説明したとおり、三階建てであります」

「どこが『三階建て』なんだっ」老人が怒鳴り返す。「うちのすぐ裏手に、崖にくっつけて九階建てをぶっ建てるんじゃねえかっ」

「いえ。マンションの正面玄関は崖の上になりますから、正確に言うと『地上三階・地下六階』です。崖よりも低い六階ぶんは、全部『地下』であります。だから高さ規制には違反しません」

「そんなばかなことがあるかっ」

「そうだそうだ」

「おい市役所、どうしてこんなひどい計画に、建築許可を出したんだっ」

大勢の住民が抗議する。

「えー、市役所としましては」眼鏡をかけた作業服の職員が、マイクに応えた。「えー、正面玄関が崖の上にある以上、地上三階・地下六階として認めるよりないわけで、一度、建築許可を出してしまった以上、役所として取り下げるわけにはいきません」

「ふざけるなっ」

「こんなマンションの建設はやめろっ」

「ルール違反だ！」

「何がルール違反ですか」ダブルの背広の開発会社幹部が、むすっとした顔で言った。「当社はちゃんと行政の指導に従って、こうして説明会を開いて周辺住民への説明を行い、理解を求めている。規制に違反していない以上、うちが買った土地に何を建てようが、うちの勝手なのだが、あんた方にちゃんと説明してやっているだろう」

中年の恰幅のいい開発会社幹部は、次第に言葉の調子を投げやりにしていく。集まった住民たちを見渡して「ふん」と鼻を鳴らした。

「とにかくこうやって説明はした。市役所も来て、違反はしていないと言う。なら問題は何もない。あんた方、周辺住民がこっちの説明を聞いて、理解するかしないかは、そりゃあんた方の勝手だ」

「なっ、何を言うんだ」

「横暴だぞ」

「うるさい！」開発会社幹部は腕組みをすると、威圧するようにそっくり返った。「あんたらが何を言おうが、マンションは建つんだよ」

怒った最前列の住民が、椅子を蹴って開発会社幹部につかみかかろうとするのを、作業服を着た市の職員たちが両手を広げて押し止めた。

「はい、こっちは駄目」

「こっちから入っちゃ駄目」

「なんだこの野郎、お前らどっちの味方だっ」

会場内に、再び怒号が沸いた。

「はいそれでは、説明会はこれで終了します。説明会は住民のみなさんの意見をよく聞いて、ただ今、円満に終了いたしました」ハンドスピーカーを持った市の職員が叫んだ。「はい終わり」

市の職員たちが「はい終わり」「終わり」と住民を制し、開発会社幹部が部下数人を伴って帰ろうとする。

ふざけるんじゃねえ、となおも数人の老人が抗議するが、説明会は強引に幕引きされていく。

その時だった。

公民館の表に白い大型トラックが急停止すると、後部ゲートから黒装束の集団が飛び出し、入り口と窓から説明会場へと音を立てて乱入した。

どだだだっ

突然の闖入者《ちんにゅうしゃ》に、ハンドスピーカーの職員があっけに取られる。無理もない。黒ずくめの集団は全員が戦闘服を着ており、中の一人を除いて、手には黒いサブマシンガンを携えている。

「な、なんですかあんたたちは。説明会は終わりですよ終わり。帰って帰って」

だが、

「――お前たち」

銃を構えて立ち並ぶ黒装束の集団から、ほっそりした女が一歩進み出ると、驚いて固まっている開発会社社員と市役所の職員たちを指さした。

「お前たち、Ｂ型だな」

「な、なんのことだ」

開発会社幹部がのけぞる。

「なんのつもりだ、貴様ら。警察を呼ぶぞ」

「黙れ」

女は黒いサングラスで幹部を睨んだ。

「住民の迷惑をかえりみず、自分のことしか考えず、行政と結託して乱開発を強行する。また一度、許可してしまったからと、自分たちの面子《メンツ》しか考えないその役人根性。まさしくＢ型人間の所業である。万死に値する」

「な、なんだと」
「び——」女はそこでなぜか少し言葉に詰まった。ボディーラインにぴったりした黒の戦闘服の胸が、息を呑むように上下に動いた。
「び、B型は、死ね」
それを合図に、黒装束の集団は演壇に向けてMP5マシンガンを一斉発射した。
ダダダダダッ
ダダッ
ダダダダダダッ
女はポニーテイルをひるがえし、顔をしかめて両耳を押さえた。その両脇を無数の銃弾が通過する。銃声の嵐は数秒間続いた。

「——うっ⁉」

桜庭よしみは、寝ていたベッドから電気ショックでも受けたように跳ね起きた。

物凄い大勢の悲鳴が、突然どこかから聞こえたのだ。頭を後ろから叩かれたような気がした。

上半身を起こすと、顔をしかめて頭を振った。

な——なんだ。今のは。

パジャマ代わりに着ていた白のダンガリー・シャツにショーツのまま、ベッドから立ち上がると部屋の窓を開けた。

品川区・西小山の高台の窓からは、明るい初夏の午前中の街並みが広がる。昨夜の疲れで『仕事もないし――』とふて寝していたよしみは、目をこすりながら見渡した。その手首でリングが鳴った。

チリン

「横浜の方だ……。何が起きたんだろう。とにかく行かなくっちゃ」

お台場・富士桜テレビ。

八階の廊下。

「等々力さんっ」

サブチーフ・ディレクターが、午前中の閑散とした報道フロアを走っていく。両手にFAX用紙を二枚握って手旗信号のように振っている。警視庁記者クラブと、神奈川県警記者クラブから送られてきたばかりの知らせだ。

「等々力さん。大変ですっ。等々力さん！」

ドルルルルッ

白いトラックは、横浜市北部の裏道を、雑木林の枝に接触しながら埃を蹴立てて突進していた。

すでに公民館の襲撃から十五分。銃撃をしてからの撤収・発進には三十秒とかからなかった。

「そろそろ県警の非常線が張られる頃だ」

荷室の中で、細い眼の〈掃除屋〉が言った。

「はい親方」

警察無線を傍受していた〈掃除屋〉戦闘員二号が、振り向いて報告をした。耳にはイヤフォン、床に広げたノートパソコンにはGPS連動のカーナビ画面が表示されている。

「親方。この先の国道16号で、緊急検問です。すり抜けるには、このようなルートが最適です」

警察の無線、検問配置のデータなどは、全て正規の回線経由でこのトラックの通信アンテナへ送られてきていた。キーボードを操作すると、検問をくぐり抜けるピンク色のルートが、画面の地図上にうねうねと表示される。

「よし。運転係へ指示」

「はっ」

戦闘員二号はうなずき、インターフォンで運転台の戦闘員四号へ指示を伝える。

トラックがぐぐっと傾き、床下のエンジンが唸る。進路が変わったことが分かった。

「課長補佐」

〈掃除屋〉は、荷室の向こうを呼んだ。

揺れる窓のない荷室の隅では、黒い戦闘服の女が下を向いて顔をしかめている。幅広のサングラスは外している。

「おい。なんだ、あんた酔ったのか」

〈掃除屋〉は近寄ると、顔を覗き込んだ。

「ほうっておいて」女は唇を噛み締めている。「あなたたちとは神経が違うの」

「そうか」

〈掃除屋〉は鼻を鳴らす。

「まぁ最初は、そういうものだ。じきに慣れる」

「慣れたりしないわ。慣れたくなんかない！」

女は、その辺に転がっていたＭＰ５の空弾倉を拾い上げると、壁に投げて叩きつけた。その手を顔に当て、ううっ、うっと泣き声を上げた。

「うっ。うう――」

「あんたな」

その顔を見下ろし、眼の細い〈掃除屋〉は言う。

「あんた、何か自分が特別に運が悪くて、凄く特殊なことをさせられていると勘違いしていないか」

「――どういうこと？」

「勘違いするな。あんたは今、凄い出世コースのど真ん中にいるんだ。俺は知っているが、現在、中央省庁で事務次官を張っているような連中は、みんな若い時にこういう〈仕事〉をやったんだ。国のために身体を張り命を張った。キャリア官僚なんてものは、みんな優秀さでは差がつかない。実務能力で差がつかないなら、最終的に出世で勝利をつかむのは、あんたみたいに手を血で汚した人間さ」

「――」

「二十年もしたら、国交省に女性事務次官が誕生するかもしれんな。もっともあんたが、それまで生き残っていられたらの話だが」

「――」

荷室前方から戦闘員三号が「親方」と呼んだ。

「なんだ」

「は。〈ダミー標的その二〉へ、間もなく到達します。三分後です」

「分かった」

〈掃除屋〉はかがんで、女の肩を叩いた。

「そろそろ次の〈標的〉に着く。指示を出してくれ、課長補佐」

「――課長補佐はやめて」

「ではなんと呼ぶ?」

「〈首領〉とでも呼べばいいわ」

「いい心がけだ」眼の細い殺し屋はうなずいた。「では〈首領〉。次の襲撃指示を頼む」


神奈川県と東京都の境界に広がる、山林地帯。

深い林を縫うように一本の林道が走っている。

今、その林道の真ん中にバリケードを張り、普段着の人々が多数ひしめいて通行を塞いでいる。

バリケードの前面には横断幕が張られている。赤く大書されている文句は『産業廃棄物処理場建設、絶対反対!』『住民を無視するな』『自然を破壊するな』『造るならよそに造れ』であった。

行政側の係員と工事作業員たちが、工事車両を進入させることができずに、建設予定地の手前で立ち往生させられている。

「バリケードを撤去してください。工事車両を予定地へ入れてください」

係員がハンドスピーカーで叫ぶが、横隊を組んで対峙する住民側は一歩も退かずに怒鳴り返す。

「うるさいっ。自然を破壊するな。美しい山林を汚すな。産廃処理場ならよそへ造れ、よそへ！」

今朝から両陣営は、お互い一歩も譲らずに睨み合いを続けていた。この日がこの地に産廃処理場建設を開始する予定期日であることは、行政の公報を通じて公表されている。周囲にはマスコミの取材車も複数やってきている。

そこへ、工事の車両群の後ろから、林道を白い大型トラックがやってきた。なぜだかバックで進んでくる。後部ゲートをこちらへ向けて、狭い林道をバックで近づいてくるのが奇異だった。

「なんだ」

「どこかの局が、衛星中継でも始めるのか？」

「でも引っ越しトラックだぞ」

取材車両の中には、富士桜テレビのロゴをつけた4WD車もいた。外の騒ぎに、後部座席で現場レポートの原稿を準備していた中山江里が降りてきた。

「何。なんの騒ぎ？」

「変なトラックが、バックしてくるんですよ」

撮影スタッフが指さす。処理場建設のトラブルは、大きな扱いのニュースではなかったので、〈熱血ニューズ〉の取材班は江里と技術スタッフの二名だけだった。

トラックはぐいぐいバックしてくる。マスコミ各社の取材班が道を空けて注目する中。白いトラックは睨み合いのバリケードの手前へ割り込むように停止すると、後部ゲートを開いた。

ばらばらっ
いきなり飛び出してきた黒装束の集団に、各社取材班のスタッフたちは目を奪われた。

「な――何よ、あいつら？」

江里が声を上げた。

黒い戦闘服に身を包んだ集団は、全部で六名。一人を除いて全員が黒光りするサブマシンガンを携えている。しかも銃器の重さを感じさせない、素早い身のこなしだ。

全員が幅広の黒いサングラスで顔を覆っている。

「なんだ」

「なんだ、あいつらは？」

「カメラ。カメラ追って！」

江里が叫ぶまでもなく、各社のＶＴＲカメラが一斉に黒い群れの動きを追う。

「あっ。マイク、マイク」

ただならぬ事態になった、という緊張の面持ちで中山江里が４ＷＤの後席へ走り戻る。レポート用のマイクを座席に置いてきたのだ。その間にも、黒い集団はたちまち対峙する行政側と住民側の間の空間へ割り込んでいく。

「下がれ」

「下がれ、下がれっ」

双方に銃口が向けられる。がちゃがちゃと鳴るマシンガンに驚いた住民たちと係員たちは、それぞれのけぞるように割れて後ずさり、空間をつくった。

「な、なんだあんたらは⁉」

「あなた方はなんですかっ」

「――我々は、〈Ｂ型暗殺教団〉」

銃を構える集団の中から、一人の女が進み出て、黒いサングラスで双方の陣営をねめ回した。

「な、何教団だって？」

「なんだ、あんたたちはっ」

「我々は、力で理想を実現する集団である。自分が正しいと思い込み人の意見を聞かず、自分の都合を他人に押しつけてみんなに迷惑をかける『共産主義の敵』を葬るため、やってきた」

女の言動に、住民側も行政側も、全員があっけに取られて目を丸くする。突然やってきて何を言われたのか、よく理解できないようだ。

「文明社会が機能すれば、産廃物は出る。国民は等しく誰でも廃棄物を出している。出された廃棄物は処理しなくてはならない。自然を愛すれば愛するほど、きちんと処理させなくてはならない。それを、自分の地域の環境が少し汚れるからと、行政の計画した廃棄物処理場を造らせず、よそに造るのはよいがここにだけは造るなというのは自分勝手の極みである。ほかの地域の人々は、どうなってもよいというのか。ほかの地域なら環境が汚れてもいいというのか」女はよほど記憶力がいいらしく、難しいと思われる台詞をよどみなく低い声でまくしたてた。「共同体全体のことを考えず、そのような自分勝手をなんのためらいもなく声高《こわだか》に主張する。自分らさえよければいいとは――お前たち、B型だな」

女は黒いサングラスを、横隊を組む住民たちにきっと向けた。艶やかなグラスの表面に、バリケードを背に隊列を組む普段着の人々が映り込んだ。

がちゃっ

がちゃがちゃっ

女の視線に従うように、あろうことか黒装束集団の携える銃が、一斉に住民側バリケードに向けられた。短時間のあまりの状況変化に、訳も分からず立ち尽くし、のけぞる住民たち。「あ?」「お?」という声しか出ない。

マスコミ取材班も含め、大勢の視線が集中する中。黒装束の女は息を吸うと、低い声で宣告した。

「――び、B型は死ね」

江里が中継用のマイクを手に4WDの後席を飛び降りるのと、激しい銃声が山間の空気を震わせるのはほとんど同時だった。

ダダダダダダッ

ダダッ

ダダダダダッ

5

「おかしいわ。悲鳴が消えた」

よしみは、ちぎれ雲に隠れて第三京浜道路の上空に浮きながら、耳を押さえて首を傾げた。

部屋のベッドで悲鳴を聞きつけてから、とるものもとりあえず、その辺に脱ぎ散らかしていた昨日の服を身に着けて〈出動〉した。しかし、窓から悲鳴のした方角へ飛び出してみたものの、大勢の激しい悲鳴は一度沸き起こったきりで消えてしまった。

事故で負傷者などが出れば、必ずうめき声などが続いて聞こえてくるものなのに……。

よしみは、とりあえず悲鳴の沸いた方角へとさらに飛んだ。

いったいさっきの悲鳴は、なんだったのだろう。これではどこへ駆けつけたらいいのか分からない。

「スーパーガールの〈聴覚〉っていっても、そんなに便利にはできていないからな……。困ったな」

そのまま十分間くらい、空中で右往左往した。一生懸命、耳を澄ましていると、やっと『あふぁわふぁわ』という、意味不明のうめきかつぶやきのようなものだけが聞こえてきた。

なんだこりゃ？

それでも、そのうめきのような声をたどって、雲の切れ目から地上を覗くと、入り組んだ住宅地の中でパトカーの赤色灯が集中して点滅をしている。さらに救急車らしき赤色灯が複数、その場所へ向かって集まっていく。

「あそこかもしれない」

よしみは、昨夜と同じ白のシャツブラウスにジーンズの姿で、雲の切れ間へダイブした。


地上の人に目撃されないよう、気をつけて着地して路地を急ぐと、がやがやとやじ馬らしき声が聞こえてきた。古い一戸建て住宅がひしめく町内の一画に、公民館がある。入り口には〈マンション建設説明会〉という看板が横倒しに転がっていた。

駆けつけた数台のパトカーが入り口前に止まり、手早く黄色い〈立入禁止〉のテープが張られている。警官が押しかけたやじ馬を規制している。

まだマスコミは、どこの社も来ていない。この辺りは横浜市の一番奥、入り組んだ住宅地だ。

「そうだ」

昨日も穿いていたジーンズのポケットに、〈報道〉の腕章を入れたままだった。よしみは取り出して腕に着けると「富士桜テレビですっ」と大声で押し出しよく言い、黄色のテープをくぐった。

背中から「こらこらっ。報道も入っていいとは言ってないぞ！」と怒鳴られたが、構わずに中へ駆け込んだ。

「――うっ」

硝煙の臭いが立ち込めている。尋常ではない煙の濃さだ。目がちかちかする。さらに踏み込んでいくと、広い集会室に出た。私服の刑事らしき人影が数名、白っぽい煙の立ち込める中で動いている。

「おい、どうした、大丈夫か」

声がする。

最初によしみの目に飛び込んできたのは、演台の上とその周辺に倒れ伏した、十数体の人間の身体だった。その中に一つだけ、座り込んで天井を向いている人影がある。刑事が、かがみ込んで「大丈夫かっ」と呼びかけている。

ダブルの背広を着た恰幅のいい中年の男が、放心したように上を向いて口を開け「あふぁわふぁわ」と意味にならないつぶやきを繰り返している。さらに近づくと、よだれを垂らし、座り込んだまま失禁していることがわかる。

うめき声の正体は、これか――

それでは、大勢の悲鳴が一度きりで途絶えてしまった理由は……？　まさか……。

「主任。全員、気絶している模様です」

倒れた人々を見て歩いている若い刑事が、報告の声を上げた。

「気絶です。何か相当なショックによるものでしょう。その背広の男をのぞいては、全員が一度に倒れて気を失った模様です」

「主任」もう一人の刑事が駆け込んできて報告した。「住民の目撃者によりますと、銃を乱射した犯人グループは、去り際に〈B型暗殺教団〉を名乗ったそうです」

「何」座り込んだ男を見ている中年の刑事が眉をひそめる。「〈B型暗殺教団〉――？　あのマスコミを騒がしている愉快犯グループか」

「主任。これを見てください」

今度は、壁一面に蜂の巣のように穿《うが》たれた弾痕を調べていた刑事が叫んだ。

「こ、これは実弾――自動小銃の実弾です。詳しくは鑑識が来ないと分かりませんが、イングラムかMP5か、そのクラスのサブマシンガンです。マスコミで言われているような模擬弾じゃない」

「なんだと。本当か⁉」

「警視庁の特殊急襲部隊《SAT》が、訓練で使っているのを見たことがあります。間違いありません」

「実弾？」

「サブマシンガン？」

刑事たちが、演台の後ろの壁へ駆け集まった。

よしみも思わず、そのあとに続いた。

「見てください。数百発の弾痕が、この壁の上半分に、このように集中してばらまかれている。おそらく犯人グループは、演壇上にいた不動産開発会社の社員たちと市役所職員らの頭上すれすれに、実弾の威嚇射撃を行ったと見られます。これだけの９ミリ弾がまとまって至近距離を擦過すれば、衝撃波はこん棒で殴られるより激しい。一撃で悶絶です」

「むう……」

「やつらがその気ならば、ここに倒れている十一人、全員皆殺しにされていたかもしれません。そうなっていてもおかしくはない」

むう、と主任らしい中年の刑事は唸った。

「世間を騒がすだけが目的の、愉快犯と見られていた〈B型暗殺教団〉が、こともあろうに実弾を――それも何挺ものサブマシンガンを所持して撃ちまくるとは……。やつらには無差別大量殺戮《さつりく》をする準備があるというのか」

「主任。もう一つ住民の証言なのですが」もう一人の刑事が言った。「銃を乱射した〈B型暗殺教団〉のリーダーは、女だったそうです」

「女？」

「えっ、女？」よしみは思わず訊き返してしまった。すぐにまずいと思って「え、あ。あの――」

慌てて口を押さえたが、遅い。それまで現場の様子に呑まれていた刑事たちが、はっと気づいてよしみを振り返った。

「なんだ君は」

「誰だ」

「どこから入った？」

「あ。あの、あたし富士桜テレビ取材班です」

よしみは腕章を引っ張って示すが、

「マスコミを入れていいと許可した覚えはないっ」中年刑事が怒鳴った。「つまみ出せ」

よしみは、たちまち黄色いテープの外側までつまみ出された。

その頃になって、ようやくマスコミの取材ヘリが上空を旋回し始めた。ああ、しまった——とよしみは思った。カメラ付きの携帯を持ってきていれば、今の壁の弾痕はスクープだったのに……！

だがその時。テープの外で歯噛みするよしみの耳を、また遠くの悲鳴が打った。

う、うわぁあああーっ

（なんだ）

よしみは振り向く。どっちだ——⁉

また悲鳴だ。〈聴覚〉が捉えた。

遠くの空から伝わってくる。方角は——北か。北の方角。距離はそう遠くない。丘陵地帯の向こう、神奈川県と東京都の境界の辺りだ。一瞬だが大勢の悲鳴が聞こえ、すぐにやんだ……。

また何かが起きたのか。考える間もなく、よしみはアスファルトを蹴り、身をひるがえして走っていた。やじ馬の群衆を掻き分け、人けのない路地へ出た。

「——イグニス！」

急がなくては。大勢の悲鳴だった。

腕を振って助走した。

チリン
幸い住人たちはみな、公民館へやじ馬に出ている。昼寝する野良猫以外に自分を見る者がないことを確かめ、思いきってジャンプした。

「えいっ」


「等々力さんっ」

東京・お台場。

富士桜テレビ報道センター。

にわかに活気づいた報道センターのオフィスに、また新しい情報が舞い込んだ。

「等々力さん。産廃処理場建設予定地の取材に出ている中山から、緊急連絡です！〈B型暗殺教団〉が出ました。今度は東京都と神奈川県にまたがる処理場建設予定地に現れ、何か訳の分からない主張を並べた上で、住民側に発砲したらしいです！」

電話を置いたアシスタント・ディレクターの一人が、テーブルの間を泳ぐようにして、書き留めたメモを等々力に手渡した。

「住民に発砲？」

「はい」

「怪我人は」

「そこにあるとおり、中山の報告では『倒れた人がたくさん見える』とだけです」

「等々力さん」横にいたサブチーフが指で数えた。「今朝の銀座での事件から数えて、これで〈B型暗殺教団〉による発砲事件は、今日だけで連続三件です」

「ううむ」

「愉快犯にしては、機動力といい、大規模すぎます。連中は何をするつもりなんでしょう」

「産廃処理場建設予定地といえば、確かに今朝、中山を取材にやったが――」等々力は打ち合わせテーブルで、この日放送予定の取材表を繰った。「現地では、早朝から行政側と住民側が睨み合っている。警備のため警察も出ていたはずだな」

「はい。神奈川県警と警視庁のパトカーが何台か、出ているはずです」

メモを手渡したＡＤがうなずいた。

「中山と、直接話せるか」

「それが『これからパトカーのあとをついて犯人グループのトラックを追う』と告げたきり、電話を切ってしまいました。山中なので携帯も無線も通じません」

「なんだと」

「パトカーのあとをついて――？」サブチーフも唸った。「無茶だな。中山は、もうちょっと冷静なやつじゃなかったか」

テーブルの端の席では、背筋を伸ばした雪見桂子が、そのやり取りを大きな目で見ながら「クスッ」と笑った。

東京都西部・神奈川県県境付近。

ドルルルルッ

山中の曲がりくねった林道を、埃を蹴立てて白い大型トラックが突進する。カーブを通過するたび外側へ大きく傾ぎ、白いコンテナの横腹が雑木林の枝をがしがしっ、がしっとこすっていく。

そのすぐ後方から、二台のパトカーが赤色灯をフラッシュさせながら追尾していく。山間に鳴り響くサイレン。さらにその後ろを少し遅れて、一台の銀色の４ＷＤ車が追っていく。

銃撃現場を目にも留まらぬ疾さで撤収した〈Ｂ型暗殺教団〉六名は、トラックを急発進させて逃走に転じていた。警察もマスコミも数多くいる場所で、わざわざ銃撃事件を起こしにやってきたのは不敵としか言いようがなかった。

トラックは林道を逃走した。追跡行が始まった直後は、各マスコミの取材車もパトカーのあとに数珠《じゅず》繋ぎで続いたが、白いトラックの後部ゲートが片側開いてサブマシンガンが発砲されると、次々にブレーキを踏んで列から脱落していった。パトカーも三台が二台に減った。トラックが東京都内方向への林道に入ったと知るや、神奈川県警のパトカーは追跡をやめて帰ってしまった。

警視庁のパトカー二台は、弾丸が当たらぬよう間隔を開いて追っていたが、それでも先頭の一台がついに前輪タイヤを撃ち抜かれてスピンした。ザザザザーッ、と砂利《じゃり》を飛ばしながらガードレールに後部から激しくぶち当たり、白い屋根を見せて鉄柵をひっくり返るように乗り越え、谷側の斜面へ飛び出した。

「うっ、うわぁああーっ！」

その悲鳴を、上空からよしみは聞きつけた。

なんだ……!?

大勢の悲鳴の沸き起こった現場へと急いでいたよしみは、今にも死にそうな悲鳴が聞こえたので、空中で急停止して左手の横――西の方角を見た。

男の悲鳴だ。〈視覚〉が遠くの山の中腹の林道をパッ、パッと拡大する。一台のパトカーが、赤色灯を点滅させたままで急斜面を転がっていく。まるで映画のスタント場面だ。転がる先の谷底には、険しい岩場の渓流《けいりゅう》がある。

「な――」

よしみはそれを見るなり、空中で見えない壁を蹴るようにして向きを変え、谷底へ向けダイブした。加速、亜音速。こんなところで音速は変えられない。下手をすれば衝撃波で崖崩れになる。

（大丈夫だ、間に合う――！）

よしみはさらに頭を突っ込み、急降下して谷底の渓流へ先回りすると、岩場のすぐ上で空中に停止。振り向いて転がり落ちてくる白黒のパトカーを待ち構え、両腕で受け止めた。

「えいっ」

がしぃんっ！

よしみにつかまれ、車体の回転が止まる。

やだ。白のシャツブラウスが汚れる――！　だがほうっておけば、この車は渓流の岩場に激突し爆発炎上しただろう。力を込め、空中へ持ち上げてから、岩場の岸にそっと降ろした。

中を覗くと、悲鳴を上げた警官二人はシートで気を失っていた。大丈夫、打撲傷くらいだ。模範的にシートベルトを締めていたので、助かったのだ。

「いったい、上の林道で何が起こっているの？」

振り仰ぐと、大型トラックのものらしきエンジン音が林道を遠ざかっていく。二台の車が、タイヤを鳴らしてそれを追いかけていく。一台はサイレンを鳴らしている。パトカーが、トラックを追っているのか……？

なんだろう。とにかく行ってみよう。よしみは浮揚し、山の斜面に沿って上昇した。


「警視庁のパトカーが一台、ただ今トラックに銃撃されスピンしましたっ。なおも、もう一台は追いすがっていきます。わたくしたちもいつ撃たれるか、銃撃される危険があります。慎重に間隔を空け、追跡を続けていますっ」

４ＷＤの運転席で、ハンドルを握る中山江里が大声で実況した。両手でハンドルを握り運転しているから、マイクなしの肉声だ。

「反対派住民を銃撃した〈Ｂ型暗殺教団〉は現在、大型トラックでなおも林道を逃走中です。いったい彼らはどのような意図で反対派――痛っ」

舌を噛んだ。

助手席にはＶＴＲカメラを肩に担いだカメラマンが、シートベルトで身体を固定して前方を撮り続けている。林道は車がほとんど通らず、対向車など一台もこないくらい空いていたが、路面の舗装《ほそう》は素晴らしくよかった。たまに石ころを踏みつけて撥ねることはあったが、江里の運転技量でも逃走するトラックとパトカーを追うことができた。

「まったく、こんな山奥まで不必要なくらいいい舗装ねっ」江里はハンドルを回しながら怒鳴る。「道振《みちふり》くん、ちゃんと画は撮れてるわねっ。わたしの声も入ってる⁉」

「だ、大丈夫だと思いますけど」

助手席のカメラマンが、汗を滴らせながらうなずく。若いカメラマンは、産廃処理場の取材で江里についてきた技術スタッフだ。本来は道振というこのカメラマンが4WDを運転する係なのだが、江里に強引に交代させられ、前方のトラックとパトカーを撮るように強要された。番組内ではアシスタント・キャスターのほうが偉いので、仕方ないようだ。

「こんなことなら、運転手を連れてくればよかったです」

「ぜいたく言っちゃいられないわっ。しかしビンゴだわ。こんなにわたしの勘が当たるとはね」

「勘――?」

「何か起きるような気がしたの、この取材。わたしの勘がそう言ったの。だから予定では局の報道記者が取材にくるところを、今朝になって等々力さんに頼み込んで替えてもらったのよ」江里はハンドルを操作しながら笑った。神経が高ぶって、ハイになっている。「スクープだわ。わくわくするわっ」

「でも、こんな無茶苦茶やらなくたって」

「無茶苦茶、頑張らなくちゃ駄目なのよっ。後ろから、ひたひた追ってくる足音が聞こえるのよっ」

「追ってくる足音って――」道振カメラマンは、ＶＴＲを固定したまま後ろを振り向く。「誰も追ってきませんよ。僕たちだけで――う、うわぁっ」

前を向いた道振が悲鳴を上げた。

前方のパトカーが撃たれてスピンした。回転しながらこっちへ迫ってくる。その横を、かすめるように江里のハンドルさばきで４ＷＤの車体がすり抜ける「こなくそーっ」江里が叫ぶ。

「な、なんだ――？」

林道の上空へ出たよしみは、ふいに前方から聞こえた叫び声に、首を傾げた。

「今の声……。江里みたいだったけど。まさか」

ドルルルルッ
白いトラックは、二台目のパトカーを銃撃でスピンさせると、少し走行ペースを緩めた。激しい横Gが緩和され、荷室内は会話できるようになった。

「親方。サーバーの侵入に成功です。〈B型暗殺教団〉の公式サイトは、我々の用意した別バージョンに、差し替えておきました」

揺れる荷室の床にしがみつき、ノートパソコンを操作していた戦闘員二号が、顔を上げ報告した。

「よし」

〈掃除屋〉がうなずく。

「これで〈ダミー標的〉襲撃の段階は、完了だ」

「親方。まだマスコミの車が一台、しつこく追ってきます。どうしますか？」

後部ゲートで銃を構える戦闘員三号が訊いた。

「構わん」〈掃除屋〉は振り向いて命じた。「間もなく、道路封鎖ポイントだ。警察のしつこい追撃に備えて仕掛けておいた、あれを使用する。ただちに用意しろ」

「はっ」

「……ちょっと待って。『あれ』って何――？」

うずくまって支柱にしがみついていた女が、顔を上げて問いただした。気分が悪そうにしているのは、窓のない車体がスラロームし続けた横Gのせいか。あるいはそれ以上に精神的ストレスがひどいせいかもしれなかった。

「ふん。あんたには説明していなかったな。現在、我々の向かっている秘密基地に、警官隊やマスコミを引き連れていくわけにはいかないのでね」〈掃除屋〉はトラックの進行方向を親指で示した。「この林道は、一キロほど先のカーブでオーバーハングの崖下を通る。道路に覆いかぶさっている岩壁には、あらかじめ高性能爆薬を仕掛けてある。我々が通過した直後に、無線操作で点火、岩壁ごと爆破して道路を封鎖する。生意気なマスコミは数百トンの岩崩れで瞬時に生き埋めだ」

「ちょっと待って。そんなこと——」

「追ってくるほうが、悪いのだ」ちっちっ、と〈掃除屋〉は指を立てて振った。「ここで我々〈掃除屋〉の秘密基地を、知られるわけにはいかない」

「でも、爆破って——」

「ものにはなんでも、ほどほどという限度があるのだ。しつこくするとろくなことはない」

爆破用意、と〈掃除屋〉が大声で命じると、戦闘員二号が「了解」と応えて黒いアタッシェケースを開いた。キーボードのついたコントロールパネルが現れる。スイッチ操作で黄色いパイロットランプが点滅を始める。同時にトラックが再び速度を上げた。

ドルルルルルッ

「や、やめなさい」

「おや。では我々の秘密基地へ、テレビ局の取材車をご案内しろというのかね？　そんなことができると思うか〈首領〉。せっかくここまで進めた〈作戦〉が、どうなってもいいのかね」

「う——」


トラックが、崖下の急カーブに進入する。頭上には松の木の生えた巨大な岩の壁が、オーバーハングとなって覆いかぶさっている。カーブの曲率がきつい。トラックはシフトダウンし、もがくように曲がり込む。

ガルルルルッ
その後方約二〇〇メートル、銀色の４ＷＤが急速に間合いを詰めながらカーブへ突っ込んでくる。

トラックの荷室に再び横Ｇがかかり、ぐらりと揺れた。全員が身体を支えようとバランスを取る。

その瞬間、女がダッと壁を蹴ると、黒いアタッシェケースにかがんでいた戦闘員に体当たりした。

「ぐわ」

アタッシェケースが床を滑る。女は手を伸ばして取ろうとする。だが一瞬早く〈掃除屋〉の戦闘服の足が伸び、女を壁際へ蹴り返した。

「――きゃっ」

「いい加減にしろ。あんたキャリア官僚なら判断力があるんだろうっ」

〈掃除屋〉は怒鳴りながら、黒いアタッシェケースのキーボードを叩いた。点滅するパイロットランプが赤になる。同時に腹いせのように、壁にぶつかりもんどりうった女の腹を、また足で蹴った。

「――はぐっ」

どさどさっ、と女の戦闘服の肢体が床を転がる。ポニーテイルがほどけて、黒髪が床に広がる。

「基地に入るまで、そこで転がっていろ。蓮見課長補佐」言い放ちながら、〈掃除屋〉はキーボードのENTERキーを押す。ランプの点滅が止まる。「邪魔者を消す。爆破」

よしみは、山林を縫う林道の上を、低空でたどっていた。うねうねと続く細い道路は、時々、木々や崖などで隠されて見えなくなる。崖にぶつからないよう気をつけて飛ぶと、ようやく前方に疾走する銀色の４ＷＤと、そのまた前方に白いトラックのテールランプが見えてきた。

あれは、富士桜テレビの取材車だ……。4WDの車体に、確かに目玉のようなロゴがある。ではあれに乗っているのは、やはり中山江里なのか。

（あいつ、こんなところでトラック追いかけ回して、何をやっているんだ……？）

空中で首を傾げた瞬間。『──きゃっ』という短い悲鳴をよしみの〈聴覚〉が捉えた。思わず耳を手で押さえる。こ、この声は──⁉

続いて『はぐっ』という苦痛のうめき。女の声だ。誰かに暴力を受け、吹っ飛ばされたような……。この声は──

この声はさっき聞こえた江里のものではない。低いアルト。聞き覚えがある。

──『逆らえなかった』

「まさか」

──『わたしは逆らうことができなかった』

この声は。

「まさか……。理恵子さん⁉」

４ＷＤからではない。今の、理恵子としか思えない声――低い悲鳴とうめきは、前方を行く白い大型トラックからだ。確かにあのトラックのほうから聞こえた。理恵子が乗せられているのか？　いったいどうなっているんだ。

だが、よしみに考え込む時間の余裕はなかった。白いトラックが岩壁のせり出した下のカーブを通り抜けた直後のこと。パッ、と道路の頭上の岩壁に衝撃波が走り、パパッと瞬間的に埃が舞い散った。

と同時に、
ズズズズンッ
山の風景が揺らいだ。

「な――」

よしみは目を見開いた。

ドガラガラグワッ、と地響きを立て、オーバーハングの岩壁がすぐ下の道路へと崩落し始めた。膨大な量の割れた岩石が、壁からずり落ちるように、一斉に奔流となって崩れた。そのまま真下の林道へ覆いかぶさる。幅数十メートルにもわたって埋め尽くす勢いだ。折しもその真下へ、銀色の4WDが止まり切れずに突っ込んでいく。凄まじい岩崩れだ。「止まれ、危ないっ！」

「あ——危ないっ」よしみは空中で凍りついた。江里の車が危ない。

だが4WD車は岩崩れの真下へ突っ込む。運転している者には、何が起きたか分からないのだろう。ブレーキも踏まずに突っ込んでいく。駄目だ、一瞬でぺしゃんこに潰される……！

二秒もない。

よしみはとっさに、空中で両手を前へ突き出した。タンカーや飛行機なら、つかんで押し返すことも可能だが……。だが無数の割れた岩が降り注ぐのでは——こうするしかない。

「フォ、フォース・フィールドっ！」

両手のひらに発生させた反重力場を、よしみは目の前を崩れていく岩石の奔流へ向けて放った。止めなくては。

「と、と、止まれぇっ」

きゃ、きゃあーっ、とようやく江里の悲鳴が耳に届く。頭上から降ってくる巨大な岩石の奔流に気づいたのだ。だが運転操作ではもうどうしようもない。

いったいどうなっているんだ。江里も理恵子さんもこんな山の中で——いったい何をしている。何が起きている……⁉　だが考える暇はない。崩落する岩の質量は、昨日国交省の裏庭で止めた鉄骨の束の優に数十倍だ。よしみは不得手な〈念力〉で、この岩石の奔流を止めなくてはならなかった。

「お願い。止まって。止まれ、止まれぇーっ！」

ドズズズーンンッ
凄まじい地響きが後方で起きると、トラックは〈掃除屋〉の「停止しろ」という指示で林道の真ん中に停車した。

エンジンをアイドリングさせるトラックの後部ゲートから、〈掃除屋〉を先頭に戦闘員たちが降り立った。

「親方。凄い土煙です。いちころでしょう」

「いや――変だ」〈掃除屋〉は、細い眼をさらに細め、林道を完全に埋め尽くした岩石の小山を見上げた。「今の崩落の地響きは――不思議にゆっくりに聞こえた。何か変だ」

「そうでしょうか」

「三号、五号」〈掃除屋〉は、自分のプロの勘を信じる顔になって、手下二名に命じた。「行って様子を見てこい。あのテレビ局の４ＷＤが埋まっているか、見てくるんだ」

同じ頃。

霞が関・合同庁舎。

庁舎ビルの一階奥に設けられた、機動隊警備本部では、身柄を拘束された柄本たち取材班四名がまだ事情聴取を受けていた。

「いい加減に、解放してくれ」

窓のない取調室では、部屋の隅に食べ終わったカツ丼のどんぶりがいくつも重ねられている。ほかのメンバーとは別々にされた柄本は、テーブルの向こうの係官に訴える。

「もう捕まってから一昼夜以上じゃないか。こんなに拘束して調べるなんて、ひどいじゃないか」

「うるさい」

取り調べの係官は、柄本が昨日、正門の警備詰め所の機動隊員をだました上で侵入したと聞かされていた。

「うちの隊員をだまくらかして侵入するとは、細いくせに太い野郎だ。きっとよそでもいろいろやっているに違いない。徹底的に締め上げてやる」

「そ、そんな」

「いいか、若いの」係官は、机の上にずいと乗りだした。「お前は悪い時に捕まった。実は明日の朝、ここの庁舎一階の見学者ホールを会場に〈高速道路効率化推進委員会〉の緊急シンポジウムが開かれることに決まったのだ。〈推進委員会〉のメンバー全員はもとより、学識経験者も一般国民も大勢が詰めかける。我々機動隊は『警備を厳重にせよ』と上層部から命じられている。ここでお前らを簡単に解放したら、仕事していないように見えるだろうが」

「そんなこと言ったって」

「うるさい。だから目いっぱい絞らせてもらうぞ。今夜も泊まりを覚悟するんだな」

「そ、そんな」

東京都西部・奥多摩湖に近い林道。

大規模な崖崩れで、道路が埋没している。その谷底を見下ろす急カーブだった場所には、人間よりも大きな岩石によって小山が出現していた。

「何か、見えるか？」

立ち込める土埃の中を、黒装束の戦闘員二名が岩石を乗り越えるようにして登っていく。と、小山の頂上へ先にたどり着いた戦闘員が「おい」と声を上げた。

「おい、親方を呼んでこい。車が埋まってない」

〈掃除屋〉があとから小山を登ってきた。岩石が積み上がるようにしてできた小山の中央部分が、なぜか噴火口のような円形に窪み、低くなっていた。土埃をかぶった4WD車が、腰の高さまで土砂に埋まって止まっている。窓ガラスは割れているが、損傷はそれほど受けていない。

「これは、なんだ――?」

〈掃除屋〉は、不可解なものを見たように、細い眼をさらに細くした。

「親方。三人います。気を失っています」

車内を点検した戦闘員の一人が、報告した。

「運転席と助手席、それから後席ドアを半分開いて、こいつが倒れていました。三人とも同じ〈報道〉の腕章を着けています」

戦闘員はサブマシンガンの先で、白いシャツブラウスを茶色く汚した報道記者風の女の子の上半身をひっくり返した。仰向けにした顔を覗き込んだ。

「こっちも気を失っています。こいつだけ、外からドアを開けようとしていたみたいに見えますが――変ですね」

〈掃除屋〉と戦闘員たちは、まさか車を助けようとしたスーパーガールがフォース・フィールドの使い過ぎで力尽き、中の二人を救出しようと後部ドアを開けかけたところで気を失って倒れたのだとは、想像もしなかった。

「とにかく運べ」〈掃除屋〉が指図する。「秘密基地へ運んでから、あとで始末する」

「親方。ここで殺《や》っちまったほうが簡単ですが」

戦闘員の一人が、サブマシンガンをジャキンと鳴らして言う。三人運ぶのが、面倒くさそうだ。

「いいから運べ。ここで殺すと、あの女課長補佐がまた錯乱して、いうことを聞かなくなる」

「はぁ」

「せっかくここまできた〈作戦〉だが、あの女に最終段階を仕上げてもらわないと、我々が本当に狙う〈標的〉は始末できない。トラックに運べ」

「あんたの望みどおりだ。殺していないよ」

トラックの荷室の床に、〈報道〉の腕章を着けた若い女二人と、カメラマンらしき男が気を失ったままで運び込まれ、転がされた。手足はすでにロープで縛られている。

「――――」

戦闘服の女は、ポニーテイルのほどけた背中を〈掃除屋〉に向け、荷室の隅にうずくまっていた。

「テレビ局の連中らしい。こいつらは運がいい。三人ともかすり傷だ。見るか」

「いいわ」

女は背を向けたまま、頭を振る。

「なぁ、あんた。課長補佐」〈掃除屋〉は女に歩み寄ると、うつむく肩に声をかけた。

「あんたはまだ何か勘違いしているな。我々は仕事人の集団だ。悪魔ではない。悪魔に雇われてはいるがね」

「――」

「無駄な殺生《せっしょう》を、するつもりもない。あんた、我々がマンション建設の不動産会社や市役所の役人や産廃処理場反対派の住民たちを、本気で皆殺しにするとでも思っていたか？」

「――」

「〈ダミー標的〉を襲った目的を、もう一度、思い出してもらおう。今日の二度の襲撃は、我々〈B型暗殺教団〉が『みずから信じる教義のためには体制側だろうと庶民側だろうと構わず、無差別に銃を向ける』という『事実』を世間に知らせるためだ。そのために、不動産会社も反対派住民も、両方撃った」

「――」

「あそこに今朝から転がしてある甘っちょろい兄ちゃんたちでは、まだ礼儀正しい民衆の味方みたいなイメージがあったんでね。共産主義復活を目指すとはいうものの、民衆の味方みたいなイメージのある〈B型暗殺教団〉が、明日いきなり〈高速道路効率化推進委員会〉のメンバーを皆殺しになどしたら、変だろう。世間から違和感を持たれる」

「――」

「世間から疑われれば、雇い主に累が及ぶ。我々はイメージ戦略を取らなくてはならない。だが、たかがイメージ戦略のために、そんなにたくさん殺す必要はない。実弾の詰まった武器をたくさん持っていること、ぶっぱなす気概があることを誇示すれば足りる。そのくらいの分別は我々にもある」

「――」

「と、いうわけで」〈掃除屋〉は女の肩を叩いた。

「あんたには、いよいよ〈作戦〉の仕上げとして、『最終段階の工作』を遂行してもらわねばならない。いや、本来あんたが現場責任者として指揮を執っている〈作戦〉なのだから、俺がこう言うのもおかしいのだが……。だがこれから国交省へ出向いて工作をするのは、あんた一人だ。一人の作業になる。気がくじけて、遂行できませんでしたとか言われたら、道路族の先生方――いや日本の道路建設業界に関わって働く三十万人に、明日がなくなるんだ」

6

「――わたしは」

　女は、トラックの荷室の前方の隅で、うつむいたまま肩を震わせた。

「……うう」

　それを見下ろす〈掃除屋〉。

　背後から戦闘員三号が「縛り終えた人質はどうしますか。場所を取ります」と訊いてくるが、眼の細い殺し屋は「隅に寄せて、目障《めざわ》りだから毛布でもかぶせておけ」と命じる。

「さて。こんなところでぐずぐずしてはおれん。トラックを出発させよう。基地までは、すぐだ」

「わたしは……やっぱり」

　女がそう言いかけた時、〈掃除屋〉の戦闘服の胸ポケットで振動音がした。殺し屋の親玉は、自分の携帯を取り、耳に当てた。

「はい――はい。ちょうどいいところでした」低い声で通話の相手に応え、殺し屋は床にうずくまる女に携帯を差し出した。「課長補佐。いや、〈首領〉。あんたにだ」

「……？」

女が受け取ると、電話の向こうで興奮した男の声が『よくやった、蓮見課長補佐』と笑った。

「総括……審議官」

『テレビの臨時ニュースを見ていたぞ。〈ダミー標的〉を二カ所とも、見事に襲ってみせてくれたではないか。さすがだな、蓮見くん。これで世間の目は、完全に君たち〈B型暗殺教団〉を共産主義復活のためならなんにでも襲いかかる本当の狂信的テロ集団だと評価するだろう』

はっはっは、と電話の向こうで初老のキャリア官僚は狡猾そうに笑った。

「――審議官。わ、わたしは……」

『いや蓮見くん』審議官は電話の向こうで遮った。『いくら気丈でも、君は女性だ。そろそろ、ぐらぐらしだす頃ではないかと思ってね。それで失礼ながら〈励ましの電話〉を入れさせてもらったというわけだ。分かるかね』

話し声は終始明るいが、たたみかける声の中に情けや容赦のような温かみは、含まれていなかった。電話の向こうで総括審議官は、女に念を押した。

『蓮見くん。みんなが今、君に期待している』

「……期待?」

『分かっているだろう。君は、仕事がなくて明日にも倒産するかもしれない中小の土建業者の人たちを思ったことがあるかね。〈高速道路効率化推進委員会〉というこの世のガンが、マスコミの軽薄な応援をバックに、今、彼らから生活の糧《かて》である仕事を奪い去ろうとしているのだ。道路を造るな造るなと、ヒステリックにわめき立て、あるべき仕事を片っ端から潰しているのだ。こんなことが許されていいと思うか。我々は道路行政を司《つかさど》るキャリア官僚として、飢え死にしていく建設企業や個人をほうっておいて、いいと思うか。何もしないでいていいと思うか』

「……」

『君は、自分がこれから人殺しになるのではないかと、恐れているのではないかね。君のその気持ちは痛いほどよく分かる。よく分かるよ。だが思い出してみたまえ。一方では〈高速道路効率化推進委員会〉のせいで、土建業界では罪もない人々が毎年二千人余りも自殺に追いやられているのだ。彼ら二千人を殺しているのは誰だ?〈効率化推進委員会〉だよ。あの憎き音羽文京だ。やつこそが殺戮者なのだ。やつを止めない限り、これからも人は死に続けるのだ。止められるのは蓮見くん、君しかいないのだ!』

「……」

『蓮見くん。聞いているかね』

「……はい」

『さぁ、仕事をしたまえ。打ち合わせたとおりの〈作戦〉最終段階の仕上げだ。我々は別に君に、音羽文京を撃って殺せと頼んでいるわけではない。君のすることは簡単だ。ある物を合同庁舎の見学者ホールに置いてくればいいのだ。それで全ては終わる』

「……」

『あとは、爆弾がやってくれる』

「……」

『犯行声明は〈B型暗殺教団〉として出す。全てが吹っ飛んだあと、君は何も思い悩まず、今までどおりに道路局で仕事を続ければいい。それともだ――』審議官は、弁舌をふっと緩めて冷めた口調になった。『それとも君は、〈作戦〉を放棄して国交省をやめるかね？』

「……！」

女は気持ちを見透かされたように、目を見開いて絶句した。

『やめてどうする、蓮見くん。失礼だが君の身上書の内容では、民間企業はどこも採用しない。東大法学部を出て、今さら街中のコンビニや弁当屋でアルバイトをするのかね？　そんなことが君にできるか。できはすまい。君は東大卒キャリア官僚だ。自分が今までしてきた努力を、無駄にするような愚かさは持ち合わせてはいない』
「……わたし」
『やってくれるな。蓮見課長補佐。いや、課長』

女は、思い詰めた顔で携帯電話を置いた。

「……」

「運転席へ行くといい。〈首領〉」その横顔に、〈掃除屋〉が言った。「トラックを止めてやろう。前の方に乗るんだ。少し風に当たるといい」

女は黙ってうなずき、後部ゲートへと歩いた。トラックが減速する。女は、毛布をかぶせられて隅に転がされた人々をちらりと見やったが、何も目に入らない様子だ。そのまま放心したような顔で、停止したトラックの後部ゲートから、戦闘員五号に案内されるまま降りていった。

「庁舎へ行くでしょうか。あの女」

外の道路へ降りていく背中を見送り、戦闘員二号が言った。

「行くだろう」〈掃除屋〉も腕組みで見送りながら、うなずいた。「これまで俺の見てきた若いキャリア官僚たちは、こういう状況になると、逆らわずに最後はみんなそうした。女は初めてだが」

トラックが再び動き出すと、〈掃除屋〉は足元に転がる気絶した五人を見下ろした。

「ところで、こいつらは邪魔だな」

「は」

「捨てていけば、足取りがばれる。基地に入ったら、とりあえず地下監禁室に放り込んでおけ。始末はあとでする」

「はっ」

「しつこく追ってきたマスコミは、どこの社だ」

「富士桜テレビのようです」

「ふん。あの軽薄なテレビ局か――む？」言いかけて、殺し屋の親玉は毛布の下に転がる白のシャツブラウスの背中に目を留めた。何かに気づいた表情だ。「おい、この小娘をひっくり返せ。顔を見せろ」

「は」

戦闘員が足で蹴って仰向けにし、呑気に眠りこけているような『小娘』の顔がこちらを向くと、〈掃除屋〉は細い眼をさらに細めた。薄い唇が歪められる。睨んだようにも、笑ったようにも見えた。

「――ほう」

「等々力くん、等々力くん！」

港区お台場・富士桜テレビ。

すでに、山間の銃撃事件が起きてから二時間余りが経過している。見下ろす東京湾の海面が、午後の日を反射している。

「等々力くん！」

八階の廊下を走ってきた、これといって特徴のない顔の四十男が、報道部オフィスにばたばたと駆け込んだ。普段着が多いスタッフの中で、一人だけ背広。〈熱血ニューズ〉の局側プロデューサーだ。

「等々力くん。困ったよ、等々力くん」

「なんですか」

打ち合わせテーブルで、等々力猛志が電話の受話器を置く。誰かと会話していたのが、ちょうど一区切りついたという格好だ。

等々力の背中では、報道部のスタッフたちが駆け回っている。「取材ヘリの映像はまだか⁉」「林道が崖崩れで寸断されたらしいぞ」「中山との電話、まだ繫がらないのかっ」と怒鳴り声が飛び交う。

「困ったことになったよ、等々力くん」

局プロデューサーは、打ち合わせテーブルに押しかけて座り、汗を拭いた。

「例の、音羽文京氏のシンポジウムの件だがね」

「ああ。それならたった今、当の音羽氏と話していたところです」

等々力は手元の電話を指さした。

「〈効率化推進委員会〉の方針として、例の〈海ほたる〉の修理の件も含め、今後全国全ての高速道路の新規建設工事を『即時中止・凍結』させようと決めたらしい。そのことを、明日の朝のシンポジウムで国民に広く発表する。歴史的大改革の始まりです。道路建設業界からは抵抗があるでしょうが、全国のマスコミを会場へ入れて取材させれば、世論が味方します。我が〈熱血ニューズ〉も明日は当然――」

「それが、できんのだよ。取材が」

「――なんですと？」

「原因は君の片腕の、柄本くんだよ」

「柄本が？」

「彼が昨日、国交省の正門の機動隊を悪質な手口でだまし、合同庁舎に不法侵入して強行取材しようとした。国交省はそれについて怒っている。全マスコミのうち、我が富士桜テレビだけを、当分の間、出入り禁止にすると通告してきた。明日は取材できん」

「なんですと……」

「これだけ重要なシンポジウムの取材で、全社のカメラが入るというのに、うちだけが入れないとなると……。言いたくはないが、責任問題になるよ」

ううむ——と等々力は腕組みをした。

「等々力くん、上層部に対してね、私は君をかばいきれないいんだよ。こういうことになっちまうとね。やばいよこれは、君」君、君とプロデューサーは等々力を指でさす。

「う、ううむ」

「とにかく、今夜は通常どおりに〈熱血〉をオンエアすると上層部には取りつけてきたが……。そのあとは君の進退も含めて、考えておいてくれ」プロデューサーは、立ち上がりながら頭を抱えた。「ああっ。とにかく私は、ひどいとばっちりを受けているよ。どうしてくれるんだ。うちの局は、ほかのニュース番組もワイドショーも全部、今後しばらく合同庁舎へ入れんのだよ！」


東京都西部・奥多摩湖に近い山中。

林道のトンネルに入ったトラックが、〈工事中〉の黄色い標識を無視して、分岐したもう一本の細いトンネルへ入る。ガルルルッ、とエンジン音が反響する。削り取った岩壁だけの、まるで建設の途中で放棄されたような分岐路だ。

ライトを点けてトンネルを進んだトラックは、行き止まりになった壁の前で停車した。ドルルルとアイドリング音の響く中、戦闘員一名が素早く飛び降り、地下水の滴る剝き出しの岩壁のどこかで隠しパネルを操作した。壁のどこかで大出力の油圧装置が目覚め、作動した。トラックの黄色いライトに照らされて、行き止まりの岩壁が左右に開いていく。

外側は天然の岩壁に見えるが、左右に開く巨大な扉は、内側がステンレススチールの二重構造だ。トラックが奥へ入ると、トラックが再び車体を震わせ、開口部へ進入する。トラックが奥へ入ると、後方で巨大な二重扉は閉じられる。ドスンと地響きを立てるようにクローズする。暗闇の中でディーゼルエンジンが切られると、急にしんと静まった。

赤い非常灯のような照明が、ぼうっと点灯した。トラックの停まった空間を照らし出した。

「ここは、何代か前の戦争好きの首相が、自分の山荘に近い山中に極秘に造らせた核シェルターでね。二重の気密扉を閉めてしまえば、誰にも侵入はできない。入り口は戦車砲でもぶち破るのは困難だ」

トラックの後部ゲートから、女を導いて降りながら〈掃除屋〉が説明した。

「その首相はもうこの世にいないが、道路族の派閥の大ボスをしていた。遺されたこの施設は、現在、我々が日本の道路建設業界の発展と秩序維持のため活用している。おっと、足元に注意しろ」

「ここが――秘密基地……？」

見回す女に、〈掃除屋〉はうなずく。

「そうだ。我々〈掃除屋〉の――現在は暫定的に〈B型暗殺教団〉の秘密基地というわけだ」

トラックの着いた荷下ろし場のような空間から、〈掃除屋〉が壁のドアを開くと、内部に絨毯敷きの廊下が現れた。

「内部は、ホテルのワンフロアくらいの広さだ。居住区に通信設備、武器庫、格納庫、人質を監禁する部屋、なんでも揃っている。あんたの部屋も用意してあるから、着替えるんだな」

「……」

「シャワーを浴びて一息ついたら、ジープを出して下の村まで送らせよう。あんたはそこから、一人で霞が関へ戻るんだ。夜には帰り着ける」

「……」

「部屋はあっちだ。案内させようか〈首領〉？」

「いい。一人で行くわ」女は唇を噛み、殺し屋の案内を断ると、黒い戦闘服に包まれた脚を絨毯敷きの廊下へ踏み入れた。「支度《したく》ができたら呼ぶわ」

「そうか。ところでな〈首領〉」

廊下を行く女の背中に、殺し屋は問うた。

「あんた、何か我々に対して、隠していることはないか――？」

「なんのこと」女は長い髪をひるがえして、殺し屋を睨んだ。「隠していることなんて、いっぱいあるわ」

「そうか」〈掃除屋〉は廊下の壁にもたれ、腕組みをした。「ふん。それもそうだな」


「それで、プロデューサーはなんと」

富士桜テレビ・報道センター。

打ち合わせテーブルで、サブチーフが等々力と小声で話し合っている。

「うむ。今の話では、国交省が『合同庁舎出入り禁止』を解かない限り、我々は〈熱血ニューズ〉を終了させられる可能性が高い」

「そんな」

「プロデューサーが言うには、国交省がこのような措置を取った場合、ほかの省庁も横並びで富士桜を出入り禁止にする危険性がある。そうなったら報道機関としてこの局は立ち行かない。上層部としてはそうなる前に、私と〈熱血〉を切り、中央省庁全体に恭順の意を示す心積もりらしい」

「それではまったく、お上《かみ》の言いなりではないですか」サブチーフはいきり立つ。「それはおかしい。上層部は本当にそういう方針なのですか。あのプロデューサーが、自分の保身のために等々力さんだけを切ろうとしているんじゃないですか」

「ううむ」等々力は腕組みをして、唸った。「しかし、不法侵入してしまった責任が私にあることは、確かだ……」

そこへ、アシスタント・ディレクターの一人が「報告します」と駆け込んできた。

「サブチーフ、いますか」

「どうした？」

「いえその。映像編集室のエンジニアから『報告したほうがいいんじゃないか』って言われてきたんですが」

「何をだ」

「例の〈B型暗殺教団〉の、公式サイトのことです。今日の午後から、どういうわけか急に内容が過激になったとかで——誰かをぶち殺すとか、名指しで宣言しているそうです」

「何」

「何」

報道部・映像編集室。

「これを見てください」

ＡＤに報告をさせたのは、昨日、柄本と等々力に〈Ｂ型暗殺教団〉の公式サイトの存在を教えた、あのエンジニアだった。

「今日の連続銃撃事件が起きてから、公式サイトの内容ががらりと変わってしまっています。正確に言うと、三件目の産廃処理場建設予定地の事件の直後です。あ。一応、報道部の一員として、何かのお役に立つかと思って見ていたわけですが」

「いいから、続けたまえ」

立って見ている等々力が、うながした。

「はい。では」エンジニアがキーボードを操作すると、編集室備えつけのパソコン画面の中で〈Ｂ型暗殺教団〉公式サイトのトップページが動き出す。

「今朝までは、いつものように公衆道徳の大切さを説いて、全国の中高生なんかを相手に比較的なごやかにやっていたのですが……」

カチャカチャッ
次のページに移動する。

「これです」

「む」

「え」

等々力とサブチーフが、揃って声を上げた。

『犯行予告声明』

毛筆体で、ページの真ん中に大書されている。

メッセージの本文が、その下に続く。

『我々〈B型暗殺教団〉は、これまで市中で活動を行い、公衆道徳の大切さを世にアピールして共産主義の復活を目指してきた。しかし今、我々は気づいた。生半可な戦いでは、共産主義達成の邪魔になるわがままなB型人間を排除しきることは困難だ』

「何か、微妙に違うんですよ」

「どう違うんだ」サブチーフが訊く。「血液型B型の人間が自分勝手で共産主義に向かないっていうのが、こいつらの主張なんだろう？」

「それは変わっていないのですが……。これまでの人のよさっていうか、遊びみたいなものが、今のページからは感じられません。これじゃあまるで」

「まるで、なんだ」

「本物のテロリストが書いているみたいです」

ページがスクロールする。

『我々は、本日行った二件の襲撃のように、大規模な攻撃行動を展開してこの世からB型を抹殺し、共産主義革命を目指すことに決した。共産主義とは、すなわちワーク・シェアリングである。仕事をみんなで分かち合い、業界みんなで共存共栄するのが共産主義の理念である。仲良く秩序を保っている業界に〈競争原理〉の名で〈効率化〉など持ち込み、コストを下げ賃金を下げようとするのは資本主義の一番よくない性癖である。我々はこれを許さない』

「なんか、くどいな」

「そうでしょう。楽しさがありません。でも、ここだけは過激で凄いですよ」

『次に狙う〈標的〉を発表する。我々の次の〈標的〉は、作家の音羽文京である。音羽文京はB型で、〈高速道路効率化推進委員会〉のリーダーとして〈効率化〉の名のもとにたくさんの人々から仕事を奪おうと画策している。B型だから、他人の意見を全然聞かない。自分のやっていることが絶対正しいと信じ込み、良識ある人々がいくら説得しても悪しき〈効率化〉をやめようとしない。また、公衆道徳をまったく守らず、どこでも煙草を吸うという極悪人である。万死に値する。明日の〈緊急シンポジウム〉が無事ですむと思うな』

「音羽さんを、襲う――？」

等々力が眉をひそめた。

「名指しで宣言していましたね」

「うむ」

映像編集室を出て、等々力とサブチーフは廊下を報道センターへと戻った。

「等々力さん。音羽文京氏は、あの〈犯行予告声明〉を見たらどうするでしょう？　明日の〈緊急シンポジウム〉が、無事ではすまないって……」

「ううむ。あの人の性格からして——断固シンポジウムを開催するだろう。絶対に中止にはしない」

「大丈夫でしょうか」

「ううむ——〈B型暗殺教団〉は明日の〈緊急シンポジウム〉を襲うというが……。会場は霞が関の合同庁舎だ。機動隊の分遣隊が常駐して警備している場所だ」

「そうですね」サブチーフはうなずく。「セキュリティーは万全でしょうし——トラックで乗りつけて銃撃といったって、簡単にはいかないでしょう」

「考えられる危険性としては、爆弾だが」

「はい」

「会場内の爆発物のチェックを厳重にすれば、それも難しいだろう」

「等々力さん。とりあえず明日の朝は、合同庁舎の外側に取材班を待機させます。私が行きます」

「あ、ああ」等々力はうなずいたが、立ち止まって考え込んだ。「しかし……」

「等々力さん。まだ番組が潰されると決まったわけではありません。局の上層部がぐうの音《ね》も出ないような、物凄いスクープを取ればいいんでしょう」


東京タワーの向こうに、夕日が沈んだ。

騒然とした一日が終わりに近づく。

東京の中心部も、たちまち夜に包まれていく。

制服警官が五十メートルおきに立ち並ぶ歩道を見下ろし、霞が関合同庁舎はガラスの塔のように光って、夜風の中にそびえている。

合同庁舎一階のスペースは、その大部分が〈見学者ホール〉で占められている。五〇〇人を収容するそのホールは、通常は地方から観光バスなどで上京した見学者の団体に、高速道路やダムや橋や河口堰が国民にとっていかに必要か、映像を交えて説明することに使われている。

劇場のような〈見学者ホール〉では今、翌朝の〈高速道路効率化推進委員会・緊急シンポジウム〉に備えて、厳重なチェックが行われていた。常駐する機動隊員たちによって、演壇から舞台裏の装置から、はては観客席の座席のクッションまで全てはぎ取られ、入念極まる爆発物チェックが施されていた。〈B型暗殺教団〉の公式サイトに出された『犯行予告声明』を受けての措置であった。

「観客席のシートまで、すべてひっぺがして調べました。爆発物のようなものは、今のところ発見されていません。我が部隊が徹夜でホールを見張りますから、不審者は絶対侵入できません。このホールには鼠《ねずみ》一匹入れません」

機動隊の指揮官が、見回りに訪れた道路局の官僚に敬礼して報告した。

「そう。ご苦労様」

白い服の女の官僚は、微笑してうなずいた。

「頼むわ」

「はっ」

女は〈見学者ホール〉を歩み出ると、一階フロアの警備員詰め所や機動隊警備本部の前を通り過ぎ、奥の給湯室へ立ち寄った。いつの間にか後ろ手に何かを持っていた。

「あ。課長補佐」

給湯器の前で明日の準備をしていた若い一般職員が、笑って迎えた。

「見回りですか」

「うん。そう」

「しかしですね。あの音羽文京も国交省の中で道路建設反対のシンポジウムをやるなんて、まったく大した神経ですね。国に挑戦しているつもりですかね」

「セキュリティーが、ちゃんとしているからでしょう」女は給湯室を見回し、明日のシンポジウム参加者のために用意されたコップや水差しに目をやった。

「演壇用ね、これ」

「はい」

「音羽文京氏が憎いからって、毒なんか入れちゃ駄目よ」

「はっはっは、そんなことはしません」

職員が背中で笑う隙に、女の手が素早く動いた。ことりと音がしたが、職員は気づかなかった。


夜が更けていく。

十四階建ての合同庁舎は、光があふれる一階部分をのぞいて、次第に灯が消える。光の塔は、ところどころぽつぽつと蛍の留まった、黒い墓石のようになっていく。

「――」

十三階の道路局オフィスは、天井灯がほとんど消され、閑散としていた。人けのない暗がりで独り、白い服の女は窓を背にした席に座り、デスクに両肘をついていた。

「――う」

小さくうめいた。ううっ、といううめきは、次第にかぼそい泣き声に変わっていく。

デスクの上で握り締めた白い拳の上に、ぽたりと涙が落ちた。

「う……く？」

だが次の瞬間、女はハッと顔を上げる。近づいてきた人影に、気づいたのだ。

「誰」

「出前です」

暗がりの中から歩み出た影が、言った。

白い調理服を着た長身の男だった。明かりの点いていないオフィスに、コーヒーの香りが漂った。

「機動隊の人たちが、徹夜になるからって――コーヒーの出前を頼まれました」

「ここは関係ないわ」女はデスクにうつむいて、出口を指さした。「出ていって」

だが、調理服の男は、コツ、コツと靴音をさせて近づくと、女のデスクに銀色の盆を置いた。蓋付きの小さな盆だ。

「これ、よかったら」

言いながら、男はレストランのデザートに使うような銀盆の蓋を取った。円いケーキが一つ、真ん中に載っていた。

「……頼んでないわ」

「試作品のケーキなんだ」

「……」

「このケーキ――ん、どうしたんだ？　その顔」

求名護は、ケーキの説明をしかけて、訊いた。デスクに肘をつく女の頬に、痣《あざ》を見つけたのだ。

「何かにぶつけたのか」

「……なんでもない」女は頭を振る。「あなたには関係ない」

「心配くらい、させてくれ」

「……」

「心配もしちゃ駄目か？」

すると女は、硬い表情のままかすかに鼻をすすった。小声の早口で「この傷なら」と言った。

「この傷ならなんでもない。道路の現場を見回っていて、鉄骨にぶつけた。課長補佐になると建設現場の視察も入るの」

「そうか」

「人の顔、じろじろ見ないで」

「すまない」求名は、素直に頭を下げた。「あの。実はこのケーキだけど、君に食べてほしくて持ってきたんだ。俺が作った」

「……？」

「今の店で初めて、新作ケーキのプロデュースを任されたんだ。柚《ゆず》のリキュールを使ってる。君に一番に、食べてみてほしかったんだ」

女は何も言わず、置かれた銀盆を見た。

白っぽいクリームに、黄色い果実ジャムの筋が優しいウェーブを描いている。

その横顔に、男は言う。

「君が造っている橋やトンネルや高速道路とは、とても比較にならないけれど……。ちっぽけだけど、俺がこの道に入って、初めて自分で造った〈作品〉なんだ。将来自分の店を持つための、第一歩さ」

「いらない」

女は頭を振った。

「甘いものなんか食べている気分じゃないの」


しばらく、沈黙があった。

「――理恵子」

求名護は口を開いた。

「俺たち、やっぱり駄目なのかな」

「あたり前でしょう。ばかを言わないで」女は強く頭を振った。「あなたに、何ができるというの」

「――」

「わたしは、ここにいるわ。ここにいるしかない。ここで仕事をするしかない」

女は、男を見ずに、何もない暗がりに向かって話した。

「わたし――わたしには家族がなくて、誰にも必要とされなくて、勉強しかできることがなかった。友達もいなくて、成績表と先生に褒められることだけしか、嬉しいことはなかった。大学を出て中央省庁に入って、キャリアとして仕事をする以外に、誰かがわたしを褒めてくれることなんかない。

人間は、つまらないことでも人から何か褒めてもらわなければ、やっていられないわ。人から認めてもらわなければ、寂しくて、自分が生きていてもしょうがないような気がしてきて、おかしくなってしまうわ。わたしは――わたしにはこれしかない。キャリア官僚として仕事していくしか、生きていく方法がない」

言い切った女の、言葉の後半は自分自身に向けられているかのようだった。

「……理恵子」

「もうわたしにつきまとうのはやめて。住んでいる世界が違うのよ。そのくらい分かるでしょう?」

「そ……そうだよな」

求名護は、唇を噛んでうなずいた。

「やっぱり、駄目だよな。君はこんなに偉くなっちまったし……。今さら『ケーキ屋のおかみさんになってくれ』とか、とても言えないよな」

「ばかなこと言わないでっ！」蓮見理恵子は怒鳴ると、オフィスの出口を指さした。「出ていって」


白い調理服の背中が廊下へ消えると、入れ替わりに声がした。

「よく言った。蓮見次期課長」

「――？」

女が振り向くと、いつの間に現れたのか、銀髪の官僚が道路局企画課オフィスの後ろの壁にもたれて、こちらを見ていた。

「……総括審議官」

「ここで聞かせてもらったよ。君の〈決意〉をね。いや、大したものだ。私の見込んだとおりだな」

総括審議官は、ポケットに手を入れて蓮見理恵子の席に歩み寄った。デスクに肘をつく女の肩に、手をかけた。

「今の男——知り合いかね？」

「なんでもありません」

　女は頭を振る。

「そうか——ところで」銀髪の官僚は、何気ないふうに訊いた。「蓮見くん。例の物は仕掛けてきたかね？」

「……」

「〈作戦〉最終段階の、全てを片づけてくれるあれのことだ。セットの仕方は、〈掃除屋〉に説明を受けただろう」

「……はい」女はうなずいた。「仕掛けました」

「起爆装置のタイムセットは？」

「三分間です。起動してから」

「よろしい。明日の〈緊急シンポジウム〉には、国交省側オブザーバーとして、私も君も会場内へ出席しなくてはならない。巻き添えを食うのはごめんだからな」官僚はうなずいた。「三分あれば、脱出できる。なぁに、手洗いにでも立つというように、自然に会場のホールを出ればいいのだ。爆発は半径一五メートル以内の全ての人間を殺傷するが、ホールの外までは及ばない。あれはうまくできている」

「……」

「ところでな、蓮見くん。君の〈B型暗殺教団〉だが。今日の昼間の活躍を報道で知って、〈九三四二委員会〉の先生方も、我々の先輩である道路公団総裁も、大変お気に召されてね。何せ相手がB型だというだけで、無差別に抹殺できるのだ。こんなに都合のよい刺客はこれまでになかった」

「……」

「ということでだ。明日の〈作戦〉が滞りなく成功したあとも——成功するに決まっているが、君の〈B型暗殺教団〉には引き続き、道路建設業界の発展のため働いてもらうことになった」

「わたしの……〈B型暗殺教団〉？」

「そうだ。君の〈B型暗殺教団〉だ」総括審議官はうなずいた。「いいか。政財界、言論界、マスコミなど各方面に、我々の敵は数多い。改革派と称して、自分の考える主張を絶対正しいと思い込み、人の意見を聞かず、我々の権益を侵そうとする不心得者どもにはB型の人間が多い。君の率いる〈B型暗殺教団〉は、そいつらを片っ端から排除するのだ」

「わたしの……」

「そうだ。実はな。改革派を気取るあの木谷総理が、総裁選前の改造人事で新しい国交大臣を送り込んでくるという通報があった。新しい国交大臣というのは、総理の懐刀《ふところがたな》だ。君も知っているだろう、まだ四十過ぎの鼻たれ小僧のくせに『土建業界の古い体質を一掃する』とか息巻いている、あの若造だ。ところが都合のいいことに、こいつは人の意見を聞かないＢ型ときている。君の次の新しい〈標的〉は、決まった」

「し、審議官は、この〈作戦〉がすんだら、わたしは普通に仕事をしろと――」

「そんなことが、通るわけがないだろう。蓮見くん、君は今回の〈作戦〉の秘密をずっと胸に抱えて、我々道路建設推進派の一員として、死ぬまで働くのだ」

「……」

「その代わり、出世は思いのままだ」

「……」

「いいな」

7

「う——？」

　よしみは、目を覚ました。

「うう」思わずうめき、頭を振った。

　ひどい眩暈《めまい》がする。

　目を開けた。しかしここは——？

　暗闇だ。見回すと、かび臭い。地下室なのか。

　目はすぐに慣れていく。窓のない、どこかの地下室のようだ。いったいここはどこだろう……？

（あの時——取材車が、江里たちの車が、崖崩れに巻き込まれそうになって……。それで）

　そうだ……。よしみは思い出した。江里の乗る４ＷＤを救おうとして、とっさに空中からフォース・フィールドの技を使った。しかし崩れ落ちる膨大な岩の奔流は止めようがなかった。仕方なく4WDの周りにフォース・フィールドで泡状のバリアを張り、潰されることだけは防いだのだ。しかし――

（そうか……。江里たちを助け出そうと車のドアに駆け寄ったところで、エネルギーの使いすぎで力尽きて、意識が遠くなったんだ）

ここはどこだろう。あれから、どうなったのだろう……？　エネルギーの消耗で倒れるなんて、初めてのことだ。こんな暗闇の中では、時間の経過も分からない。あれからどのくらい経ったのだ……。

よしみは顔をぬぐおうとして、手が自由にならないのに気づいた。「えっ？」と身じろぎして、そこで初めて、自分が立ったまま柱のようなものに縛りつけられているのに気づいた。

「な――なんだこれ？」

通常の力では、身動きができない。なんだこれは。ワイヤーのようなもので、全身ががんじがらめにされている。誰が縛ったんだ――？

と、よしみが目を覚ましたのに気づいたのか、地下室の向こう側の壁から黒い人影が立ち上がり、近づいてきた。屈強そうな体格の男だ。黒い戦闘服に身を固め、銃――サブマシンガンらしき黒いものを手にしている。

「何よ……？　映画のテロ組織の戦闘員みたい」

思わずつぶやくと
「そのとおり」

戦闘員はうなずいた。

「え」

よしみが固まると、戦闘員らしき男は首筋に着けた通話器らしいマイクに「親方」と呼んだ。

「親方、こちら戦闘員二号。例のボディーガードの小娘が、目を覚ましました」


ザッ、と無線にノイズがして、戦闘員のイヤフォンに応答の声が入った。

『親方は出動中だ。こちらは戦闘員一号。ボディーガードの小娘はしっかり縛りつけて監視していろ。親方が戻られ次第、始末する』

「一号、戻られたのですか」

『先ほど戻って合流した。親方不在の間は、俺がこの基地の指揮を執《と》る』

聞こえる。イヤフォンの相手の声が聞き取れるということは――よしみは思った。〈聴覚〉が戻っている。しばらく気を失って眠ったらしいが、力は回復しているようだ。

「了解。小娘ならちゃんと縛り上げていますから、大丈夫――わっ？」

ぶちっ

言う端からよしみがワイヤーを引きちぎったので、通話していた戦闘員は目を剝《む》いた。

「わっ、わっ。ちょっと待て」

「何が『始末する』よ」

勝手な物言いにムッとしたよしみは、目の前の戦闘員の胸ぐらをつかむと、片手でひょいと放った。

「う、うわっ」

地下室の向こうの壁まで吹っ飛んだ戦闘員は、どさどさっと床に転げ落ちながら「うわわっ」と悲鳴を上げた。

「こら」

よしみは瞬時に移動すると、起き上がろうとする男——戦闘員二号とか無線に言っていた——の右手からサブマシンガンを蹴飛ばし、胸ぐらをまたつかんで引きずり上げた。

「ここはどこ？　あんたたち、何者よ」

「う、う——」戦闘員二号は、信じられぬように両目を剝いた。「う、き、貴様……何者だ」

「こっちが聞いてんのよっ」

よしみは片手でつかみ上げた戦闘員を、空中で揺さぶった。「蓮見理恵子さんは？

江里たちはどこっ」そう訊きただした時、壁の向こうで一斉に低いサイレンのような音が鳴り響いた。

「は、離せ」戦闘員は苦しげに言った。「こ、この監禁室は、赤外線カメラで監視されている。蜂の巣になりたいか」

「え」よしみがけげんな顔をした時、ふいに戦闘員の手首にはめられた時計の文字盤が目に入った。夜光の針が指し示す時刻は——八時〇五分。「八時？　八時って、今いったい……」

「離せ、離せっ」

「ちょっとあんた、八時って、いったいあの崖崩れからどれくらい経ったのよ⁉」

だが戦闘員が答える暇もなく、監禁のための密室らしい暗闇にドアが開いた。赤い非常灯のような光が斜めに射し込み、黒いマシンガンを手にした戦闘服の男たちがばらばらっ、と駆け込んできた。

「動くな」

「動くなっ」

「動くな。ボディーガードの小娘」先頭に進み出た男が、指をぱちっと鳴らした。「抵抗はするな。これを見ろ」

途端に、監禁室の一方の壁が、横にスライドした。仕切りの壁だったらしい。開くとその向こうに、同じぐらいの大きさの空間があった。

機械の作動音がする。それにゴボッ、ゴボッという音。ドラム缶のようなシルエットが、四つ並んでいる。

「な――」よしみは、戦闘員をつかみ上げたまま絶句した。「何よあれ」

「二号を下ろせ。小娘」

先頭の男が、サブマシンガンを振って言った。

「でないとあそこの四人が、即座に死ぬぞ」


霞が関・合同庁舎。

騒動続きの一日から一夜明け、東京は初夏の快晴の朝だった。

ざわざわざわざわ
報道各社の取材車・中継車がずらりと並ぶ坂道の歩道を、一般市民の人々が列をなして上っていく。〈高速道路効率化推進委員会・緊急シンポジウム〉、〈もう造るな日本の高速道路〉と大書された立て看板が、庁舎の正面ゲートにかけられている。テントが張られ、一般入場券の抽選に列ができていた。その横を、さらに出席者を乗せているらしい車が何台も追い越し、ゲートへ入っていく。

「ただ今午前八時を回り、ここ霞が関合同庁舎の正面ゲートが開きました。ご覧になれますとおり、シンポジウムへの参加を希望して訪れた一般の人々が、列を作っています。今回の〈緊急シンポジウム〉への、国民の関心の高さが窺えます」

ワイドショーの女性レポーターが、正門を背にしてカメラにしゃべっている。

その横で、

「これ以上、無駄な道路を造らせるなっ」

「造らせるなぁっ」

「高速道路の完全無料化賛成っ」

「無料化賛成っ」

ゲートの中には入れないが、市民団体が押しかけて柵の外でハンドスピーカーを鳴らしている。すぐに警備の制服警官が駆けつけて、「こらやめろ」「何するんだ」と押し問答になる。

その正門へ、駅前で拾えるような普通のタクシーがやってきて停まった。中からは痩身の五十代の男がのそりと降りた。鋭い目で合同庁舎を見上げる。

「あっ。音羽さんだ」

「音羽さんっ」

男の姿を目ざとく見つけたマスコミ各社の取材陣が、歩道の上を集団で押し寄せた。十数本のマイクが、男の顔へ突き出される。

音羽文京であった。

今日だけは背広にネクタイをしてきた痩身の男は、うるさそうにマイクを見返す。

「音羽さん。今朝のシンポジウムで『全国の高速道路新規建設の即時凍結』を提言されるそうですが、本当ですかっ」

「アクアラインも、放棄するのですか」

「道路建設推進派の抵抗をどう読んでいますか」

「あの〈B型暗殺教団〉が音羽さんの命を狙うと予告していますが、シンポジウムは強行開催されるのですかっ」

五十代の作家は、記者たちの質問をうるさそうに聞いていたが、最後の問いにだけ短く応えた。

「そのなんとか教団なんて関係ねえ。どうせ道路族が雇った殺し屋だろう。俺を殺せるものなら、殺してみやがれっていうんだ」

音羽文京は吐き捨てると、ポケットに両手を入れて正面ゲートへ向かった。その猫背ぎみの背中を、「音羽さん」「音羽さんっ」と記者たちが追う。

「いよいよ始まるな」

合同庁舎・十四階。

官房総括審議官室の嵌め殺し窓からは、正門前に押しかけている大勢の一般市民が、蟻《あり》の群れのように見下ろせた。

「開場は八時半だと。音羽文京め、シンポジウムを各局の朝のワイドショーに生中継させせ、映像の編集をさせないつもりだろうが――ふん。悪あがきだ」

波除総括審議官は、煙草をくわえた口から煙を吐きながらうそぶいた。

「メディアを利用したつもりか。せいぜいおのれの死ぬ瞬間を生中継してもらうがいいさ。なぁ、蓮見くん」

「……」

庁舎の仮眠室で夜を明かした白い服の女は、審議官室の絨毯の真ん中に黙って立っていた。切れ長の目が血走っている。

その横に、茶色い顔の道路局長と、頭が砂丘のような黒縁眼鏡の道路局企画課長。

「審議官。どうしても、ご自身でシンポジウムに出席されるのですか？」

道路局長が訊いた。

「逃げ遅れでもしたら、危険ですが」

「心配いらん。私は、演壇が爆破される瞬間には、たまたま手洗いに立っていて助かることになっている。この蓮見くんも同様だ。国交省側からは、私と蓮見くんがオブザーバーとして出席する。まさか爆破される会場内にいた我々が全てを仕切っていたとは、事後に誰も想像はすまい。蓮見くん」

「……」

「蓮見くん」

「……は？」

「起爆装置が起動したら、爆発までは三分だな」

「……はい」

「つまりは音羽文京がいい気になって弁舌をふるい、壇上で水を飲んだら脱出すればいいわけだな」

「はい」女は、うつむいたまま無表情にうなずいた。

「そのとおりです。審議官」


「等々力くん。困ったことになったよ。等々力くん」

お台場・富士桜テレビ。

八階の廊下を走ってきた局プロデューサーが、汗を拭きながら報道局オフィスへ駆け込んだ。

「今、霞が関の合同庁舎で、正門が開いたのだが。やはり、うちの〈もぎたてモーニんぐ〉取材班だけが入場を許可されず、追い返された。これでは他局がみなシンポジウムを生中継するのに、うちだけ画が負けてしまう」

「——」

　等々力猛志は、腕組みをして黙っている。

「どうするつもりだね。等々力くん⁉」

「所在の分かっている柄本はともかく」

　等々力は口を開いた。

「〈B型暗殺教団〉を取材車で追った中山が、現在、行方不明です。崖崩れの現場で、埋もれた4WDが見つかったが、中山と道振《みちふり》カメラマンは徹夜の捜索にもかかわらず見つかっていない。今はそちらの捜索に、人と力を注がねばなりません」

「何を言っているんだね。私は、霞が関の合同庁舎で行われるシンポジウムのことを言っているのだ」

「国交省の取材なら、柵の外にサブチーフたちを張りつけてある。シンポジウムのほうは、今はそれ以上に打てる手がありません。私はこれから、奥多摩の山中へ向かおうと思う」

「責任問題が突きつけられている時に、君……」

「アシスタント・キャスターに、危険な取材を許可したのは私だ。中山の遭難は、私に責任がある。ヘリを出して奥多摩へ向かいます」

等々力は、立ち上がった。

「御免」

オフィスを出ていくその背中に、局プロデューサーが叫ぶ。

「君。いいんだな⁉　柵の外と、関係ない奥多摩なんかに人を出して、〈熱血ニューズ〉の打ち切りをひっくり返せるようなスクープなんか取れなくてもいいというんだなっ」

「――」

「等々力くんっ」

「騒いで暴れると面倒だから、そいつらは眠らせてある」

奥多摩湖に近い山中・地中。

〈掃除屋〉――現在は一時的に〈B型暗殺教団〉の秘密基地となっている、シェルターの監禁室。

仕切りの壁がスライドすると、よしみの縛りつけられていた部屋と同じサイズの空間が現れた。ただし、そちらは四人の人質を収容している。しかも柱に縛りつけるのではなく、床に立てたドラム缶に一人ずつ簡易風呂みたいに入れられ、天井の機械から蛇腹状の管を通してセメントが流し込まれていた。

ゴポッ
ゴポゴポッ
「そいつら四人は、コンクリートがドラム缶いっぱいになって乾き次第、奥多摩湖の底へ行ってもらう予定だ。だがボディーガードの小娘、貴様が抵抗するならば、今ここで四人とも銃殺する」

「ボディーガード……？　あたしが、誰の？」

「うるさい。この女が今、死んでもいいのかっ」

先頭の戦闘員一号が、サブマシンガンの銃口を真ん中の中山江里に向けた。カチューシャで髪を上げた江里は、ぐったりとうなだれてセメントの風呂に肩まで浸かっている。太い管から注入される灰色のセメントは、間もなくドラム缶になみなみといっぱいになる。

「ちょっと待ってよ」よしみは戦闘員一号の胸ぐらをつかみ上げたままで抗議した。「どうして江里が『女』で、あたしは『小娘』なのよっ」

「う、うるさいっ。貴様は自分の置かれた立場が理解できているのか。緊張感のない小娘だっ」

戦闘員一号は、つかつかとドラム缶に歩み寄ると、眠らされているらしい江里の額に、サブマシンガンの銃口をぐりぐり押しつけた。

「ほら、撃つぞ。この女が死んでもいいのかっ」

「く――」

よしみは仕方なく、胸ぐらをつかんでいた戦闘員二号を、黒装束の一団のほうへ放った。

「ほら」

「うぎゃ」

「このアマ」

戦闘員の一人が気色《けしき》ばむのを、この中ではリーダー格らしい戦闘員一号が「待て」と制した。昨日の朝、有楽町の路上で公衆道徳のない若いサラリーマンを演じた戦闘員だが、あれは演技だったらしい。実際は冷静さを感じさせる指揮ぶりだ。

「待て。このボディーガードの小娘は、親方が個人的に『始末』をされるそうだ。具体的には、口から散弾銃を突っ込んでぶっぱなし、八つ裂きにされるらしい。それまでは生かしたまま縛っておけとの命令だ」

一号の指図で、よしみは再び監禁室の元の柱に縛りつけられた。

「腕が立つらしいから、油断するな。さっきのようにほどけないよう、がっちり縛るんだぞ」

「はっ」

「はっ」

「――」よしみは、おとなしく縛られた。仕方がない。捕らわれている人質は四人もいるのだ。江里たちを撃たれたら、助けようがない。「――痛いわ。きつくしないでよ」

「うるさい、黙れ」

顔に痣を作った戦闘員二号が、口を尖らせて強く縛った。縛ると身体検査をした。よしみのシャツブラウスの胸ポケットに、銀色の細長いライターのようなものが入っているのを見つけて、取り上げた。

「なんだこれは」

「あっ。それ、借り物なんだから」

「うるさい。もうすぐ八つ裂きになるくせに、文句を言うんじゃない」

戦闘員二号は「こいつ、こんなものを隠し持っていました」と、リーダー格の一号へ銀色のライターを放り投げた。

それはもちろんライターではなく、昨日、国交省を直撃した時に、柄本が貸してよこした取材用のＩＣレコーダーだった。

「ふん。武器ではないな」

リーダー格の一号は、キャッチしたＩＣレコーダーを一瞥《いちべつ》して腰のベルトに差すと、返す腕で自分の腕時計を見た。

「さて。そろそろ時間だ。もうすぐ霞が関でシンポジウムが開幕する。〈作戦〉の最終段階が実行される。音羽文京はおしまいだ」


霞が関・合同庁舎。

見学者ホール。

ここは、いつもは地方から上京した道路族議員の後援会などが団体で説明を受けるホールだったが、今朝は明らかに『客層』が違っていた。

ざわざわざわ
五〇〇人を収容する見学者ホールの客席は、マスコミの記者や市民団体の代表、それに道路問題に関心のある一般市民で、満員立ち見の状態だった。

舞台には、パネリストの席が十数人ぶん設けられ、〈高速道路効率化推進委員会〉の主要メンバーである学識経験者やジャーナリストや経済人、それに高速道路の無料化に賛成する評論家などが並んでいる。

パネリスト席の中央にいるのが音羽文京だ。

司会者がマイクで開会を告げると、拍手が起きた。早速五十代の痩身の男は席を立ち上がり、演壇についた。下から報道陣のフラッシュが瞬いた。

マイクがキンと鳴る。

ざわめいていた場内が、静まった。後方の中継席からはテレビ局各社のカメラが、一斉に壇上の男へ向けられた。

「お集まりの諸君。私が〈高速道路効率化推進委員会〉リーダーの音羽文京だ」

音羽文京はごほっ、と一回咳払いをすると、注目する場内の人々に向かってしわがれ声を上げた。

「今日、ここ国土交通省の見学者ホールという場所で、このようなシンポジウムの集《つど》いを開けたことを不思議に思う人もいるかもしれない。だがこれは、実は少しもおかしいことではない」

聴衆の視線が、舞台上の演壇に集中する。

「国交省は、表向きには高速道路の改革に『賛成』を表明しており、国交省事務次官OBの日本高速道路保有・債務返済機構総裁は『自分こそ真の改革者』と称してはばからない。従って、道路行政を改革するためのシンポジウムを自分たちのところで開かせろと要請されれば、このように拒否はできないというわけだ。ただし今朝も国交省幹部の官僚が、オブザーバーとして参加している。なんとか〈効率化推進委員会〉の足を引っ張ろうと、見張りにきているわけだ。その一番前の列の真ん中にいる、いいスーツを着た白髪頭のおっさんだがね」

音羽文京は、尖った顎で客席の最前列を指した。

「官房総括審議官だという。こいつがまた食えない狸《たぬき》でね。改革にはもちろん賛成とか口では言いながら、私のことを裏で殺そうと画策しているんだ」

緊張の場内に、笑い声がさざめいた。最前列オブザーバー席の銀髪の官僚が不快そうな顔をするが、壇上の音羽文京は続ける。

「ああ、そうだみなさん。ここで、この場を借りて言っておくが、私は決して自殺なんかしないよ。もし私が『自殺』をするような事件が起きれば、それはどこかから雇われた殺し屋が、私を自殺に見せかけて殺したのだ。みなさんは今私の言ったことをよく覚えておいて、万一そういう事態になったならば東京地検へ通報してほしい。殺し屋を見つけて捕まえれば、きっと裏で糸を引いているどこぞの偉いさんを芋《いも》づる式に検挙できる。ロッキード事件以来の大手柄で、地検特捜部の連中はみんな出世できるぞ」

また笑い声で場内が沸いた。

舞台の袖から場内係の職員が現れ、ごほっと喉を嗄《か》らす音羽文京の前に水差しとコップを置いた。

「さて、それでは今日の本題に入ろう」

奥多摩・山中。

秘密基地の内部。

監禁室。

「音羽文京はおしまいだって、どういうこと？」

柱に縛りつけられたよしみは、黒い戦闘服の集団の指揮を執っているらしい男――戦闘員一号と呼ばれているらしい――に訊いた。

しかし、

「うるさい、小娘ボディーガード。貴様は、黙って縛られていればいいのだ」

戦闘員一号は取り合わなかった。

「ちょっと待ってよ」よしみは食い下がった。「あんたたち、あたしの口に散弾銃突っ込んで八つ裂きにするって言ったわよね。あたしだって訳が分からないままで殺されたくないわ。いったい、あんたたち何者なの――？」

「我々か？　我々は〈B型暗殺教団〉だ」

「〈B型暗殺教団〉って、何をする組織なのよ」

「決まっているだろう。我々は、自分勝手で公衆道徳を守らず、自分が考えることは絶対正しいと信じ込んで他人の意見に耳を貸さず、他人がどんなに困ろうとも自分の好き勝手を押し通して国家全体に迷惑をかける社会の害毒・B型の人間どもを、全て抹殺するために活動しているのだ。〈高速道路効率化推進委員会〉の音羽文京は、まさしく我々の狙うべき〈標的〉だ――というのが表向きだが」

戦闘員一号は、決められた題目を繰り返すのに飽きたのか、ふんと鼻を鳴らした。

ワイヤーで拘束したよしみを前に、気分に余裕が出たのか、しゃべり始めた。

「表向き〈B型暗殺教団〉を装っているが、本当は違う。我々の組織の本当の名は〈掃除屋本舗《ほんぽ》〉だ。創業五十年、伝統ある職業殺し屋集団だ」

「そ、〈掃除屋本舗〉――？」

「貴様はもうすぐ死ぬ。だから特別に教えてやろう。我々は雇われている。雇い主は自由資本党の道路族議員で結成された通称〈九三四二委員会〉、正式名称〈日本の高速道路を全部建設する委員会〉だ。道路建設業界の利権を侵害し秩序を乱す者は、我々が全て抹殺する。我々の働きによって、道路建設業界は護られる。そして日本の高速道路・計画総延長九三四二キロメートルは、全て完成するのだ」

「――？」

よしみは、黒装束の戦闘員が何をしゃべっているのか、よく分からなかった。なんとか委員会とか本舗とか、名前がたくさん出てきてややこしい。

「あの。それで、あんたたちはこれから、音羽文京氏を襲撃に行くわけ？」

「いいや。もう〈作戦〉最終段階は発動している。我々に協力する国交省の女キャリアが、今朝の〈効率化推進委員会〉のシンポジウム会場に爆弾を仕掛けた」

「な――」よしみは、声をなくして戦闘員一号の黒いサングラスを見やった。「な、なんと言ったの？　今」


霞が関・合同庁舎。

見学者ホール。

「みなさん。報告がある」

音羽文京の声が、スピーカーを通して響く。

「このたび私たちは〈高速道路効率化推進委員会〉として、総理に最終答申を行うことに決まった。今日のこの場は、その最終答申を国民に向けて発表するために設けさせてもらった」

マスコミ、市民団体、一般市民。多くの視線が壇上の男に集まる。

「総理への答申は、多項目に上るが、まず最初に強調しておきたいことがある。先日タンカーが突っ込んで使用不能になった東京湾アクアラインのことだが――ごほごほ」

普段から委員会で声を嗄らして議論しているのか、音羽文京は喉が悪そうだ。咳き込みながら、壇上で資料をめくる。

「……」

その演壇を、最前列のオブザーバー席に座った白い服の女が、無表情に見上げている。スカートから伸びた脚を揃え、壇上を見つめている。

「タンカーが突っ込んで現在、使用不能のアクアラインは、放棄するか、あるいは景気が回復するまで数年の間、封印して放置すべしと答申する。一部で言われている災害復興予算を投じた修復工事は、これを一切行わない。首都高の料金値上げによる工事代金の捻出《ねんしゅつ》も許さない」

ざわざわっ、と場内がざわめいた。記者たちが席で一斉に携帯を取り出し、メールを打ち始めた。

「さらに、現在全国で建設中の全ての高速道路についてだが――」


奥多摩・山中。

秘密基地。

「ちょっと待って。今なんと言ったの⁉」

よしみは訊き返すが、戦闘員一号は面倒くさそうにあくびをした。

「さて。親方も留守だし。向こうで茶でも飲みながら、〈作戦〉の成就する瞬間でも観《み》るか」

「今なんと言ったかって、訊いているのよ⁉」

「うるさい小娘だな。我々は昨日からの〈作戦〉で疲れた。あとはあの女キャリアが最終段階の仕上げをするところを、茶でも飲みながらテレビで観賞するのだ。邪魔をするな」

戦闘員一号が部下二名に見張りを任せて出ていこうとするのを、よしみは「ちょっと待って」と引き止めた。

「ちょっと待ってよ。あんたたち、あたしのこと殺すんでしょう」

「そうだ」

「じゃ、途中でやめないで、〈冥土《めいど》の土産〉にあたしの質問に答えてよ」

「なんだと」

「普通、あんたたちみたいな殺し屋は〈冥土の土産〉とかいって、殺す相手がそう頼んだら、いろいろ便宜《べんぎ》を図ってくれるものじゃない。創業五十年なんでしょう。伝統あるんでしょう」

「それも、そうだが」

「あたし、これでも報道記者の端くれなの。今はお天気しか読ませてもらってないけど——その仕事だって、この間のタンカー事件のせいで、ふいにしちゃったんだけど」

「貴様の都合は、知らん」

「知らなくてもいいけど。つまり、なんていうか報道に携わる者として、一連の事件の真相を知らずに死んじゃうっていうのは嫌なわけ。分かる?」

「仕方ないな。では、冥土の土産に教えてやる」

　戦闘員一号は話し始めた。


　霞が関・合同庁舎。

　シンポジウム会場。

「全国で現在建設中の、全ての高速道路はただちに工事を中止する。採算の見込みのない路線は放棄、そうでない路線についても、景気が回復するまでは建設計画を中断凍結する――ごほごほ」

　音羽文京が咳き込みながら答申を読み上げると、最前列の客席からたまりかねたように立ち上がる出席者があった。

「ちょっと待った！」

　銀髪のキャリア官僚であった。

「待ってくれ、〈効率化推進委員会〉のみなさん方。いくら総理から答申を求められているとはいえ、その内容はひどすぎるのではないか」銀髪の官僚は、壇上の男を指さしながら言った。「それでは、高速道路の開通を心待ちにしている地方の人たちはどうなるのだ。中央と地方の格差はますます開き、地方の景気回復はますます遅れてしまう」

「総括審議官さんよ。オブザーバーは黙っててくれ――げほごほ」

音羽文京は言い返しながら咳き込み、演壇の上に置かれた水差しからコップに水を注いだ。

その動作を目にした銀髪の官僚は「ひどい答申だ。私は退場させてもらう」と叫び、席を立ったままきびすを返した。

「蓮見課長補佐、出るぞ」

「……」

白い服の女が、無言で立ち上がり、続く。

冒頭で早くも、音羽文京と官僚の言い合いが起きたので、報道各社のテレビカメラが演壇とその下に集中する。しかし答申に文句をつけた官僚とその部下らしい女は、さっさと席を立ち出ていってしまう。中継席では「もう少し喧嘩してくれればいいのに」と悔しがる中継ディレクターの声が聞かれた。

お台場・富士桜テレビ。

報道センター。

「ああ、画が負けてる。負けてるよ」

在京キー局の生映像を全て受信している十数台のモニターの下で、局プロデューサーが頭を抱えた。富士桜以外の局のワイドショーは、全てシンポジウム会場での言い合いを中継している。

怒った国交省幹部と見られる初老の官僚が、部下の女性官僚を従えて会場を後方へ歩いていく。各社のカメラがそれを追う。だが富士桜の画面だけは、相変わらず庁舎の外にレポーターを立たせてしゃべらせている。

「ああ、もうこんな時に、等々力くんはどこで何をしているんだ！」


霞が関・合同庁舎。

見学者ホール出入り口。

「……審議官」

「しっ。黙って歩け」

銀髪の官僚は、ホール外側のロビーを早足で歩きながら、目立たないように腕時計をちらと見た。

「あと二分四十五秒だ。ふん、音羽のやつめ。怒らせてくれたお陰でスムーズに脱出ができた」

ロビーの隅まで歩き、波除審議官はエレベーターのボタンを押した。「階上《うえ》のオフィスにいるとしよう。爆発は、建物全体を揺るがすほどではない。地震が起きた程度に感じるだけだ」

「……審議官」女は、目を伏せて言った。「でも中に、まだ」

「まだ、なんだね」

「ホールの中にはまだ、省の職員もいます」

「ああ。場内係として数名いるようだが、ノンキャリアの職員だ。別に支障はない」

「支障はない……?」

「蓮見くん。君はまだ分かっていないのかね」銀髪の官僚はせわしない動作でエレベーターを待ちながら、小声の早口で言った。「いいか。この世には二通りの人間しかいないのだ。我々東大卒キャリア官僚と、そうでない連中の二種類だ。そうでない連中は、何千万人いたところでなんの役にも立たん。君はまさか、そうでない連中の仲間入りをしたいんじゃないだろうな?」

「……」


奥多摩・山中。

秘密基地内・監禁室。

「ええと、つまり」よしみは縛られて立ったまま、戦闘員に説明を受けた内容を繰り返して確認した。

「一昨日のタンカーの〈海ほたる〉衝突事件を仕掛けたのは与党道路族の親玉の鮫川という代議士で、実行したのは国交省のキャリア官僚たち。国交省内のボスは波除という総括審議官で、こいつは天涯孤独の若手女性キャリアをだまして現場で工作をさせ、用がすんだら殺し屋に消させようとしたけれど、別の〈作戦〉を思いついたので殺さないでまた使うことにしたと。〈作戦〉というのは音羽文京氏の率いる〈高速道路効率化推進委員会〉を皆殺しにすることで、そのために〈B型暗殺教団〉を乗っ取る形で利用した。もしも〈作戦〉が世間にばれることがあったら、その時は全部『現場責任者』の女性キャリアが一人で個人としてやったことにしてすませようとしている——と、こういうことでいいのね」

「まぁ、そういうことだが」

戦闘員一号が、うなずいた。

「しっかし、ひどいことを考えるわね。あたし聞いていて、だんだん腹が立ってきちゃったわ」

「何を言うか。これくらいは建設業界の常識だ」

「それは知らないけど——ええと、じゃ最後に訊くけれど、今日は何月何日ですか」

「む？　なぜそのようなことを」

「いいから」

「六月十七日だが」

「あなたは〈掃除屋本舗〉のリーダーなわけね」

「まぁそんなところだが、〈首領〉ではない」

「分かりました」よしみはうなずいた。「ええと。あなたが今証言した内容は後日、裁判の証拠になります。それに同意するわね？」

その物言いに戦闘員一号はけげんな顔をした。

「縛られていて、何を言ってるんだ貴様？」

一号だけでなく、四本のドラム缶に銃を向け見張っている他の戦闘員たちからも、失笑が漏れた。

「変な小娘だな」

「なんだ、あれで富士桜テレビの報道記者だって？」

「テレビで見たことあるか」

「ないぞ」

「こっちの中山江里は、実物もいい女だけどな」

「あっちの小娘はなぁ。胸もないし」

ははははは、と密室の暗がりに一時の笑い声がたった。ドラム缶の見張り係も、気が緩んだのか銃で縛られたよしみを指して「そうだな。胸もないし」と笑った。

8

「蓮見くん。どうした」

霞が関・合同庁舎一階。

総括審議官が、開いたエレベーターのドアを指して言った。

「乗りたまえ。上へ行くぞ」

「……」

だが、白い服の女は見学者ホールのロビーの絨毯の上で、固まったように立ち止まっている。

「どうした。こんなところにいたら危ない」

「……」

ホールの中からは、スピーカーのしわがれ声と、聴衆のどよめきのようなものが漏れ聞こえてくる。シンポジウムが盛り上がっているのか、ロビーには人影がまばらだ。

「——あと二分二十秒で爆発だ」審議官は腕時計にちらと目をやり、小声でせかした。

「早くしろ」

奥多摩・山中。

むかっ
縛られたままで、よしみは怒った。

戦闘員一号がしゃべった『陰謀』の真相に腹を立てていたよしみは、銃を持った一人がたまたま口にした「胸がない」という台詞をきっかけに、ぶち切れた。

「江里が『女』で、あたしが『小娘』——？　そっちは『いい女』だけどこっちは『胸がない』？」

「なんだこいつ、ふくれたぞ」

戦闘員二号が、銃でよしみを指して笑った。

「縛られて抵抗もできないくせに、一人前だな。だが今度はさっきのようにはいかんぞ。ワイヤー二本で、がんじがらめにしっかり縛ったんだからな」

元締の〈掃除屋〉が留守中ということもあるのか、戦闘員たちは腰に手を当てて「あっはっは」と笑った。この中でリーダー格の戦闘員一号も、腕組みをして一緒に「わははは」と笑った。

「小娘のボディーガード。貴様の本業は報道記者だというが、俺のしゃべった内容をどうやって裁判に持ち込むつもりだ？　胸もないくせに」

「あっははは」

「はははは」

昨日からの〈作戦〉の緊張がほどけたのか、戦闘員たちは全員で笑った。ドラム缶の見張り係も、こちらを向いて笑った。江里たちに向けられていた四丁のサブマシンガンが、狙いの軸線をそらした。

その隙を、よしみは見逃さなかった。

「それが、できるのよ」

「まだこいつ、言ってるぞ」戦闘員二号が、女に投げ飛ばされた恥を隠すように指さしてからかった。

「中山江里より、胸がないくせに」

「はははは」

「ははは」

「はっはっははは」

「お、お前ら……」


霞が関・合同庁舎。

「何をしている蓮見くん」

エレベーターの中から、銀髪の官僚が呼んだ。

「こっちへ来て乗るんだ。あと二分と十秒だ」

「……」

だが白い服の女は、長い黒髪に縁取られた顔をうつむかせ、黙って立っていた。

「何をしている。早く乗るんだ」官僚は小声で叱りつけた。「私とともに上へ行くのだ。分かっているのか。君は今、最高の出世コースに乗ろうとしているんだぞ。このまま行けば課長、局長、審議官と出世して、末は事務次官も夢ではない。事務次官のあとは高速道路運営各社へ天下れる。そこから大手建設会社の役員に天下り、さらに高速道路関連会社の社長を歴任すれば生涯収入十三億も夢ではないぞ」

「……」

「さらに道路建設業界の組織票をバックに衆院選に打って出れば、めでたく道路族議員の一員となり、死ぬまでこの世界を支配し続けられるのだ」

「……」

「来るのだ、蓮見くん」

「……う」

白い服の女は、伏せていた目を上げた。パンプスのつま先がわずかに躊躇したが、一歩エレベーターへ踏み出した。

「そうだ。それでいい」

銀髪の官僚と女を乗せ、エレベーターの扉が閉まる。


東京都西部・上空。

お台場から東京多摩地区を飛び越してきた富士桜テレビの取材ヘリ・ベル206は、間もなくコクピットの前面視界に奥多摩湖を捉えようとしていた。

「中山の取材車が遭難したのは、あの辺りか」

操縦席の隣に座った等々力猛志が、崖崩れを起こした林道を見つけて指さした。ヘリの機体の下は、すでに鬱蒼とした山林だ。

「ここから先は、丹沢《たんざわ》まで続く山地です」

操縦席のパイロットが説明する。

「崖崩れに遭って、生きていたとしても、沢に迷い込んだら助かりません」

「むう」

「捜索に当たった地元消防団と警察は、崖下の渓流と沢を重点的に捜したらしいです。ですから我々は、反対に林道の先のほうを見てみますか」

「うむ」等々力はうなずいた。「そうしてくれ」

「お、お前ら……」

秘密基地内部・監禁室。

よしみは、柱に縛りつけられたまま肩を上下させた。

「……お前ら、今なんて言った？」

「わははは。俺がなんと言ったか、だと？　もう一度言ってやる。貴様は『あっちの中山江里に比べて胸がない』」

戦闘員二号が、ドラム缶で気を失っている中山江里とよしみを、交互に指さして笑った。

わっははは
ははは
黒装束の戦闘員たちはまた全員で笑ったが、まさか自分たちが目の前の華奢《きゃしゃ》なジーンズ姿の女の子のいつも気にしていることを口にして、結果的に恐ろしいスーパーガールを怒らせてしまったとは想像もしていなかった。

「ははは。悔しかったら、またワイヤーをぶち切って俺を投げ飛ばしてみ――あわわっ」

ぶちっ

戦闘員二号は、最後まで言えなかった。

「わわっ⁉」

がんじがらめのワイヤーを瞬時にぶち切ったよしみは、目の前の戦闘員二号をつかみ上げると、片手で投げ飛ばした。

吹っ飛んだ黒装束の戦闘員は、ばしんっと音を立てて逆さまに壁にぶち当たり、轢《ひ》かれたカエルみたいに目を回してそのまま床に転げ落ちた。

どさどさっ

「な」

「な」

「な」

「なんだっ」

「お、お前ら」

よしみは腕で顔をぬぐうと、驚愕にのけぞる戦闘員四名を睨み回した。

「よくもよくも。人の一番言われたくないことを」

合同庁舎。

見学者ロビーから上層階へ向かうエレベーターの扉が、閉じかけた時。

「……！」

女が反射的に手を伸ばし、閉まる扉を止めた。

「蓮見くん、何をしている⁉」

「審議官、わたし……」白い服の女は、エレベーターの扉を手で止めて、肩を上下させた。「わたし、やっぱりできません」

言うが早いか、女は反動で開きかけた扉から飛び出した。「蓮見くん！」と呼び止める声を背中に、白いスーツ姿がロビーへ駆け出る。

「どこへ行くつもりだっ。あと一分三十秒だぞ」

女は応えず「はぁっ、はぁ」と息を切らして絨毯の上を走った。今〈脱出〉してきたばかりの見学者ホールの両開き扉へ向かう。

「蓮見――！　くそっ」

銀髪の官僚は、舌打ちするとポケットの携帯を取り出して短縮ナンバーを押した。

「――〈掃除屋〉か。やはり女が土壇場で裏切った。爆弾をどうにかするつもりだ。阻止しろ」


秘密基地・内部。

「う――」戦闘員一号が、我に返ったように叫んだ。「う、撃て。撃てっ！」

だが四丁のサブマシンガンがジーンズ姿の女の子を狙おうとした時、その姿は掻き消すように瞬時に移動し、ドラム缶前にいた三名の戦闘員に亜音速で体当たりしていた。

ドシーンッ
「うわぁっ」

「うわ」

「ぎゃっ」

ボウリングのピンのようになぎ倒された戦闘員三名は、ドラム缶四本に背中から激突した。黄色いドラム缶は中身ごと後方へひっくり返り、どわんぐらがしゃーんっ、と大音響を上げて灰色のセメントを津波のように監禁室の床にぶちまけた。

投げ出された人質も、ぶっ倒された戦闘員もみな灰色の海で泥人形のように転がり、どれが誰だか見分けもつかない。その中にジーンズとシャツブラウスのほっそりした女の子がスタッと着地した。

「お前らっ」

銃が人質を狙ってさえいなければ、こっちのものだった。よしみは、もう遠慮はしなかった。

目を剝いた戦闘員一号は、サブマシンガンを構えながら後ずさった。

「く、来るな。来るな」

「誰が『胸がない』だってぇ――!?」

「あ。いや、あの」戦闘のプロとして経験したことのない事態に慌てふためきながらも、戦闘員一号はリーダー格らしく銃を構え直す。「こ、こっちへ来るな。撃――うわっ」

だがMP5の銃身は「あっ」と気づいた時にはつかみ上げられ、飴《あめ》みたいにひん曲げられた。次の瞬間には華奢な女の子の腕が、戦闘員一号を天井につかえるくらい持ち上げた。

「胸がなくてなぁ――」

よしみは持ち上げた戦闘員一号を、穴蔵のような監禁室の中でぶいんぶいん振り回し、投げた。

「悪かったなーっ!」

「や、やめろやめ――うわぁっ」

黒装束の戦闘員は反対側の壁までぶっ飛んでいき、ボールみたいにぶち当たると跳ね返って床に転がった。

「わ。わ。わ」

「ふぎゃぎゃっ」

「おい。こら」

仰向けに倒れた戦闘員一号の胸ぐらを、よしみはつかみ上げた。戦闘員のリーダーは信じられない顔で「き、貴様はいったい……」とうわごとのように言うが、よしみは取り合わない。

「シンポジウム会場に、爆弾を仕掛けたって？」

「き、貴様……」

「答えるんだっ」

「く、く……。そ、そうだ」

「どこに仕掛けたっ。言うんだ」

だが全身打撲と複雑骨折で息も絶え絶えの戦闘員一号は、頬をひきつらせて笑う。

「く、く……止めるつもりか……？　ま、間に合うものか。もう合同庁舎の見学者ホールで、シンポジウムは始まって――」

「いいから。爆弾はどこっ」

「くくく……。水差しだ」

「え？」

「爆弾は、演壇の水差しだ。水差し自体が特殊プラスチック爆弾だ。底に起爆装置があって、水の重量がコップ一杯ぶん減れば起動し、三分で爆発する。もう間に合うものか。わは、わはははは」

「なんだって——⁉」

「水を注いだら、爆発——？」

「そ、そうだ。防げるものか」


合同庁舎。

ばんっ
見学者ホールの後方扉を体当りするように開けると、蓮見理恵子は白いスーツの上着をなびかせ、シンポジウム会場へ飛び込んだ。舞台へまっすぐに通じる中央の通路は、各局のテレビカメラが陣取って塞いでいた。後方と左右両脇の通路も、立ち見客がぎっしり並んでいたが止まるわけにいかなかった。

「どいて。どいてっ……！」

理恵子は叫びながら満員の人垣を割って進んだ。前方の演壇では、コップの水を飲み干した音羽文京が分厚いＢ４サイズの資料を広げ、〈効率化推進委員会〉の最終答申を読み上げている。

「お願い、通してっ」

だが理恵子が立ち見客を掻き分けて進む横で、一般客席の一つで携帯電話を耳に当てていた眼の細い男が立ち上がった。ワイシャツにネクタイ姿。平凡なサラリーマンか地味な役人風にしか見えない。

「――クク」

通路にあふれた人垣を忍者のようにすり抜け、男は理恵子の白いスーツの背に追いついていく。

奥多摩・秘密基地。

「――冗談じゃないっ」

よしみは戦闘員一号の胸ぐらを離すと、監禁室のドアへ走った。

「どうやって知らせるつもりだ」

その背中に、戦闘員一号が苦しげな嘲笑を浴びせる。

「くく、こ、ここからは携帯の電波も届かない」

よしみは構わずに赤い照明の通路へ出るが、すぐに「あっ」と気づいて監禁室へ戻った。

「ちょっと」

「な、なんだ小娘。出口の装甲シャッターを開ける解除コードなら、教えないぞ」

「そんなのぶち破るからいいわ。あれを返して」

よしみは身動きできない戦闘員一号の腰ベルトから、銀色の平たいＩＣレコーダーを取った。手のひらに返すと、小さな赤いＬＥＤが点灯している。

「気づかなかったようだけど。あいつが投げたのをあんたが受け取った時、スイッチが入ったのよ」

「な、何」

「〈証言〉はもらったわ」


よしみは再び立ち上がると、走った。

秘密基地の地下通廊トンネルは、出入り口らしき方向へと一本道で続く。よしみは駆けた。左手にＩＣレコーダーを握っていた。その手首で、銀色のリングがチリンと鳴る。

たたたたたっ
「――イグニス！」

「ば、ばかなことを……」倒れたまま、戦闘員一号はうそぶいた。「基地から出られると思っているのか。出られたところで、ここをどこだと――霞が関まで直線でも五

○キロあるんだぞ」
そこへ、
ドカンッ
凄まじい衝撃音が、通廊を伝声管みたいに伝わってきて、監禁室の壁と床をびりびり震わせた。倒れた戦闘員たちには分からなかったが、スーパーガールが出入り口の二重装甲シャッターを一撃で突き破って、外へ飛び出した響きだった。
「う――うぐ?」
その衝撃でセメントの海が波立ち、エステサロンの全身泥パックみたいな状態で寝転がっていた中山江里が目を開いた。
「……」辛そうに頭を振るが、周囲の光景にたちまち両目を見開く。「……こ、ここは?　はぐ」
セメントが口に入って、顔をしかめた。

奥多摩上空。
ズドンッ
「うわあっ」
低空に降りて捜索に当たっていたベル206。

その機首のすぐ前方を、突如銀色に光る流星のようなものが山肌から斜めに飛び出すと、あっという間もなく上空へ消えた。コクピット前面風防の地平線がぐらりと傾ぐ。

大波のような衝撃波。

「う、うわっ」

パイロットが悲鳴を上げて機体を立て直す。

「なっ、なんだ今のあれはっ⁉」

「分かりません、等々力さん」

捜索と取材を兼ねて後席に乗っていた二名のスタッフも「あわ」「あわわ」と舌を噛んで目を回している。

「おい、お前たち。今のは撮れたかっ」

「わ、分かりません等々力さん。疾すぎて……」

カメラマンが目を丸くする。

霞が関・合同庁舎。

見学者ホールの立ち見客を掻き分けて、蓮見理恵子は演壇へたどり着くと、スカートがめくれ上がるのも構わずに舞台へよじ登った。

「はうっ」

「なんですかっ、やめなさい——え？」

場内係が驚いて飛んでくるが、白いスーツの女が上司の女性キャリアと気づいて二の足を踏む。

「は、蓮見課長補佐。なんのつもりです⁉」

そこへ眼の細いワイシャツ姿の男が追いつき、舞台へ上ろうとする。

「ちょっとそこ、やめなさい」

場内係は止めるが、眼の細い男は振り向きざまに手に持った鋭い金属をシュッと動かす。

「うぐ」場内係が倒れる。

壇上の音羽文京は、老眼鏡を取り出して〈効率化推進委員会〉の答申書を読み上げていたが、白い服の女が凄い形相で走り寄ってきたので驚いた。

「な——なんだてめえは⁉」

「貸してっ」

理恵子は驚く文京に構わず、演壇に置かれた水差しを右手でひっさらうと、脇に抱えて走った。舞台の袖から、楽屋裏へ飛び降りた。

そのまま理恵子は舞台裏の通廊を走った。

庁舎ビルの裏庭に出る扉が、この先のどこかにあるはずだった。

「はぁっ、はぁっ」

あと何秒ある――？　十五秒、いや十三秒か。

舞台上で騒ぎが起き、場内がざわついている。大勢の声が壁越しに響いてくる。この水差しを裏庭へ捨てなくては。ここではまだ駄目だ。

（ここで爆発したら……。何十人も死ぬわ）

だが、背後からヒタヒタッと迫る気配に理恵子が気づいた時は、遅かった。

ふぐっ。

パンプスで走る理恵子は、ふいに背後から首筋に腕をかけられ、強引に引き倒された。

「――きゃあっ」

仰向けに倒され、全身を強く打った。激しい痛み。訳が分からぬまま押さえつけられると、眼の細い男が頭上から覗き込んだ。「クク」と笑った。

「ククク。裏切ったか、〈首領〉」

「そ、〈掃除屋〉」

「死ね」

眼の細い殺し屋は、手に細いナイフを出現させると、パッと逆手に返して振り上げた。

「心臓、一突きだ」

だが、その時。

理恵子の視野の上から伸びてきたもう一つの手が、殺し屋の手首をがっしとつかんだ。

「何してやがんだ、この野郎っ」

男の声。

「楽屋へ出前に来てみれば――」調理服の男が叫んだ。「理恵子に何しやがる、この野郎っ」

「クッ」

殺し屋は、ものも言わずに邪魔者に蹴りを入れた。出前用の大型コーヒーポットを手にしていた求名護が顎を蹴られてのけぞり、吹っ飛んだ。がんっ、と壁に頭を叩きつける音。

「ぐわっ」

理恵子が眼を見開き「きゃあっ」と悲鳴を上げる。

「ま――護⁉」

爆発まであと八秒。

「ふん、時間切れだ。爆弾と一緒に死ね」

闖入者《ちんにゅうしゃ》に邪魔された〈掃除屋〉は言い残すと、倒れた理恵子と壁にぶつかってぐったりした求名護を放置して駆け去った。

あと六秒。

「ま、護……」

理恵子は顔をしかめ、危機に闖入してくれたかつての同級生を呼んだ。水差しと出前用ポットが、頭をぶつけて倒れた求名護の足元に転がっている。

「護」

調理服の男は応えない。

理恵子は「うっ」とうめきながら、床を這った。倒れた男の足元へ肘で這った。

「護。それ、爆弾」

歯を食いしばって上半身を起こすと、理恵子は力を振り絞り、水差しに覆いかぶさった。調理服の男は気を失ったまま目を開けない。

「わたしの身体だけじゃ、防げないかもしれない。ごめんね、護。巻き添えにして——」

ドカーンッ、と頭上で雷鳴のような轟きがした。理恵子は自分が吹っ飛ばないのが不思議だった。

「……⁉」

だがその雷鳴は、爆発ではなかった。遠くの空からマッハ3で飛んできた何者かが、庁舎ビルの裏手で急減速して衝撃波を壁面に叩きつけた響きだった。

そして次の瞬間。信じられないことが起きた。

ビュッ
何者かが通廊をやってきて、理恵子の身体をひっくり返すと恐ろしい疾さで腹の下の水差しを掻っさらい、飛び去った。亜音速のシュッという空気を切る音。そして二秒としないうちに、建物の裏手でドンッ、と低い爆発音。

「い、今のは……」

理恵子は信じられぬように、天井を仰いだ。

「……今のは、何？」


十四階。

「うおっ」

ガラスにひび割れが走った。

官房総括審議官室の嵌め殺し窓が、突然のドカーンッという衝撃波を受けてたわみ、パリパリパリッ！　と蜘蛛の巣のようにひび割れた。

「な、なんだ。凄い衝撃だな。あれはこんなに強力な爆弾だったのか……？」

銀髪の官僚は、恐る恐るといった足取りで嵌め殺し窓に近づき、下を見下ろした。

そこへもう一度、ドンッという控え目な爆発音が遙か足下の裏庭のほうから響いた。

パリッ、とまたさらに窓のひび割れが進行し濃くなった。

「むう。ガラス屋を呼ばねばならないが……。しかしこれで、あの厄介な〈効率化推進委員会〉の連中もこの世から消滅というわけだな。ふふ、ふふふふふ」


庁舎裏庭。

「ふう……」

間一髪。よしみは蓮見理恵子の身体の下から水差し爆弾を掻っさらい、裏庭に放って空中で爆発させることに成功した。至近距離で破裂したので少し耳がキンとするが、怪我はしなかった。

白銀のコスチューム姿で芝生の上に立ち、よしみは息をついて額の汗をぬぐった。

裏庭は大きな影の中だった。朝の太陽はよしみの背中、庁舎ビルの向こう側だ。

「……なんとか、間に合ったか。よかった」

だが、ほっとしていたよしみは、自分の背中に一丁の自動拳銃がポイントされるのに気づくのが遅れた。

「動くな。クク」

背中で声がした。

え——？

驚いて振り向くと、庁舎ビルの影の中、一〇メートルもない近距離に黒い銃口があった。ワイシャツにネクタイの眼の細い男が、よしみの顔に黒い自動拳銃を向けている。

「動くな」

なんだ、こいつは……!?

「あ——」よしみは気づいて、自分を狙う男の顔を指さした。「あんた、あの時の」

あの時の殺し屋だ——よしみは思い出した。間違いない。この裏庭で蓮見理恵子の頭上へ鉄骨の山を崩し、病院でまた理恵子を襲ったやつだ。確か道路族に雇われている〈掃除屋〉とかいった……。

「よく邪魔をしてくれた。小娘のボディーガード」

「『小娘』って」

「散弾銃を持っていなくて、残念だ。クク——」

〈掃除屋〉は、拳銃をぴたりと向けたままで唇を歪めた。

「貴様には口に散弾銃を突っ込んでぶっぱなし、死んでもらう予定だった。秘密基地からどうやって逃れた——？　ふん、まぁそれはどうでもいい。ここで殺せばいいだけだ。小娘」

「その『小娘』ってのは、ちょっと——」

よしみは嫌そうに顔をしかめるが、

「うるさい、小娘」〈掃除屋〉は遮り、よしみの姿を見て納得したようにうなずいた。「そうか貴様、体操選手だったか。どうりで素早い身のこなしだ」

「いや、あの。これ違うんだけど」

よしみは自分のコスチュームを指さして言うが
「黙れ」

巨大な庁舎ビルを背中に、細い眼の男は拳銃の引き金にかけた指に力を込める。

「——では、死ね」

「あ、あの」

よしみは、急に何かに気づいたように手を上げ、引き金を引こうとする殺し屋を制した。

「あの、それ撃たないほうがいいですよ」

「命乞いは無駄だ」

「いや、そうじゃなくて……」

「うるさい死ねっ」

パンッ！

殺し屋の持つ自動拳銃の機関部が、白い煙を立てた。9ミリ弾が銃口を出てこちらへ飛んでこようとする。よしみはその銃弾の軌跡を読むと、顔を左へずらして身体を開き、銃弾をやり過ごすと同時に芝生を蹴ってステップバックした。

パン、パンッ！

「くっ――！」

続いて撃たれる二発の銃弾も、バック転を打って避けた。〈掃除屋〉には銀色のコスチュームが目の前からかき消えたようにしか見えなかっただろう。銃弾の飛来速度よりもよしみの運動速度が疾かった。よしみは身をひるがえすと地面を蹴り、後ろ向きに飛び上がった。急上昇でその場を脱した。

シュッ
そして次の瞬間。頭上で異変が起きた。

ズズズズッ
大地が揺らいだ。

十四階建て総ガラス張りの合同庁舎。その壁面全てを覆う無数の窓ガラスが、一斉に白く砕けた。

先ほどのよしみの衝撃波と、爆弾爆発の衝撃波とで一面にひびが走って崩壊寸前だった巨大なビルの壁面は、拳銃発射の衝撃波をきっかけにしてついに真っ白くなり、一秒と置かずに数百トンのガラス破片の瀑布と化して裏庭へ降り注いできた。

ズドドドドドドッ――――！

落差五〇メートル。ガラス破片の〈滝〉だ。

「う――!?」〈掃除屋〉が頭上の異変に気づいた時は遅かった。「うっ、うぎゃあああああっ！」


奥多摩・上空。

ベル206・コクピット。

「おい。今の流星みたいな光が出ていった山腹辺りへ、降りられるか？」

ホヴァリングする操縦席で、等々力がパイロットに訊いていると、ふいにスーツの内ポケットで携帯が鳴った。

「ええい。私だが、今忙しい。あとにしてくれ」

だが、

『等々力さんっ』

電話の向こうの声は、中山江里だった。興奮のあまりか、悲鳴のようにかん高くなっている。

『等々力さんっ、聞こえますか。わたしは今大変なところに来ていますっ』


奥多摩・山中。

秘密基地内部。

『大変なところ――？　中山、今どこにいるんだ。大丈夫かっ』

等々力の声が、明瞭に受話器に入った。

「大丈夫です。ここは――ここは、信じられません。〈B型暗殺教団〉の秘密基地の中のようです」

セメントまみれの中山江里が、監禁室の真ん中に座り込み、電話を耳に当てている。セメントがヌルヌル滑るお陰で、縛っているロープを抜けられたのだった。使っている黒い衛星携帯電話は、倒れた戦闘員の腰のベルトから拝借したものだ。

「等々力さん。わたしはコンクリート詰めにされて、殺される寸前だったようです」

『コンクリート詰め？　殺される寸前だったようですって――大丈夫か』

「大丈夫です」

江里は周囲の暗がりを見回しながらうなずく。

「どういうわけか、教団の戦闘員たちが——わたしの周りにみんな倒れて、動けずにうめいています。わたしと道振くんは、身ぐるみはがされてドラム缶に入れられていたようです。何が起きたのか、よく分かりません。今、話しているこれは、戦闘員の携帯です」

眠らされていた江里には、ついさっきスーパーガールが戦闘員たち全員を足腰立たないくらいにぶっ飛ばし、ついでに秘密基地の出入り口シャッターをぶち破って出ていったことなど、想像もできなかった。

『よし、とにかく無事でよかった。道振カメラマンも大丈夫か？』

「はい、息をしています。今から起こします」

『よし、中山。そこからなんとかして外へ出るのだ。そこがどこだか教えろ。我々はヘリで奥多摩の上空に来ている。場所が分かれば、すぐ拾いに行く』

「分かりました。この携帯は、ＧＰＳがついているようです。外へ出れば、位置がすぐ分かります」

9

「あ～あ」

霞が関上空。高度五〇〇メートルに滞空しながら、よしみは後悔まじりのため息をついた。

「……まいったな。助けちゃったよ、つい」

よしみは片手に、ワイシャツ姿の殺し屋を襟首をつかむ形でぶら下げている。眼の細い〈掃除屋〉は何が起きたのか状況が理解できず「あわ、あわわわっ」と口を震わせている。

「あ。あわわ。わわっ、離せ」

「ちょっと。暴れるんじゃないわよ。離すと死ぬよ」よしみは、足の下を見るように指さした。「ほら下見て」

「何――？　えっ、あっ？」

東京タワーの紅白に塗られた尖端が、足の真下に、地面から突き出している。

「うわっ。なっ、なんだ貴様は。何者だっ」

「そんなこと、どうでもいいわ。それよりちょっと訊きたいんだけど」

「何が起きたんだ。ど、どうして俺は飛んでいるんだっ」

「いいから質問に答えて」よしみは、手足をばたばたさせる殺し屋に問うた。「あんたに対して、蓮見理恵子さんを『殺せ』と命令したのは誰なの？」

「そっ、そんなこと知らん」

「あっ。そう」

ぱっ
よしみは手を離した。

「わっ、うわぁーっ！」

殺し屋は空中を一五〇メートルほど落下してから、上から追いついてきたスーパーガールに襟首をつかまれ、バンジージャンプのように宙に止まった。

「ふわっ、ふぁっ、ふぁわわ」

眼の細い男は、大量の冷や汗を頬から垂らした。皇居の緑が、眼下にさっきよりもずっと近い。

「あたしさ、人殺しはしない主義だけど、素直に白状しないと今みたいに手が滑っちゃうかもしれないよ。もう高度三〇〇メートルくらいしかないから、今度離したらつかまえられないなぁ」

「うっ、うっ、うあわっ」

「どうしようかなぁ」

「わっ、分かったっ。話す。全部話す！」

　恐怖のあまり自我の崩壊しかかった〈掃除屋〉は、蓮見理恵子を巻き込んだ一連の事件の背景をべらべらとしゃべった。

「そう。それじゃその総括審議官というのが、理恵子さんを利用するだけ利用して、出世させるなんて話は全部嘘で、〈作戦〉がうまくいった暁には、あんたを使って消そうとしていたわけね」

「そっ、そうだ。そのとおりだ」

「自分の出世のためには、どっちにしろ最初から、利用した理恵子さんを殺すつもりでいたのね？　そいつ、ひどいやつね」

　よしみはムッとした。

　その下で〈掃除屋〉は手足をばたばたさせた。

「もうしゃべったぞ。降ろせ、降ろせ」

「ちょっと待ってなさい」

よしみは考えた。

降ろしてもいいけれど……。こいつを街中へ解放しちゃったら、危険だろうなぁ。

よしみは困って、周囲を見回した。晴れた昼間だから、あまり長い時間こんな低いところに滞空しているわけにもいかない。

すると
「あ」

ふと眼下の官庁街に、報道の映像でよく目にするビルがあるのに気づいた。灰色の十一階建てで、エントランス前には大理石の碑《ひ》が横向きに置かれている。その漢字三文字が目に入る。

「そうだ、あそこへ置いてこよう」

よしみは自分の思いつきにうなずくと、殺し屋の襟首をつかんだままでぐいっと下を向き、飛び込むような急降下に入った。

「わっ。うわーっ！」

それほど急すぎるダイブではないと思ったのだが、襟首つかまれて空を飛ぶなんて初めての〈掃除屋〉は、地面に叩きつけられるとでも勘違いしたか、悲鳴を上げながらさらに暴れた。

「わっ、わっ。こっ、殺すぞ、俺を殺すなら貴様も一緒にぶち殺すぞっ！」

パニックになっている。

「うるさいなぁ。ほら」

よしみは、その灰色ビルの壁面を狙った。外から〈視覚〉で素早くスキャンして、人の一番多くいるフロアの一画へぶち当たるように、殺し屋の襟首をリリースした。

「う、うわっ、うわーっ」

自分の足首の辺りを必死になって手で探っていた殺し屋は、そのままの姿勢でくるくる回転しながら放物線を描いて吹っ飛んでいき、灰色のビルの七階の窓の一つへ突っ込んだ。

ガシャーンンッ
「うがっ、こ、この小娘ぇ！」

怒りと恐怖で錯乱した殺し屋は、放り込まれた広間の床に回転して立て膝になると、三半規管の麻痺した頭を振りながら足首の隠しストラップから反撃用の小型拳銃を引き抜き、辺り構わず発砲した。

パンパン、パンッ
パパンッ
「し、死ねやぁ〜っ！」

目の焦点も定まらないまま八方へ銃弾をばらまき、すぐに弾倉が尽きた。それでも

〈掃除屋〉は「死ね、死ね死ね」とわめきながらカチッ、カチッと引き金を引き続けた。

放り込まれた広間——そこはコの字形にテーブルを並べた、大会議室だった。硝煙の煙が薄まると、会議室テーブルの下に伏せていたワイシャツ姿の男たちが一斉に立ち上がり、テーブルを乗り越えて四方からワッと殺し屋へ襲いかかった。その数、四十人あまり。

「野郎！」

「この野郎っ」

「太い野郎だ」

「我々、特捜部の捜査会議を窓から襲い、拳銃を乱射するとは！」

「ふんじばれっ」

たちまち殺し屋は、四十数名の男たちに寄ってたかって取り押さえられ、その辺にあり合わせたカーテンの紐《ひも》などで縛り上げられてしまった。

男たちは、ワイシャツにネクタイ姿で役人風の身なりだったが、ただの役人ではなかった。

「部長」

若い一人が、汗をぬぐいながら報告した。

「テロリストを拘束しました。こともあろうに我が東京地検特捜部の、捜査会議の真っ最中を銃で襲うとは。これは、検察庁そのものを消し去ろうとする大胆なテロに相違ありません」

「うむ」部長と呼ばれた四十代の男がうなずいた。「我々、特捜部を襲ってくるとは、きっと重大な背後関係があるに違いない。ただちにその男を特別取調室に拘禁、全員で厳重に尋問《じんもん》せよ。背後にいる依頼者まで全部吐かせろ。情け容赦は一切いらん！」

「はっ」

合同庁舎。

十四階。

「いったいどうなっている⁉」

窓ガラスの全てなくなった官房総括審議官室では、銀髪の官僚が拳を握り締めて唸っていた。階下が大変な騒ぎになっていることだけは分かったが、爆発が起きたのはどうやら建物の外の裏庭らしい。

「〈掃除屋〉。おい〈掃除屋〉……！」

繋がらない携帯に怒鳴っても始まらない。

「くそっ。いや、そうだ。テレビが生中継だった」

官僚は、〈効率化推進委員会〉のシンポジウムが民放各局に生中継されていたことを思い出し、会場の様子が映っているかと審議官室のテレビをつけた。途端に大混乱の見学者ホール内部が映し出される。しかし爆発による死傷者が出た様子はなく、機動隊員に誘導されて退避していく人の群れが映っているだけだ。実況の声が重なる。

『――スタジオ、こちら現場です。重ねてお伝えします。ただ今合同庁舎の裏庭で起きた爆弾と思われる爆発により、参加者の避難が続けられています。シンポジウムは一時中断、機動隊の誘導によって参加者はホールの外へ避難しています』

『現場の丸川《まるかわ》さん。確認しますが、会場では怪我人は出ているのですか?』

『いいえ、怪我人はいません。全員無事です。あ、待ってください。たった今コメントが入りました。この爆弾テロを受け、主催者代表の音羽文京氏が次のようにコメントしています。〈高速道路効率化推進委員会〉は、卑劣なテロには決して屈しない』

「く、くそっ」

官僚は応接セットのテーブルを叩いた。

「〈作戦〉は失敗だと――ぬ⁉」

歯ぎしりする官僚の、目が見開かれた。テレビ画面の端に、退避する人波にまじって白い服の女の姿がちらりと映ったのだ。長い髪が乱れ、横顔は隠れている。しかししっかりした早足で画面を横切る。

「ちっ」

舌打ちし、官僚は再び携帯を開く。しかし秘密の番号にかけても、相手方が出ない。〈掃除屋〉の秘密基地まで応答をせんのだっ。あの女を早く始末しないと――！」

「このような大事の時に、どうして〈掃除屋〉の秘密基地まで応答をせんのだっ。あの女を早く始末しないと――！」

官僚はまた舌打ちし、自分の執務机に取って返すと、マホガニー・デスクの一番上の鍵のついた引き出しを開けた。中には、さらに暗証で開く小型のセイフティー・ボックスがあり、四桁の番号を打ち込むと赤ランプが点灯して蓋が開いた。黒く平べったい自動拳銃が、中から現れた。

「くそっ。かくなる上は……。〈掃除屋〉が使っているものと同じ銃だ。あとで殺し屋がやったことにすればいい」官僚は黒いピストルを取り上げると、安全装置を外してスライドさせ、最初の一発を薬室へ送り込んだ。

ジャキン

「あの女――検察庁にでも出頭されたらことだ」

蓮見理恵子は、見学者ホールから屋外へ誘導される人波に加わっていたが、ふいに足を止めた。

「――」

唇を噛み、しばらく立ち止まっていた。だが乱れた長い髪の女は、やがて意を決したようにきびすを返すと、機動隊員に身分証を示して逆にロビーを奥へ進んだ。上階へと向かうエレベーターに乗り込んだ。

十四階のボタンを押した。

「――」

白い横顔を上げ、箱の天井を見上げた。

エレベーターが上昇し、最上階へ到達するとドアが開いた。赤絨毯のエレベーター・ホールには人けがなかった。遠く足元から、階下の喧騒がかすかに聞こえてくるだけだ。静かだった。

廊下に足を踏み出すと、ほとんど同時に奥から銀髪の官僚が執務室を出て、こちらへ歩いてくる姿が見えた。理恵子は一瞬、息を呑んだが、意を決した顔になり顎を引いた。立ち止まって、官僚が自分に気づくのを待った。

「う――？　おう」

独りで歩いてきた銀髪の官僚は、廊下の端に理恵子が立っているのを見つけると、驚いたように目を見開いた。

「蓮見くん……。いや、ちょうど君を捜しにいこうと思っていたところだ。怪我はなかったかね」

「――審議官」理恵子は立ち止まったまま、口を開いた。「わたし、あなたに考え直していただくために参りました」

「ん？　どういうことだ」

「審議官。わたしたちは、あのような〈作戦〉を行ってはならなかったのです。国土交通省は、国民のためにあるのです。道路建設業界や、道路族議員のためにあるのではありません」

「ま、まぁ。落ち着きたまえ」

銀髪の官僚は、手で押さえるような身ぶりで、廊下の一方の端に立つ白い服の女に近づいた。

「〈作戦〉をふいにしたからといって、そう早まって切れることはない」

理恵子はぴしゃりと言った。

「近寄らないで」

官僚の足が止まる。

理恵子は、真剣な眼差しで続ける。

「わたしは、自分を拾ってくれた国の組織に、逆らいたくなどありません。ですから、審議官に考えを変えていただきたいのです。それを言いにきたのです。わたしたちキャリア官僚が変えようとすれば、きっとこの国の道路建設業界の体質も変わるはずです。変えることができるはずです。利権を妨害する人間を年間何十人も殺して、政治家へキックバックを払ってみんなで談合して共存共栄するなんて、ばかげています。建設会社を潰さないために、わたしたちみずからがアクアラインへタンカーをぶつけたりするなんて、ばかげています。こんなことは、もうやめるべきです」

「蓮見くん」

「審議官。わたしたちが、変えましょう。キャリア官僚みずからが、この世界を――きゃっ」

だが理恵子は、しまいまで言えなかった。

背後から現れた二人の背広の男が、左右から二人がかりで理恵子を羽交い締めにしたのだ。

「きゃあっ。離して」

「うるさい、何を言っている。自分だけ正義の味方づらするつもりか蓮見課長補佐？小汚いぞ」

「そうだ。この世には二通りの人間しか存在しない。我々東大卒キャリア官僚と、そうでない人間どもだ。君はどうやら、そうでない人間どもの仲間入りがしたいらしいな」

左右から理恵子を取り押さえたのは、二人の背広の中年男――道路局長と道路局企画課長だった。

「蓮見くん」

　二人の部下に拘束させた理恵子を見て、銀髪の官僚は困ったような顔で手を後ろに回した。

「立派な物言いだがね。しかしどうやら君は、キャリア官僚として最も重要なことを学ばずにきたらしいなぁ。それは非常にまずい。いいかね、中央省庁が存在するのはなんのためか」総括審議官は、右手を自分の腰の後ろに回したまま、左の人差し指を顔の前で振った。「国民のため？　ちっ、ちっ。そうではない。中央省庁は、日本の国体を維持するために存在するのだ。国民一人一人の命など、どうでもいい。ろくに税金も払っていない一般国民が何万人死のうと関係ない。国の形態を維持することこそが、我々キャリア官僚の最重要任務なのだ。例えば明日、彗星が地球に衝突すると分かっても、皇室ご一家と優秀な東大卒キャリア官僚一〇〇〇人と健康で美しい二十代の娘三〇〇〇人さえ生き残れればそれでいい。それで日本は続いていくのだ」

「審議官――あなたは、狂っているわ」

「私は狂ってなどいないね。狂っているのは、君のほうだよ蓮見課長補佐」

　銀髪の総括審議官は、腰のベルトの後ろに隠していた自動拳銃を取り出すと、理恵子の額に向けポイントした。

「……⁉」

のけぞって驚く理恵子を、左右から二人の官僚がさらに力を入れて押さえつけた。

「ばかだねぇ、君は」

「し、審議官。何をするのです」

「君はばかだよ、蓮見くん。あのまま〈B型暗殺教団〉の〈首領〉を引き受けて、闇の仕事を続けていったならば、生き残ることもできたはずなのに……」総括審議官は、黒い拳銃を理恵子にポイントしたまままため息をついた。「この世には、まだまだ我々の足を引っ張る連中がいる。その中には音羽文京のように、B型の人間がたくさんいる。そいつらを始末することを引き受けさえすれば、君は生き残ることができたのに……。残念だ」

銀髪の官僚は、引き金に指をかけた。

「君には死んでもらう」

「こ、こんな場所で、銃で人殺しを――？　狂ってるわ。死体をどうするつもり」

「全然困らないね。君の死体は、私の部屋のロッカーにでも隠しておき、あとで〈掃除屋〉の戦闘員どもを呼んでこっそり始末させよう。コンクリート詰めにして、東京湾の底にでも沈んでもらうさ」

総括審議官は、至近距離まで近づき、理恵子の額に黒い自動拳銃を突きつけた。これだけ近づいては素人でも外しようがない。

「では、死ね」

　だが、その時
「そうはいかないわ」

　ふいに背後から、別の女の声がした。

「〈掃除屋〉の戦闘員たちは全員、再起不能よ。その人を運んでコンクリ詰めになんてできやしない。やめておいたほうがいいわ」

「な——?」銀髪の官僚は、突然の闖入者に驚いて振り返った。「な——なんだ貴様はっ。どこから入った⁉」

「どこからって」銀色のレオタードのようなコスチュームを身に着けたロングヘアの女が、背後を指さした。「窓からよ」

「ふっ、ふざけるな！」

　総括審議官は、蓮見理恵子の額に拳銃を突きつけたまま、首だけを振り向かせて詰問した。

「貴様は、何者だっ」

「通りすがりのスーパーガール、って言いたいけど——今は行きがかり上、その人のボディーガードみたいなものよ」

　廊下に立った銀色コスチュームの女は、二人の中年男に左右から羽交い締めにされている理恵子を顎で指した。

「その人を放しなさい」

「ふ――ふふん。そうか、貴様がそうか。病院で〈掃除屋〉を邪魔したという……。だが今回は分《ぶ》が悪いぞ。銃を相手にどう抵抗する？　この女はもう死ぬぞ。貴様も一緒に死ぬのだっ」

　言うが早いか、銀髪の官僚は背後へ振り向きざま拳銃を発射した。

　パン、パンッ
　パパンッ
　だが銃口が発火した時には、銀色コスチュームは照星の向こうから掻き消えている。

「な――何？」

　シュッ、と空気を切る音がしたと思うと、次の瞬間には官僚の背中で道路局長と企画課長が、それぞれ左右へ吹っ飛ばされ、宙で手足をばたばたさせながら後ろ向きにエレベーター・ホールの壁まで飛んでいき、激突した。

「ぎゃっ」

「ふぎゃあっ」

ばたばたっ
　赤絨毯の床に転がると、二人の中年男は「うぐ」「うぐぐ」とうめいて簡単に動かなくなった。

「何……!?」銀髪の官僚は、状況が理解できず目を白黒させた。だが、それでも拳銃は下ろさなかった。今度は蓮見理恵子を狙った。「くそっ。死ね！」

　だが、シュッという音とともに、白い服の女をかばうように銀のコスチュームが出現した。同時に官僚の手から拳銃がはたき落とされた。

「いい加減にしろっ」

　スーパーガールが眉を吊り上げて怒り、官僚の襟首をつかもうとする。

「あ――あわわ。ま、待ってくれ」

　瞬時に形勢を逆転された官僚は、たちまち卑屈になって後ずさり「待て。待ってくれ」と懇願した。「待ってくれ。ス、スーパーガールとやら。き、君は腕が立つようだ。どうだね、私の手下にならないか」

「え――？」

　あまりのとんでもない申し出に、銀のコスチュームの女の手があきれたように止まる。弁だけは立つらしい官僚は、痙攣するように唇を震わせて説得を始める。

「ど、どうだ。私と手を組み、いずれはこの国の道路建設業界を支配しようじゃないか。いい目が見れるぞ。どうだ」

「この国の建設業界を、支配――?」

「そうだ。具体的には、君が新しい〈首領〉となって新しい〈B型暗殺教団〉をつくるのだ。どうだ、やってみないか」

「〈B型暗殺教団〉を――?」

「そ、そうだそうだ」官僚は激しくうなずく。「新しい〈B型暗殺教団〉だ。いいかね、道路族に盾突く身のほど知らずの不届き者には、音羽文京のようなB型人間が多い。君は新しく結成した〈B型暗殺教団〉を率いて、そいつらを片っ端から消すのだ」

「はぁ――?」

「いいかね、よく聞いてくれ。これは世の中のためにもなるのだ」

「世の中のため――?」

「そうだ。いいか。何しろB型の人間ときた日には、わがままで自分勝手で団体行動ができず、自分のことは棚に上げて人を非難し、規則を守らず時間にルーズで大ざっぱで好き嫌いが激しく常識がなく、他人の意見に耳を貸さず自分の考えを絶対曲げずに人に押しつける。こんなひどいやつらは、この世から根絶したほうが――わぁっ、何をする⁉」

銀色コスチュームの女が急に襟首をつかんで宙に持ち上げたので、天井にぶつかりかけた官僚は悲鳴を上げた。

「やっ、やめろやめろ、やめてくれ暴力反対」

「うるさいっ」

　よしみは怒鳴った。

「何が暴力反対だっ。何が、わがままで自分勝手で団体行動ができなくて規則を守らず時間にルーズで大ざっぱで好き嫌いが激しく常識がなく他人の意見に耳を貸さないだっ」銀髪の官僚を頭の上でぶぃんぶぃん振り回しながら、よしみは怒りを込めて叫んだ。「いいことを教えてやるわ。それに全部当たってるけど、あたしはO型だーっ」

「そ、そんなばかなっ、うわ」

「うるさい。あっちで反省してろーっ！」

　力を込めて投げ飛ばすと、官僚は「うわぁーっ」と悲鳴を上げて飛んでいき、十四階の廊下の突き当たりの壁に逆さまに激突して人形《ひとがた》の穴を作った。

　ボコッ
「はぁ、はぁ」

　よしみが肩で息をすると、隣で理恵子がクスッと笑った。

「――本当ね」

「え？」

「今の、わたしにも全部当てはまる気がするけど。わたしはA型」

「いったい、どうなっているんだ」

合同庁舎一階。

爆発騒ぎのため、警備本部詰めの機動隊員たちも駆り出され、『構っていられないから』と柄本たち取材チームはようやく解放された。

見学者ホールから避難していく人々の群れを目にして、まる二日ぶりに自由の身となった柄本は目をしょぼつかせた。

「柄本さん、やっぱりさっきの轟音は、爆弾だったらしいですよ」

「うう。今回、俺たちは、何をやっていたんだ」

見学者ホールのロビーでは、民放各社の中継班がレポーターを立たせ、爆発後の庁舎内の様子を実況させている。

出遅れたなぁ、と柄本がぼやいていると、ロビーの窓から裏庭の様子を見ていた音声係が「あっ」と声を上げた。

「柄本さん。今何か、上のほうの階から銀色の人影みたいなものが飛び出していきました」

「な、なんだとっ」

柄本が驚いて窓へ駆け寄るが、銀色の影はたちまち小さな光る点となり、雲の向こうへ消えた。

「う……」

「柄本さん」

「なんでしょうね。今の」

「し……しまった」柄本は唸った。「爆弾テロを防いでくれたのは、〈謎のスーパーガール〉だったのか。しまった。今回は〈彼女〉の活躍を見逃してしまったぞ！」

お台場・富士桜テレビ。

「あぁこれで、次長待遇もおしまいか。どうなるのかな。系列の制作会社へ飛ばされるのかなぁ……」

人の出払った報道センターの会議テーブルで、局プロデューサーがぼやいていると、スタッフの一人が息を切らして駆け込んできた。

「プロデューサー！　大変です。奥多摩の等々力さんから『大スクープ』の連絡です」

「あ……？　奥多摩から大スクープだと？」局プロデューサーは、頬杖をついたままで気のなさそうな返事をする。「スクープってなんだ。野生の猿が温泉に入って、背中でも流しているのか？」

報道センターに並ぶ十数台のモニターでは、他の全ての民放局がシンポジウム会場の惨状を実況し続けている。富士桜テレビだけが、柵の外からのレポートで、一目で『画が負けている』と分かる。

「いえ、違います。先ほど中山江里が、コンクリ詰めで殺される危険を冒しながら〈B型暗殺教団〉の秘密地下基地を突き止めました。警察が来て、戦闘員たちを逮捕しています。内部が撮影できます。他局は来ていません。うちだけのスクープです！」

「な、何」

「ただちに、中継の用意を」

＊　＊　＊

『――ご覧ください。今わたくしの立っているこの空間は、奥多摩の山中の地下深くにあります。〈B型暗殺教団〉の地底秘密基地の内部です』

その日の夕方。

「……」

霞が関ビルの地階にあるケーキ店〈紫屋〉の厨房で、求名護は頭に包帯を巻き、新製品のケーキの生クリームに混ぜるリキュールを調整していた。怪我をしても、休んでいるわけにはいかなかった。

店はもう閉まっている。備えつけの小型テレビの画面では、夕方のニュースが、昼間の特報を録画で繰り返している。マイクを持った女性キャスターが、なぜかセメントまみれでレポートしている。

『テレビをご覧のみなさん。わたくしは、昨日、産廃処理場予定地を襲った〈B型暗殺教団〉のトラックを追跡して捕まり、こちらの監禁室に閉じこめられました。ご覧ください、このとおり上から下までセメントでドロドロです。ドラム缶にコンクリート詰めにされ、奥多摩湖へ沈められるところだったのです。しかし、わたくし中山江里は信じていました。正義は必ず勝つと』

「ちくしょう。うまくいかねえなぁ……」

クリームを味見しながら、求名は舌打ちした。

『するとどうでしょう、〈B型暗殺教団〉の戦闘員たちは突如、仲間割れを始め、全員が再起不能のボコボコ状態になるまで互いに争って倒れたのです。わたくしと道振カメラマンは、間一髪、救われました』

調理台で首を傾げていた求名は、店の主人からゴミを出しておくように言われていたことを思い出した。厨房の勝手口を開け、大型のゴミバケツを広場の隅の集積所に出すと、タオルで汗を拭いた。

外のオープンカフェのテーブルに、客の姿はもう見えない。夕方だ。前庭広場には風が吹いている。

ビル群の向こうに、夕日が沈んでいく。

「ふう……。もう日が暮れるか」

コンクリートの階段に、求名は腰かけた。

大変な一日だった——と心の中で独りごちていると、目の前にふわりと何か白いものが舞った。

「……?」

顔を上げる。するとその顔が『信じられない』という表情のまま固まった。

「……り」

夕暮れの風に吹かれ、目の前に白い服の女が立っていた。髪を片手で押さえ、求名を見ていた。

「こんばんは」

「……理恵子」

なんで——? と問おうとする求名に先回りして、女は「あのね」と言った。

「あのね」

「ん?」

「国交省、やめてきちゃった」

蓮見理恵子は、目を伏せるとうっすら微笑した。夕暮れの風に、髪が舞う。

「や、やめてきた――って？」

「わたし、これから東京地検へ出頭します」

「え」

「全部、話すつもりなの」

「全部って――」

「全部。事件のことも、わたしのしてしまったことも……。ひょっとしたら何年も、出てこられないかもしれない」

「なんだって」

驚く求名に、理恵子は頭を下げた。

「今まで、ごめんなさい、護。ひどいことをたくさん言って、ごめんなさい。あんなにひどいことばかり言っておいて、あなたには助けられてばかりだった。本当にごめんなさい」

「そんなこと、ないよ」

「謝っても無駄かもしれないけど」

「そんなことはない」

求名は立ち上がった。

「俺こそ……。理恵子、十二年前はすまなかった。あの時はすまなかったと思ってる。君にひどいことをした。何も力になれなくて……。今でも、そればかりを後悔している」

「……」

「謝るのは、俺のほうだ」

「わたし」理恵子は目を伏せたまま、唇をなめた。少したなめらってから続けた。「わたし、もしも許してもらえるなら、護に一つだけお願いがある」

「――え」

「地検へ行く前に、お願いをしてもいい？」

「あ、ああ」

「そのために、ここへ寄らせてもらったの。わたし、地検へ出頭しちゃったら多分しばらくは出てこられない。何年か、ひょっとしたら十何年か。どのくらいになるか分からないわ」

「理恵子。俺にはなんのことか」

「いいの。聞いて」

求名に、白い服の女は目を上げた。切れ長の目の黒い瞳が、潤んでいる。

「凄く虫のいいお願いなんだけど……。何年か先、いつかわたしが自由の身になって、あなたも成功してお店を持ったら」

「――」

「その時は、わたし……。ケーキ屋のおかみさんになってもいいですか」

エピローグ

「それでよしみ、オリジナルの〈B型暗殺教団〉はどうしちゃったの――?」

映画の長期ロケで日本を離れていた水無月美帆《みなづきみほ》が戻ったのは、タンカー衝突に端を発した〈B型暗殺教団事件〉が政界をも巻き込む大疑獄事件に発展して騒動になった夏が過ぎ、東京に秋風が吹き始めた九月の終わりだった。

白金台《しろがねだい》にある〈ブルーポイント〉というオープン・カフェの店で、久しぶりによしみは、帰国した美帆とおしゃべりをしていた。

「それがね」

よしみは、美帆を待つ間テーブルに広げていたノートパソコンを操作した。

「あの黒サングラスの二人組は、等々力さんが警察を呼ぶ間に奥多摩の秘密基地から姿を消しちゃったらしいんだけど――これを見て」

携帯を通じてネットに繋がった画面に、〈B型暗殺教団・元祖〉というサイトのトップページが表れた。

『我々は元祖〈B型暗殺教団〉である。社会に公衆道徳を取り戻し、共産主義の復活を目指している。志《こころざし》の低い類似団体には注意されたい』

「公式サイトが、元通りになっているから。どこかでまだ活動しているみたい」

「そう」

よしみは、この夏に起きた様々な事件——出来事を、留守にしていた親友の美帆に話した。何時間かかっても、おしゃべりの種は尽きないような気がした。美帆も、新作の主演映画の話をした。

「それがねぇ、聞いてよしみ。わたしホワイトハウスの地下九階にいて、大地震と核ミサイルから助かるでしょう。それからが大変で、そのあと延々と世界の果てまで歩くのよ。北米大陸東海岸から、メキシコ、ペルー、ブラジル、アルゼンチンよ。最後は南極の近くまで行くの。砂漠を歩いて、アンデス山脈の空中都市を歩いて、何しろ世界は破滅しているわけだから乗り物がないのよ。全部、徒歩なの。そういうお話なの」

「それは、ずいぶん大変な映画に出ちゃったね」

「もう何が大変だったって、南米の海岸で素手で鮭《さけ》を獲るのよ。素手でよ。ボロボロの格好で、杖でばしばし叩いて。わたしもう、こんな苦労して撮ったシーンが劇場でかかった時にお笑いみたいになったらどうしようって、それぱっかり考えて悩んでいたわ。だって監督が『ここで素手で鮭を獲れ』って言って聞かないんだもの。わたしは砂漠の放浪で日焼けしまくって、これで女優生命どうなるのかしらって気が気じゃなかったし、撮影隊が嵐に巻き込まれると未開の荒野で何日も足止めだし——ああ、こうして白金台でお茶しているのが夢みたい」

「どうりで……。夏中ずっと、電話もメールも全然通じなかったわけだ」

「あと南極基地のシーンを、セットで撮ったらクランク・アップなんだけど。一応、期待はしていてね。来年のお正月公開」

ところで——と美帆は訊いた。

「ねぇよしみ。ところであなたの番組の中山江里さんだけど、〈B型暗殺教団〉の秘密基地を命がけで『発見』したスクープの功績で、夕方のニュースのメイン・キャスターに呼ばれたんですって——？」

「う……うん」

よしみはうなずく。

「そうみたい。あいつ十月の改編で、〈熱血〉のアシスタントから一本立ちだって」

「でもそれって本当は、よしみの手柄じゃない」

「仕方がないよ」よしみは頭を振る。「あそこで〈掃除屋〉の戦闘員たちを全員ぶっ飛ばしてのしたのがあたしだなんて、カミングアウトして言うわけにもいかないしさ」

「戦闘員から録《と》ったっていう〈証言〉があったじゃない？　あれはどうしたの」

「それがさ」

よしみは、膝のバッグから黒焦げになったスティック状の物を取り出した。

「見てよ、これ」

「それ何」

「ICレコーダー」

「え」

「コスチュームの胸のところにはさんで、あたし大事に持っていたつもりだったんだけど。マッハ3で霞が関へ駆けつける途中で、摩擦熱でこんなになっちゃった」

「中のデータも？」

「うん」

「じゃ、よしみの身分は――？」

「だから。まだ取材班の〈無給下働き〉」

「嘘」

「……ま、番組にいられるだけいいか、なんて」

「〈正義の味方〉って、本当に生活できないわねぇ」

美帆は、テーブルでうつむいてしまったよしみを、上から下まで見た。

「可哀想」

「いいんだ……」よしみはぽつりと言った。「美帆も帰ってきてくれたし、話を聞いてもらえる友達も増えたしさ」

「〈友達〉――？」

「うん。今度、美帆にも紹介するね。本当のあたしを知っていてくれてる、もう一人のお友達。あ、でもその人、映画のロケじゃないんだけど、今、電話もメールも通じない場所にいるんだ」

「電話もメールも通じない場所？」

「うん」

「まさか、宇宙とか――？」

「ううん」

よしみは苦笑して、今度はバッグから便箋《びんせん》を取り出して見せた。

「宇宙じゃないけど、いつも簡単には会えないから、こうして手紙を書くの。ペンで、昔みたいに」


――拝啓　蓮見理恵子様。

お元気ですか。

街はすっかり秋の気配です。

事件で大騒ぎの夏が過ぎて、涼しくなりましたね。あれから、理恵子さんの証言のお陰で官僚や政治家がたくさん逮捕されて、わたしの〈本業〉

も大忙しでした。拘置所の中は秋風が吹くと急に冷え込むって聞いたので、今度面会に行く時にはダマール肌着を差し入れしますね。護さんには、そういうところまで気が回らないでしょうから。

　あ、そうです護さんといえば、あれから霞が関のお店には、よくシュークリームを買いに寄っています。でも自分のお店を出すというのは資金かいろいろと大変なのだと聞きました。理恵子さんが出てくるまでに、お店が持てるかどうか分からないって。だけど、新作の柚《ゆず》のケーキは評判で、護さんは忙しそうです。それから、女優をしているわたしの親友が、海外のロケから久しぶりに帰ってきて、今日ランチとお茶をしました。理恵子さんも知っているかな。水無月美帆です。現在のわたしの境遇を話したら、凄く同情されました。


書きかけた便箋から顔を上げて、よしみは部屋の机の上で「ふう」とため息をついた。仕事が不規則なせいで、今日は昼間の時間が空いたが、美帆としゃべっていられたのは夕方までだった。

机の上の手紙は、夏からずっと東京拘置所に入っている蓮見理恵子に宛てたものだった。理恵子が自分から出頭して、検察に協力的なので、比較的軽い処分ですむかもしれないが、取り調べや裁判はこれから本格的に始まるのだという。よしみはなるべく面会に行って、差し入れもするし手紙も出している。携帯やパソコンのメールではなくて、手書きでメッセージを書くというのは高校時代以来のことだったが、最近はずいぶん慣れた。

「そうだよなぁ……。スーパーガール――〈正義の味方〉って、つくづく食べていくのには苦労するな」

よしみは時計を見上げると「あ。時間だ」と机を立った。もう夜の七時になっていたが、夜でなくては会えない取材先へのインタビュー録りの仕事が、このあとに控えている。冷えてきた夜風に備え、昔買った革ジャンを羽織ると、部屋を出て階段を下りた。

「柄本さんは、そろそろ有給アルバイトに格上げしてくれるって言うけど……。いつまでも〈無給下働き〉じゃ、部屋の家賃も払えないよ」困ったな――とつぶやきながら、よしみは西小山の駅へ続く坂道を下りていく。

もうじき十月になる。夜空を見上げると、満月だった。でもよしみの気分は晴れない。これから訪ねる今夜の取材先が、心中未遂《みすい》をした老人の家であることも原因の一つだが、マイクを持つインタビュアーが中山江里だということもよしみの気分を重くしていた。視聴率を取れそうな取材だと、必ずしゃしゃり出てくる。目の前で、社会問題についてあいつがまた立派そうなことをしゃべるのか……。それを下働きとして、カメラの後ろから見ていなくてはならないとは。

「――」

よしみは、歩きながらため息をついた。

坂道を下りながら、書きかけた手紙の続きを頭の中で考えた。

――蓮見理恵子様。
　わたしの親友の美帆は、前向きな子なので、『頑張っていればきっといいことがあるよ』と励ましてくれます。でも確かに〈熱血ニューズ〉はスクープのお陰で潰れずにすんだけど、わたしは相変わらず取材班の〈無給下働き〉です。このままでは、家賃も払えません。

「――はぁ」

目黒線の電車のドアにもたれて、よしみは暮れていく東京の街並みを眺めた。

取材チームは、現地で集合することになっている。今夜も遅くまで、肉体労働になるだろう。

——理恵子様。

最近、わたしは考えてしまいます。確かに、〈正義の味方〉のボランティア活動は仕事にさしつかえるけれど、それ以前にわたしにはジャーナリストとしての資質が具《そな》わっているのでしょうか。やっぱり姉が言うみたいに、久留米の田舎へ帰って、分相応な仕事を探したほうがいいのでしょうか。なんだか、そう思ってしまいます。

このまま東京で今の仕事を続けていても、『いいこと』なんてありそうにありません。


電車に乗って着いた取材先は、江東区の古い住宅がひしめく一画だった。

柄本の取材チームに合流したよしみは、革ジャンにジーンズの作業スタイルに軍手をはめて、照明やカメラのケーブルを中継車から取材先の家屋へと引き込んだ。

準備が整った頃に、中山江里が黒塗りの局の車でやってきた。夕方のニュースのキャスターに内定しているので、取材にハイヤーがつくらしかった。鮮やかな黄色のスーツ姿が、古ぼけた民家に入ってきて照明を浴びる。

よしみは、カメラの後ろでケーブルさばきをしながら、その姿を眩しそうに見た。

「視聴者のみなさん。今夜は、中山江里が老人問題に食い込みます。ただ今わたくしは、江東区の下町にあるお宅にお邪魔しています。奥さんとお二人で心中しようとなさり、ご自分だけ生き残ってしまわれた七十八歳のご老人が、今夜わたくしたちの取材に応じてくださいました。この悲劇の背後に、いったいどのような問題が隠されているのでしょうか？　そこに光を当ててみたいと思います」

悲痛そうな表情を作り、おでこを出したヘアスタイルの江里が、畳の上の老人にマイクを向ける。

「では市川《いちかわ》さん。まず、今のご心境を」

ＶＴＲカメラが回る。

取材チームのスタッフ全員が、畳の上でぼろきれのようにうなだれている老人に注目する。

ところが、

「――」

老人はしゃべらない。

しわの深い顔を、むすっとさせて黙っている。

「どうぞ。ご心境をお願いします」江里はマイクを持ったまま促す。「さぞ、お辛いと思いますが」

「――あんたには、しゃべらねえよ」

禿げ頭の老人は、江里の顔を一瞥するなり、向けられたマイクを避けるようにそっぽを向いた。

「え――？」

江里は面食らったように瞬きする。

「で、でも市川さん。取材はＯＫだって……」

「ふん」老人は鼻を鳴らす。「ディレクターとかいうあそこの若い人がな、あんまり頼むから承諾《しょうだく》はしたが。だがあたしゃ、あんたにはしゃべらねえ」

「え――？　でも、あの」

「うるせえな」

老人は顔を背けた。

「苦労知らずのお嬢ちゃんなんかに、しゃべる気はねえよ。もっともらしい顔で相づち打たれたって、気に障《さわ》るだけだ。あんたみたいなのにこの世の地獄をしゃべったって、どうせ分かりゃしねえんだ」

「いえ、でも」

まごつく江里が、柄本を振り向く。

「あの、市川さん」

柄本が説得に出ようとするが、老人は機嫌を損ねたのか、話す気がなくなったというふうに頭を振って拒否する。

スタッフたちが、顔を見合わせる。

柄本と江里が説き伏せようとするが、老人はうるさそうに顔を背ける。

いったいどうなるのだろうと、よしみは思った。録画映像だが、今夜のオンエアで使う取材だ。

と、顔を背けてスタッフたちを振り返った老人が、ふとカメラの横に控えるよしみに目を留めた。

「ん――？　おい、あんた」

老人が、よしみを呼んだ。

よしみは、自分が呼ばれたのか確信がなくて、自分の鼻を指さして『あたし――？』と確かめた。

「そうだよ。あんただ」老人は、初めて取材班に興味を持ったように、汚れたジーンズに軍手をはめたよしみを指さした。「あんた、苦労しているな」

「は……？」

「顔を見りゃあ分かるよ」老人はうなずいた。「頑張ったが報《むく》われずに、苦労している顔だ。あたしと同じさ。こっちのお嬢ちゃんは御免だが――そうだな。あたしはあんたになら、話をしてもいい」

「え」

「あんたなら、分かってくれそうだ」


「おい、マイク」

すぐに柄本が、スタッフ全員に指示した。

「マイクを桜庭に渡せ。照明もこっちだ」

「はい」

「了解」

「柄本さん、台本は？」

「いらん。ぶっつけだ。構成も全部変えるぞ」

「……」

よしみは、起きたことが信じられないように、畳の間の真ん中に立っていた。

スタッフたちが、たちまち布陣を変えてよしみに照明を当てる。ＶＴＲカメラがよしみに向いた。

その横を、憤然とした中山江里が「何よ、何よ」と帰っていってしまう。オンエアまでの時間が押しているため、スタッフの誰も江里には構わない。

「桜庭。ご指名だ。君がインタビューしろ」

柄本は音声係から受け取ったマイクをよしみに渡しながら、指示をした。

「君用の台本はない。オンエアまで時間がないからぶっつけだ。質問の内容も君が自分で考えるんだ。できるな？」

「で——でも、いいんですか。柄本さん」

よしみは、受け取ったマイクを信じられないように見た。

「もちろん、いいさ」柄本は、この時を待っていたという顔でよしみの肩を叩いた。「下積みをして、よかったじゃないか、桜庭」

「……」

よしみは、少しの間声が出なかったが、すぐに帝国テレビ時代からの勘が戻ってくるのが分かった。

「分かりました。桜庭、インタビューいきます」

「よし」

柄本はうなずいて、スタッフたちに号令した。

「VTR、準備いいか」

「OKです」

「音声、いいか」

「スタンバイOKです」

「では、いくぞ。三、二、一。キュー」

よしみは、再び手にしたマイクの感触を確かめながら、ジーンズの脚を折って老人の隣に座った。

胸の鼓動を抑えながら、心の中で理恵子に追伸を書いた。


――P．S．蓮見理恵子様。

やっぱり、少し『いいこと』もありました。

今度の面会で話します。

風邪《かぜ》をひかないよう、気をつけてください。

桜庭よしみ

〈B型暗殺教団〉おわり

なお本作品はフィクションであり、実在の個人・団体などとは一切関係がありません。

文芸社文庫

B型暗殺教団 鋼の女子アナ。II

二〇一六年二月十五日　初版第一刷発行

著　者　夏見正隆
発行者　瓜谷綱延
発行所　株式会社　文芸社
〒一六〇-〇〇二二
東京都新宿区新宿一-一〇-一
電話　〇三-五三六九-三〇六〇（編集）
〇三-五三六九-二二九九（販売）

印刷所　図書印刷株式会社
装幀者　三村淳

ISBN978-4-286-17322-1